사이코메트리

사이코메트리

1판 1쇄 인쇄 2013년 3월 4일
1판 1쇄 발행 2013년 3월 7일

각본 이영종
소설 김혜진

발행인 김성룡
펴낸곳 도서출판 가연
주 소 서울시 금천구 가산동 37-50 에이스하이앤드 3차 1407호
구입문의 02-858-2217
팩 스 02-858-2219

ISBN 978-89-6897-000-9 13810

사이코메트리

과거를 보는 손

이영종 각본 | 김혜진 소설

가연

CONTENTS

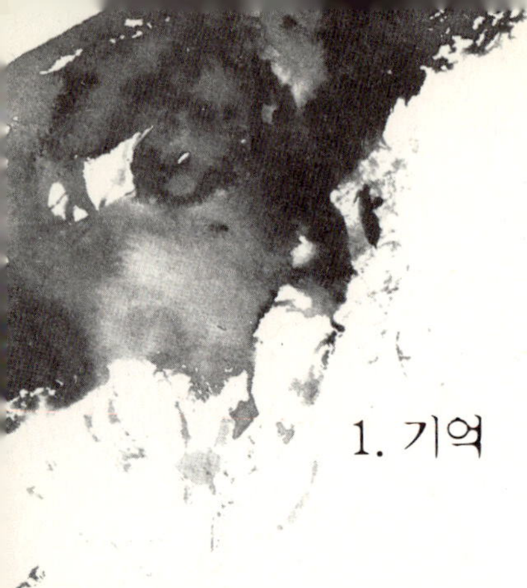

1. 기억

순옥은 곱게 화장한 얼굴을 한껏 일그러트리고 분을 삭이려는 듯 입을 앙다문 채 걸음을 옮겼다.

또각또각!

구두 굽 소리가 그녀의 심정을 대변하듯 거칠게 울렸다. 그런 순옥의 뒤로 그녀의 아들이 느릿느릿 걸음을 옮기고 있었다.

언제부터 이렇게 된 걸까. 아들은 어렸을 때만 해도 말을 참 잘 듣는 착한 아이였다. 순옥이 뭐라 말을 하기도 전에 할 일을 스스로 찾아 하던, 미운 구석이라곤 찾아볼 수가 없었다. 그러던 아이가 어느 날부터 변했다. 변화는 순옥이 눈치 채지 못할 만큼 서서히 찾아왔다.

아이가 시선을 마주치지 않게 된 것은 언제부터일까. 아이가 엄마를 다정하게 부르지 않게 된 것은 언제부터일까. 아이가 자신과의 포옹은커녕 가벼운 신체 접촉마저 피하게 된 것은 언제부터일까.

순옥은 알 수 없었다. 그저 확실한 것은, 지금의 아들은 그녀와 시선을 마주치지도, 다정하게 이름을 부르지도, 그리고 포옹을 하지도 않는다는 것이었다.

그뿐만이 아니었다. 아들은 학교에서 매일같이 사고를 쳤다. 이제 순옥은 학교에서 전화가 오면 한숨부터 쉬어야했다. 처음에는 그저 사춘기의 흔한 방황쯤이려니 생각했다. 시간이 지나면 괜찮아질 줄 알았다. 그러나 상황은 점점 악화되었고 오늘도 순옥은 아들을 찾으러 가야만 했다. 고개를 숙이는 것도 사과를 하는 것도 이제 순옥의 일상이 되어버렸다.

순옥은 지쳤다. 자신의 일상이 된 이 현실을 참을 수 없었다. 순옥은 횡단보로를 앞에 두고 결국 아들을 돌아보았다. 흐트러진 교복과 부어오른 입가, 멍이 든 뺨에 가슴이 아프면서도 화가 치밀어 올랐다.

아들은 오늘 또 싸웠다. 그것도 학교 안에서가 아니라 학교 밖에서, 어른들을 상대로 싸움을 벌였다. 순옥은 지금 학교가 아닌 파출소에서 아들을 찾아온 길이었다. 생각하면 할 수록 화가 났다.

"너 요즘 왜 그래?! 적당히 그러다 말려니 했는데 이젠 학교에서도 모자라 밖에서도 사람을 패면 뭘 어쩌자는 거야? 도대체 뭐가 문제야, 응? 말 좀 해봐!"

순옥의 날카로운 목소리에도 아들은 눈 하나 깜짝하지 않았다. 마치 순옥의 말이 귀찮다는 듯한 태도였다.

"김 준! 너 엄마가 지금 묻고 있잖아! 대답해!"

순옥은 결국 버럭 소리를 지르고 말았다. 횡단보도에 서 있던 사람들이 순옥을 힐끔힐끔 돌아보았다. 그렇지만 순옥에겐 그런 시선 따위 아무것도 아니었다. 순옥은 꼼짝도 하지 않고 아들을 노려보았다. 그제야 아들은 느릿느릿 입을 열었다.

"아무 문제없어."

"아무 문제없는데 사람을 때리니? 뭔가 이유가 있을 거 아냐!"

순옥의 물음에 아들은 마치 비웃듯 말했다.

"더러운 인간들이니까 때렸어. 더러워서 견딜 수가 없어서."

아들의 말에 순옥의 눈매가 일그러졌다.

"뭐가 더럽다는 거야? 그 사람들이 욕이라도 했어?! 아니, 욕을 했다손 쳐도……."

"그런 게 아니야."

"그럼 뭐니, 도대체 뭐가 문제야, 준아. 너 자꾸 엄마 속상하게 그럴래? 자꾸 이러면……."

"이러면 뭐?"

도전적인 아들의 말에 순옥의 눈꼬리가 올라갔다. 지구대에 찾아갔을 때부터 아들은 잘못했다는 말조차 없이 쭉 침묵을 지키고 있었다. 그런데 겨우 말문이 터져서 하는 말이 이렇다는 데에 순옥은 화가 났다.

"너……!"

마음 같아선 당장 미친 듯 소리라도 지르고 싶었지만 주변에는 사람들이 있었다. 결국 순옥은 다시 입을 꾹 다문 채 아들을 외면했다. 마침 보행 신호가 들어왔고, 사람들이 횡단보도를 걷기 시작했다. 순옥도 거기에 섞여 걸음을 옮겼다. 아들이 그런 순옥의 뒤를 따라오며 말을 걸었다.

"무슨 말이 하고 싶은데?"

"……."

"하고 싶은 말 있으면 해."

"……."

태연한 아들의 말에 순옥은 횡단보도의 한 가운데서 걸음을 멈췄다. 그리고 심호흡을 하고 뒤를 휙 돌아보았다.

"제발, 엄마 속 좀 썩이지 마. 엄마한테 너밖에 없는 거 너도 잘 알잖아. 네가 자꾸 이러면 엄마는……."

"왜. 내가 아버지처럼 자살할까봐 겁나?"

말을 이어가던 순옥의 입술이 기묘하게 경직되었다. 그런 순옥의 얼굴을 본 아들은 기묘한 미소를 짓고 어깨를 으쓱했다.

"그거라면 걱정 마. 난 아버지처럼 자살하진 않을 테니까."

"너, 지금 무슨…… 무슨 소리를 하는 거니?"

일부러 잊고 살았던 남편의 이야기에 순옥의 심장이 쿵쾅쿵쾅 뛰었다. 순옥이 더듬거리며 묻자 아들은 순옥의 표정을 천천히 살폈다. 마치 순옥이 거짓말을 하나 진실을 말하나 확인해보겠다는 듯한 날카로운 표정이었다. 한동안 순옥의 얼굴을 빤히 보던 아들이 말했다.

"정말 몰랐어?"

"뭘……?"

"나도, 아버지랑 같아."

아들의 말에 순옥의 얼굴에서 핏기가 가셨다. 마치 큰 충격을 받은 사람처럼 휘청한 순옥을 향해 아들이 말을 이었다.

"나도 보. 인. 다. 고."

아들의 말에 순옥의 머리가 하얗게 변했다. 보인다고? 뭐가 보인다는 거야? 아버지와 같이 보인다고……?

멍하니 아들을 보던 순옥은 자신도 모르게 아들의 시선을 피했다.

"무슨, 무슨 소리를 하는지 모르겠다. 일단, 엄마 일 다녀

와서 그때 얘기하자. 그러니까 집에……."

"일? 무슨 일? 웃음팔고 술파는 일?"

비아냥거리는 듯 이죽거리는 아들의 말에 멍해졌던 순옥이 아들을 쏘아보며 단호하게 말했다.

"엄마가 그런 일 하는 거 아니라고 했지!"

순옥의 말에 아들은 피식 웃었다. 그 뒤틀린 미소에 순옥은 자신도 모르게 움찔했다. 언제부터인가 아들의 미소는 늘 이런 식이었다.

"그래? 그럼 잡아 봐."

아들의 손이 순옥의 앞에 내밀어졌다. 다 큰 남자의 손과는 다른 아직 부드러움이 남은 소년다운 손바닥을 본 순옥은 저도 모르게 한걸음 뒤로 물러섰다.

"준아……."

"잡아."

"……."

"잡으라고!"

위협적인 아들의 목소리에 순옥은 다시 한걸음 뒤로 물러섰다. 이미 그들 주위에는 아무도 없었다. 사람들은 모두 사라진 뒤였다. 도로 위에는 순옥과 아들, 단 둘만이 남아 있었다. 예기치 못한 사태에 순옥은 정신이 나가버린 상태였다. 보행신호가 이미 끝났다는 것도, 자신과 아들을 향해 달려드는 클랙슨 소리도 듣지 못했다. 아들은 다시 추궁하듯 말했다.

"왜 못 잡아? 내가 무서워?"

"아니야!"

"그럼 왜?"

순옥은 대답을 찾지 못했다. 너무나 충격적인 상황에 판단력을 잃은 그녀는 겨우 입을 뗐다.

"그냥, 넌, 너는 우리랑 다르잖니……."

멍한 상태로 말을 내뱉은 순옥은 말을 하자마자 스스로도 아차하며 입을 가렸다. 그러나 아들은 이미 순옥의 말을 제대로 알아들은 듯 두 눈을 크게 뜨고 순옥을 바라보고 있었다. 흔들리는 아들의 눈동자를 본 순옥은 다시 한걸음 뒤로 물러섰다.

그리고 그 순간.

"엄마!"

자신을 향해 비명을 지르는 아들의 목소리를 따라 순옥은 아들이 바라보는 방향으로 고개를 돌렸다. 그리고 그제야 자신을 향해 달려드는 트럭을 발견했다. 하지만 이미 늦어버렸다. 빠아아아앙! 마치 공룡의 울부짖는 소리처럼 위협적인 클랙슨 소리가 트럭과 함께 순옥을 덮쳤다. 순옥은 다급하게 아들을 돌아보았고 아들은 순옥을 향해 손을 뻗었다.

손……. 아들의 손. 손……. 모든 것을 보는 그 손!

순간 순옥은 저도 모르게 아들의 손을 피해버렸다. 그리고 그 순간 엄청난 충격을 받은 순옥의 몸이 허공을 날았다.

콰득.

둔탁한 소리가 뒤늦게 귓가에 울렸다. 잠시 허공으로 떠올랐던 순옥의 몸이 이내 바닥으로 튕겨졌다. 통증이 뒤늦게 온몸을 엄습해왔다. 트럭에 튕겨져 기묘하게 뒤틀린 채 바닥에 처박힌 순옥의 눈에 바닥을 넓게 퍼져가는 자신의 피가 보였다.

그리고 그 피를 밟고 선 아들의 모습이 보였다.

창백한 얼굴로 손을 내민 채 굳어버린 아들의 모습에 순옥은 필사적으로 입술을 달싹거렸다. 그러나 순옥은 가느다란 신음소리만 내뱉을 수 있을 뿐이었다. 설령, 다른 말을 할 수 있는 여력이 있다 해도 순옥은 무슨 말을 해야 할지 알 수 없었다.

그렇게 순옥이 입술만 달싹거리는 사이 순옥의 눈꺼풀은 점점 무거워졌다. 죄책감과 안도, 고통과 슬픔 등이 뒤섞여 머릿속을 휘몰아쳤지만 이내 새카만 어둠이 순옥을 지배했다.

그렇게 고통조차 멀어진 최후의 순간.

“아아악!”

아들의 처절한 비명소리가 이어졌다. 그리고 그건 순옥이 생의 마지막 순간에 들은 소리였다.

*　　　*　　　*

준은 어둠 속에서 눈을 깜빡였다. 숨도 쉬지 못하고 경직되어 있던 몸이 겨우 풀리고, 입에서는 단내가 풀풀 났다. 자는 동안 얼마나 용을 쓰고 있었던지 전신이 저릿저릿할 정도였다.

"빌어먹을……."

준은 마치 기도하듯 깍지를 끼고 경직되어 있는 자신의 양 손을 힘겹게 떼어냈다. 손바닥 안에는 땀이 가득했다.

"그만하라고……."

준은 땀에 전 자신의 손바닥을 보며 탄식했다. 마치 자신의 몸이 아닌 것처럼 종종 의지를 거역하는 손은, 일부러 밤만 되면 준에게 악몽을 선사하려는 듯 두 손을 마주잡았다. 잠든 준의 의식은 이내 손바닥으로 전해지는 기억에 지배되었다. 잊어버리려 해도 잊어지지 않는 기억. 그리고 계속해서 반복한 재생 덕분에 이젠 머리에 완전히 각인되어버린 그 기억.

준은 어둠속에서 머리를 흔들고 자리에서 일어났다.

철컥. 준은 갑자기 쏟아진 빛에 눈살을 찌푸렸다. 어두컴컴한 방 안과 달리 밖은 환한 대낮이었다. 준은 잠시 빛에 익숙해지려는 듯 눈을 깜빡이다가 주변을 둘러보았다. 그리고 하늘을 날아가고 있는 비둘기들을 보며 휘파람을 불었다.

삐익.

하늘을 날고 있던 비둘기들이 어느새 준의 곁으로 날아왔다. 몇 마리는 준의 어깨에, 그리고 몇 마리는 준의 앞에 내려앉았다. 준은 그들을 보고 미미하게 미소를 지었다.

"안녕."

비둘기들이 구구, 구구 소리를 내자 준은 그들 중 하나의 머리를 쓰다듬었다. 그 순간 준의 동공이 확장되고 준의 입가에서 미소가 사라졌다.

"……."

준은 비둘기를 멍하니 보다 말고 먼 하늘을 올려다보았다. 잠시 넋이 나간 듯 멍하게 있던 준은 이내 정신을 차린 듯 고개를 젓고 다시 휘파람을 불었다. 그러자 새들이 일제히 날아올랐다. 다시 혼자가 된 준은 멍하니 자신의 양손을 내려다보았다. 그러다 고통스러운 목소리로 중얼거렸다.

"어째서……."

텅 빈손을 꽉 틀어쥐고 준은 눈을 감았다. 더 이상, 아무것도 보고 싶지 않았다.

2. 실종

춘동은 유리창에 비치는 자신의 얼굴을 확인하고 씨익 웃었다.

"정말 자알~ 생겼다니까."

눈도 코도 입도 어디 하나 빠지는 곳 없이 잘 생겼다. 그리고 치아는 또 어떤가. 치과 의사가 울고 갈 정도로 가지런하다. 그런 자신의 얼굴을 만족스레 바라보던 춘동의 얼굴이 흐려졌다.

"이렇게 잘 생겼는데 왜 여자가 안 생기냐고……."

도대체 뭐가 문제일까. 춘동은 곰곰이 생각해봤다. 모든 게 완벽한 춘동인데 소개팅만 나가면 퇴짜를 맞았다. 직업이 문제인가 생각하면 춘동의 직업은 만인이 선망하는 공무원이고, 성격도 두루두루 원만하단 소릴 듣는 편이다. 학창시절 생활기록부에는 언제나 '혈기가 왕성하며 친구들과 사이좋게 지냄' 등의 호평일색이었고 얼굴은 두말할 것 없다. 그런데 춘동은 아직 솔로였다. 언제나 얄미운 말만 골라하는 춘동의 직장 동료도 애인이 있는데 말이다.

춘동은 원인을 찾기에 골몰했다. 그리고 겨우 원인을 찾아냈다. 문제는 돈이었다. 모든 것을 다 가진 춘동에게 빠지는 딱 한 가지. 그게 바로 돈이었다. 그래서 춘동은 돈을 벌기 위해 애를 썼다. 그리고 오늘은 그 성과를 제대로 보는 날이다.

춘동은 누가 보는 것도 아닌데 일부러 등을 꼿꼿하게 세우고 거리를 걸었다. 오늘부터의 춘동은 어제까지의 춘동과 전혀 다른 사람이 될 것이기 때문이다.

널찍한 사무실 안에는 이미 많은 사람들이 모여 있었다. 입구를 지키던 사람은 춘동을 보고 경계하는 표정을 지었지만 곧 춘동이 얼마 전에도 이곳에 왔던 사람인 것을 기억해내고 춘동에게 맨 앞자리를 권했다. 춘동은 사람들의 시야를 가리지 않도록 조심조심 허리를 숙이며 걸어 맨 앞자리에 가 앉았다.

마침 춘동이 자리에 앉으려는 순간, 쩌렁쩌렁한 목소리가 실내를 가득 메웠다.

"기적! 기적은 이 한 잔의 컵 안에 있었습니다!"

투명한 유리잔을 높이 든 남자가 진지한 목소리로 말했다.

"회사 부도로 약 한주먹을 막 털어 넣으려던 그때! 마지막 물 한 모금에서 소독약 냄새와 함께 전 기적을 경험했습니다!"

실내에는 각기 다른 복장을 한 사람들이 뒤섞여 있었다. 그들은 하나같이 의자에 앉아 맨 앞에 서서 정수기를 곁에 둔 채 연설을 하고 있는 사람을 바라보고 있었다. 그리고 그 사람들의 시선을 한 몸에 받은 남자는 투명한 유리잔에 든 물을 단숨에 들이마신 후 눈을 감고 마치 물맛을 음미하듯 탄성을 질렀다. 이내, 남자는 번뜩 눈을 뜨고 호소력 있는 목소리로 말을 이어갔다.

"물! 인간이면 누구나 태어나 눈 감는 그 순간까지 매일 먹게 되는 바로 이 물! ZK커뮤니케이션은 바로 이 '인간에게 한잔의 기적을 선물하자!'는 모토에서 출범하게 된 것입니다!"

남자의 말이 떨어지기가 무섭게 짝짝짝 요란한 박수소리와 함께 환호성이 울렸다. 실내에 있는 사람들은 남자의 말에 감동을 받은 듯 잔뜩 고양된 얼굴을 하고 있었다. 춘동도 그 사이에 섞여 박수를 쳤다. 누구보다 열심히 박수를 쳤다.

남자는 사람들을 휙 둘러보더니 큰 소리로 물었다.

"혹자는 우리 ZK를 피라미드다, 다단계다 하는데! 우리가 피라미듭니까, 여러분?"

"아니요!"

"그렇죠, 피라미드 아니죠! 그럼 우리 ZK커뮤니케이션은 뭐다?"

"네트워크 마케팅!"

마치 종교단체의 모임처럼 열망을 가득 담은 사람들이 한 목소리로 외치자 남자는 만족한 듯 웃으며 호기롭게 말을 이었다.

"그렇습니다, 정답입니다! 우리 ZK커뮤니케이션은 선진국에서 유행한다는 그 획기적인 시스템을 도입해……!"

쾅.

순간 남자의 말소리를 뚫고 요란한 소리를 내며 문이 활짝 열렸다. 그리고 제복 경찰과 뒤섞여 수많은 남자들이 실내로 밀어닥쳤다. 그중 거친 인상의 남자가 성큼성큼 정수기 옆에서 연설을 하던 남자를 가리키며 외쳤다.

"김 정식! 유사수신 및 취업사기 혐의로 긴급체포한다!"

남자의 외침에 실내에 술렁임이 일었다.

사기? 유사수신?

불신의 목소리가 불안하게 퍼지는 가운데, 방금 전까지만 해도 당당히 연설을 하던 남자는 주변을 불안하게 두리번거리다 정수기를 방패삼아 넘어트린 후 내달리기 시작했다.

우당탕! 쿵!!

"저 새끼 잡아! 뭐야, 당신들! 당신들은 앉아 있어! 그 자리에서 꼼짝 마!"

갑자기 벌어진 상황에 동요한 사람들이 이리저리 몸을 들썩이자 형사가 거칠게 외쳤다. 사람들은 위협적인 말투와 목소리에 놀라 그 자리에 얼어붙고 말았다.

그런데, 그 위축된 사람들 가운데 한 사람이 꼼지락 꼼지락 몸을 낮춘 채 주변을 둘러보고 있었다. 아까까지만 해도 연설을 하던 남자의 말에 누구보다 열심히 호응하고 있던 춘동이었다. 이리저리 주변을 둘러보며 눈을 굴리던 춘동은 경찰이 김경식이란 남자와 실갱이를 하는 사이 천천히 뒷문을 향해 포복전진을 하기 시작했다.

그러나 춘동이 뒷문에 채 도착하기도 전에 쾅! 소리를 내며 거칠게 문이 열리더니 대여섯 명의 경찰이 뒷문으로 쏟아져 나왔다. 결국 퇴로가 차단당한 춘동은 당황스러움에 자신의 머리만 긁어댔다.

"아저씨, 경찰이 가만히 있으라잖아요."

그때 포복으로 이리저리 불안하게 움직이는 춘동의 행태가 영 수상했던지 맨 앞자리에 앉아있던 중년 여자가 충고하듯 말했다. 그러자 춘동은 검지를 세워 자신의 입술에 대고 쉿쉿 하며 목소리를 낮추고 말했다.

"여기서 경찰에 줄줄이 불려가면 뭔 일 당할 줄 알아요? 얼마나 골치 아픈 일인데. 자칫하면 공범으로 몰린다니까?"

"공범이라뇨?"

"방금 얘기 못 들었어요? 유사수신이래잖아. 유사수신이 뭔 소린지 몰라요?"

"모르는데요……."

"이 아줌마 답답하네, 내가 설명을 해줄게. 그러니까…… 아! 아야!"

목소리를 낮추던 춘동이 갑자기 비명을 지르며 몸을 꼬기 시작했다. 춘동의 말에 집중하던 중년 여자는 갑자기 벌어진 일에 눈을 동그랗게 뜨고 그를 보았다.

어느새 다가온 것인지 춘동의 옆에는 험상궂은 인상을 한 중년 남자가 서 있었다. 딱 봐도 경찰이나 조폭처럼 보이는 날카로운 눈빛을 가진 그 남자는 춘동의 귀를 사정없이 잡아 당겼다.

"양 춘동이. 너 여기서 뭐 하냐?"

"아야, 귀, 귀 놓고……!"

"뭐 하냐고 묻잖아, 새끼야. 허참. 어디서 많이 듣던 상표가 나와서 따라와 봤더니 이런 거물을 건지네."

혀를 끌끌 찬 남자는 귀를 잡아당기던 춘동의 머리를 딱 소리가 날 정도로 때리고는 실내를 수습하고 있는 형사를 향해 말했다.

"어이, 박 형사. 나는 이만 가볼란다."

"고 반장님 벌써 가시게요? 그런데 그 사람은……?"

고개를 푹 숙이고 고 반장이라 불린 남자의 곁에 선 춘동을 형사가 의아한 듯 바라보자, 고 반장은 머쓱하게 머리를 벅벅 긁으며 말했다.

"이 새끼 우리 서 놈이다."

"예……?"

"형사라고, 이 새끼가."

믿을 수 없다는 듯 바라보는 형사의 눈빛에 춘동의 고개가 더욱 밑으로 내려갔다.

자신의 인생역전을 걸었던 한방의 꿈이 물거품이, 아니 똥물 같은 진흙탕이 되어버려 춘동은 쇼크를 받았다. 그러나 춘동에게는 더욱 가혹한 현실이 남아 있었다. 춘동의 눈앞에 눈을 부라리며 서 있는 고 반장이었다.

"야. 양 춘동이."

"……."

"다단계 형사."

"……."

"야, 말 좀 해봐라 말 좀. 저거 니 친척이 하는 정수기 공장 물건이라며. 그런데 왜 김정식이가 저걸 팔고 앉았냐, 응?"

고 반장이 가리킨 경찰서 구석에는 그 이름도 찬란한 ZK 마크가 떡하니 붙은 정수기가 자태를 뽐내고 있었다."새끼, 김정식이가 니 친척이냐? 친척이야? 이 새끼 감히 날 물 먹여?"

눈을 부라리며 고 반장이 말하자 집나갔던 춘동의 정신이 슬슬 제자리로 돌아왔다. 물론 고 반장의 말대로 자신이 실수한건 맞지만, 아픈데 소금을 치는 고 반장의 말이 썩 달갑지만은 않았다.

"그래도 저 물 먹고 요새 반장님 피부 좀 좋아지셨잖아요."

볼멘소리를 하며 정수기를 가리키는 춘동을 보며 고 반장이 버럭 소리를 질렀다.

"새끼가 아직 정신을 못 차렸어! 야, 너 형사질 때려 치고 다단계나 해!"

"아이 씨, 다단계 아니라니까요, 반장님이 몰라서 그렇지 선진국에서 건너온 네트워크……."

딱.

열변을 토하는 춘동의 머리를 고 반장이 풀스윙으로 후려쳤다. 춘동이 양손으로 머리를 감싸고 웅크리자 고 반장이 탄식을 토하며 춘동의 머리를 두드렸다.

"어이 양 춘동이, 제발 좀 정신 좀 차려라 응? 형사생활 몇 년 했는데 아직 똥인지 된장인지 구분을 못해?! 도대체가 너란 놈은 순진한 거냐 멍청한 거냐 응?"

고 반장의 말에 불쑥, 뒤에서 한 형사가 얼굴을 내밀고 이죽거리듯 말했다. 춘동이 혼자 라이벌로 정해놓은 한 철현이다.

"순진하진 않은 거 같으니 멍청한 것 아닐까요?"

서의 골칫거리 취급을 받는 춘동과 달리 유능한 형사로 대접받는 한 철현은 고 반장을 제외하면 이곳 마포서 강력반에서 가장 끗발이 좋은 형사였다. 그만큼 검거율도 높고 실력도 인정받고 있었지만, 춘동은 도무지 철현이 정이 가지 않았다. 그것은 이런 상황마다 얄밉게 꼭 한마디씩 덧붙이는 철현의 태도 때문이었다.

춘동이 철현을 향해 눈을 부라리자 고 반장이 춘동의 머리를 다시 세차게 후려쳤다.

"야, 뭘 잘했다고 눈을 부라려! 마포서 이름에 똥칠을 해놓고!"

"아씨, 자꾸 때리지 좀 말아요! 그리고 막말로 쥐꼬리 같은 봉급 받으면서 시민의 종복노릇 열심히 하고 있는데 부업 좀 한 게 뭐 어때서 그래요! 공무원이면 뭐해, 여자들이 쳐다도 안 보는데! 그러니 돈이라도 좀 있어야 저도 결혼 좀 해보죠, 네? 나중에 재수 없어서 칼침 맞으면 가족도 없는데 장례는 누가 치러준다고!"

열심히 자기변호랍시고 빽빽 소리를 지르던 춘동은 묘하게 뒤통수가 근지러워져 주변을 둘러보았다. 뒤를 돌아본 춘동은 경찰서에 있던 형사 모두가 자신을 싸늘하게 노려보고 있는 것을 깨닫고 주춤거리며 어깨를 움츠렸다.

"왜들 그래요, 내가 뭐 틀린 말……."

춘동의 말에 결국 참지 못한 고 반장이 주먹을 휘둘렀다.
"새끼 매를 벌어라 벌어!"
따악! 춘동의 머리에서 또다시 경쾌한 소리가 울렸다.

"내 머리가 무슨 동네 북인가. 툭하면 두들기고."
춘동은 입을 툭 내밀고 툴툴거리며 걸었다. 점심나절에 맞은 머리가 저녁이 다 된 지금도 지끈거릴 정도로 아팠다. 다른 형사들은 속된말로 조인트는 까도 머리는 때리지 않는 고 반장이 유독 춘동에게만은 온갖 구타를 서슴지 않았다. 만약 보통 형사였다면 폭력상관이니 뭐니 난리를 쳤을 테지만 여태 고 반장이 춘동에게 쳐준 실드가 있는지라 춘동도 세게 나가질 못했다.
사실 춘동도 자신이 얼마나 사고뭉치인지 잘 알고 있었다. 늘 의욕만 앞섰지 실적은 마포서 강력반 중에 바닥을 기었고 가끔은 상관인 고 반장까지 엮어 시말서를 쓰게 만들었다. 그런 춘동이 여태까지 형사라는 타이틀을 부지하고 있는 게 그나마 고 반장 덕분이었기에 춘동도 평소엔 고 반장의 말에 찍소리 못하고 숙이곤 했다. 그러나 전 재산을 날려 속이 쓰리다 못해 뒤집히는 상황이라 고 반장에게 대들지 않고선 견딜 수가 없었다.
"인생역전 로또인줄 알았는데……."
춘동은 걸음을 멈추고 한숨을 푹 쉬었다. 그리고 힘없이 자신의 근처에 서 있는 아파트 단지를 보았다.

"아아…… 저런 집이라도 하나 있어야 여잘 꼬시지."

저 얄미운 한 철현이가 강력반이라는, 여자들이 기피하는 직업을 가지고도 쭉쭉 빵빵 애인을 둘 수 있는 건 오직 그의 부모가 물려준 재산이 두둑해서였다. 듣기론 철현의 집은 억 소리가 나오는 그런 아파트로, 경찰 노릇만으로 그 아파트를 사려면 50년을 일해도 힘들다고 들었다.

"아니 여자 꼬시기 전에…… 하루라도 저런 집 살아봤음 소원이 없겠다."

그러나 현실은 시궁창이라고, 춘동의 집은 10평 원룸. 그나마도 보증금 500에 월 25짜리 반지하 원룸이었다. 정수기 사업 잘 해서 원룸 신세 좀 벗어나나 했더니 이건 뭐 통장 잔고만 제로인 눈물 나는 상황이 돼버려 입에서 나오는 건 한숨 밖에 없었다.

"하아……."

깊은 한숨을 내쉰 춘동은 이내 번쩍 고개를 들었다. 지금은 늘어져 있을 때가 아니었다. 없는 돈 탈탈 털어서 홀랑 날리게 만든 범인을 잡아야했다.

"양수 이 개새끼……."

춘동은 ZK커뮤니케이션을 소개해준 사람의 이름을 읊조리며 이를 갈았다. 그래도 형 동생 하는 사이라고 사기는 안 칠 줄 알았더니. 하, 이놈이 대차게 사기를 칠 줄이야! 비록 형사와 피의자로 만난 사이지만 손 털고 나온 후부터는 나이트 주방일이랑 떡볶이 장사나 하고 건실히 살기에 믿었더니 뒨통 걸려들어 버렸다.

"이 새끼 잡히면 죽인다!"

애초에 사기 전과자가 고급정보를 가졌다고 말하는 걸 믿은 자신이 어리석었다는 건 생각 못하고 춘동은 그저 양수를 잡겠다는 의지로 활활 타올랐다.

준은 가로등이 드문드문 켜진 골목을 걷고 있었다. 보는 사람이 없는데도 검은 후드를 푹 눌러써서 얼굴을 가린 준은 인적이 드문 골목에 멈춰 서서 주변을 두리번거렸다. 그리고 사람이 없는 것을 확인한 후 후드를 벗고 골목의 벽으로 시선을 돌렸다.

근처 골목의 벽은 모두 하얗게 칠해져 있었지만 준이 바라본 벽은 주변의 벽과 달리 여러 가지 색채로 얼룩진 그림으로 가득했다.

땅속에 묻혀있는 사람.

토막이 난 사람.

피를 흘리는 사람.

마치 싸구려 고어물 포스터 같은 그림들이 잔뜩 그려진 벽을 한참 쳐다보던 준은 쓰게 웃었다.

다시 올 생각은 없었지만 또 오고 말았다. 그러나 와 버린 이상 어쩔 수 없었다. 준은 쓴웃음을 거두고 이내 무표정한 얼굴로 메고 있던 가방에서 두꺼운 장갑과 방독면을 꺼냈다. 그리고 익숙한 듯 손에는 장갑을, 얼굴에는 방독면을 썼다.

방독면을 제대로 고정한 후에는 가방에서 스프레이 통을 꺼냈다. 달칵달칵 스프레이 통을 말없이 흔들던 준은 곧 잠수라도 할 기세로 크게 숨을 들이쉬었다.

이윽고 벽면을 향해 맹렬히 스프레이가 뿌려졌다. 마치 피처럼 흩뿌려진 붉은 선이었다.

"아, 이 새끼 어디 숨었어."

춘동은 혀를 끌끌 차고 네온사인이 가득한 거리를 헤매고 있었다. 나이트에도 출근하지 않고 늘 같은 자리에 서던 떡볶이 트럭도 사라진 것으로 봐선 ZK커뮤니케이션 단속 얘기를 듣고 불똥이 튈까 도망친 게 분명했다.

이제야 알았지만 양수의 '고급정보'에 낚여 투자를 한 사람이 춘동만 있는 것은 아니었다. 양수의 일터인 금마차관광나이트에만 다섯 명, 그리고 근방의 도소매상도 여럿 물고 들어간 상태였다. 양수를 보기만 하면 죽이겠다고 이를 가는 사람들은 많았지만 어디에도 양수의 모습은 보이지 않았다.

"니가 도망간다고 내가 못 잡겠냐? 이 새끼 잡히면 아주 죽여 버리겠어!"

춘동은 으득으득 이를 갈며 성큼성큼 거리를 걸었다. 오늘 제대로 밥도 못 먹고 물만 먹은 게 양수 때문이라고 생각하니 더더욱 화가 났다. 그때 춘동은 갑작스러운 요의를 느꼈다. 양수를 찾느라 화장실 가는 것도 잊고 있었다가 양수를 찾을 수 없다는 걸 알게 되니 맥이 풀려선지 갑자기 오줌보가 터질 것 같았다.

춘동은 안짱다리로 주춤거리며 주변을 살폈다. 그러나 온통 나이트에 모텔뿐인 거리에는 들어갈 만한 화장실이 마땅하게 눈에 띄지 않았다. 결국 춘동은 엉거주춤한 자세로 주변을 두리번거리다 건물과 건물 사이의 으슥한 골목으로 뛰어 들어갔다.

칙 칙이익.

마지막 한 줄을 그려 넣은 준은 머리가 아픈지 머리를 짚은 채 빈 벽에 기댔다. 마치 무언가 통증을 참는 듯 한참 동안 눈을 감고 있던 준은 곧 하얀 방독면을 벗었다. 그러자 눈가만큼이나 잔뜩 일그러진 준의 얼굴이 드러났다.

거칠게 숨을 몰아쉬던 준은 이내 긴 한숨을 내쉬며 고개를 저었다. 그리고 자신이 방금 전 스프레이로 그린 그림을 확인했다.

준이 그린 것은 인적이 없는 개천 옆 놀이터의 풍경이었다. 약간 기울어진 커다란 전봇대와 쓰레기더미, 그리고 석양이 졌는지 전체적으로 붉게 물든 그림 톤이 을씨년스러움을 더했다. 어찌 보면 아무렇지 않은 일상의 풍경 같은 것이지만 그림에서는 알 수 없는 한기가 흘렀다.

한동안 멍하니 그림을 보던 준은 지이익 하는 갑작스런 소리에 놀라 고개를 돌렸다. 자신밖에 없다고 생각한 골목에서 낯선 사람의 기척이 들리니 놀란 것이다. 고개를 돌려보니 언제 나타났는지 그에게서 몇 걸음 떨어지지 않은 골목 구석에서 한 남자, 춘동이 어깨와 귀 사이에 전화기를 끼운 채 바지춤을 잡고 서 있었다.

"알았어, 그래. 그러니까 그 새끼 어딨는지만 알아달라고. 야, 형님 좀 살려주라 응? 어, 그래. 어……."

졸졸졸 오줌을 싸면서 건들건들 전화를 하는 춘동의 태도에 준은 기가 막혀 물끄러미 그를 보았다. 준의 시선을 느낀 춘동도 흘긋 고개를 돌려 준을 보았다. 그리고 준의 손에 들린 스프레이 통과 방독면을 보더니, 천천히 벽으로 시선을 돌렸다.

그림을 확인한 춘동은 지퍼를 올리고 핸드폰을 주머니에 밀어 넣었다. 그리고 방금 전 자신이 오줌을 갈긴 벽을 가리키며 인상을 확 찡그리고 나무라는 투로 입을 열었다.

"어이, 공공기물에 뭐 하는 짓이야?"

춘동의 말에 준은 어이없는 듯 그를 보다 곧 아무 말 없이 바닥에 놓여있던 여러 스프레이 통을 가방에 넣었다. 얼른 이 자리를 뜨는 게 상책이다 싶었기 때문이다. 그런 준의 태도에 불끈한 춘동이 그의 곁으로 다가서며 다시 말했다.

"어쭈, 사람 말을 씹어? 이봐, 당신 낙서로 환경파괴가 얼마나 심한지 알아? 해마다 이런 낙서 때문에 낭비되는 혈세가 얼마나 심한지는 아냐고!"

"노상방뇨나 하는 주제에……."

쭉 침묵을 지키던 준의 입에서 툭 터져 나온 한마디에 춘동의 심사가 제대로 뒤틀렸다. 그렇잖아도 하루종일 고 반장에게 쥐어터지고 양수는 못 잡아 기분이 제대로 상해있던 춘동이었다. 다른 때면 그냥저냥 말로 타일렀을 테지만 오늘만은 달랐다.

춘동이 콧김을 거칠게 내쉬며 자리를 뜨려는 준의 손을 탁 잡아챘다.

"어디가 이 새끼야!"

골목 반대편으로 나가려던 준의 몸이 춘동 쪽으로 확 쏠리며 크게 휘청했다. 순간 후드의 어둠속에 가려져있던 준의 얼굴이 춘동의 눈에 보였다. 척 봐도 자신보다 댓살은 어려보이는 그의 얼굴을 물끄러미 보던 춘동은, 준의 동공이 크게 열리는 것을 보았다.

아니, 이건 동공이 열린 게 아니었다. 마치 호수에 돌을 던져 넣었을 때 퍼지는 파문처럼 준의 눈에서 검은자위가 크게 펼쳐졌다가 사라졌다.

"뭐야, 너 본드라도…… 했냐?"

생전 처음 보는 기괴한 광경에 춘동이 멍해진 찰나 준이 춘동의 손을 뿌리쳤다. 그리고 춘동에게서 거리를 두고 물러섰다.

“경찰……?”

위태로운 준의 목소리에 번뜩 정신을 차린 춘동이 그를 향해 손을 뻗었다. 그러나 그보다 준이 빨랐다. 준은 자신을 잡아채려는 춘동의 얼굴을 향해 스프레이를 뿌렸다.

“악!”

엄청난 따거움에 춘동의 몸이 반사적으로 오그라들었다. 그러나 그러면서도 허우적거리던 손을 뻗어 준이 있는 방향에서 잡히는 것을 단단히 붙들었다. 그것은 준의 가방이었다. 춘동의 손을 떼어내려 잠시 버둥거리던 준은 이내 가방을 포기했다. 그리고 그대로 가방을 쏙 벗어버리고 골목을 달려 나갔다.

“너, 너 이 새끼 거기 안 서!”

생전 처음 당해보는 스프레이 세례에 눈물 콧물이 와락 쏟아졌다. 제대로 눈도 뜨지 못한 춘동이 준이 달려 나간 방향을 향해 고래고래 소리를 질렀지만 그가 멈출 리 없었다. 결국 춘동이 한참 동안 통증과 씨름하다 겨우겨우 고개를 들었을 때는 준의 모습은 이미 골목 안에서 자취를 감춘 후였다.

“에이 씨!”

살다 살다 일진이 이렇게 더러운 날도 있나. 춘동은 어이가 없어 발을 동동 굴렀다. 그러다가 아직도 자신이 손이 꽉 쥐고 있는 준의 가방을 보았다.

물끄러미 가방을 보던 춘동은 이내 스프레이로 얼룩덜룩한 얼굴로 흉악하게 웃으며 중얼거렸다.

"너 이 새끼 오늘 사람 잘못 만났다."

경찰서로 돌아온 춘동은 콧김을 풍풍 내쉬며 준이 남기고 간 가방을 뒤적거렸다. 여기서 신분증 하나라도 나오면 바로 준을 찾아가 잡아올 생각이었다.

죄목은 공공기물 파손, 경찰폭행, 공무집행방해, 도주 등등.

갖다 붙일 죄목은 춘동의 머릿속에서 창의적으로 마구 샘솟았다. 최악의 일진 마지막을 장식해준 개새끼를 춘동은 결코 용서할 생각이 없었다. 그런 춘동의 뒤로 동료 형사가 다가와 혀를 끌끌 차며 말했다.

"야, 이번엔 노가다라도 했냐? 몰골이 그게 뭐야?"

그렇잖아도 심사가 단단히 틀려있던 춘동에게 그 말이 곱게 들릴 리 없었다. 춘동이 휙 뒤돌아 눈을 부라리자 이죽거리던 동료는 어깨를 으쓱하며 뒤로 물러섰다. 그때 사무실 한 구석에서 철현이 한손으로 자신의 어깨를 주무르며 다가와 나른한 목소리로 말했다.

"어이 양 춘동, 오늘 당직이지?"

"그런데요…?"

얄미운 시누이 노릇만 골라서 하는 철현이 말을 붙이는 게 반갑지만은 않아 춘동의 어조가 퉁명스러워졌다. 그러나 철현은 그런 춘동의 태도에 아랑곳 않고 피곤하다는 듯 경찰서 한 구석을 가리키며 말했다.

"애 실종신고하러 왔단다."

철현이 가리킨 방향을 보자 딱 봐도 넋이 나간 듯 안절부절 못하는 여자의 모습이 보였다. 이제 30대 후반쯤 되어 보이는 여자는 제대로 옷도 챙겨 입지 못한 듯 흐트러진 모습으로 손가락을 잘근잘근 깨물고 있었다.

"실종이요?"

"거창한 거 아니니까 그냥 서류 작성하고 적당히 돌려보내. 아우, 피곤해. 나 먼저 퇴근한다."

춘동은 크게 어깨를 휘휘 돌리며 아무것도 아니라는 듯 사라지는 철현의 모습에 기가 찼다. 게다가 하필이면 꼭 자신이 당직하는 날 이런 일이 생기다니. 그러나 안절부절못하는 여자의 모습을 보자 마냥 툴툴 거리고 있을 수는 없어 결국 춘동은 뒤지던 가방을 자신의 책상위에 두고 여자를 향해 다가갔다.

"저기요."

춘동이 말을 걸자 여자가 번쩍 고개를 들었다. 군데군데 눈물자국도 남아있는 얼굴과 불안하게 흔들리는 여자의 눈동자에 춘동의 마음도 흔들렸다. 춘동은 최대한 부드러운 목소리로 물었다.

"실종신고 하러 오셨다고요?"

춘동의 물음에 여자는 고개를 끄덕이며 자리에서 일어났다.

"형사세요? 우리 은지, 우리 은지 좀 찾아주세요. 우리 은지……."

지금 춘동의 몰골을 생각하면 보통 사람은 의심을 하기라도 할 텐데, 여자는 얼마나 절박한지 스프레이 범벅이 된 춘동의 양손을 붙들고 울먹이는 목소리로 말했다.

"자자, 진정하세요. 진정하시고, 보통 실종은 24시간 내엔 연락이 옵니다. 그래서 실종신고도 24시간이 지나야……."

"우리 은지 그냥 없어질 애가 아니에요, 이렇게 연락 없이 집에 안 올 애가 아니라고요. 형사님, 저 우리 은지 하나만 보고 살아요. 제발, 부탁드릴게요. 우리 은지 좀 찾아주세요……."

춘동의 설명에 눈물을 흘리며 춘동의 손을 붙드는 여자의 행동에도 춘동은 아무런 말도 하지 못했다. 규정상, 절차상이란 말이 얼마나 가족에게 냉정하게 들리는지는 춘동이 누구보다 잘 알고 있었다.

결국 춘동은 자신이 아이를 꼭 찾아주겠다는 약속을 하고 여자를 돌려보냈다. 울면서 경찰서를 뒤로하는 여자를 보다가 춘동은 한숨을 푹 내쉬었다. 춘동의 앞에는 여자가 울면서 남기고 간 사진이 놓여 있었다. 해맑게 웃는 아이의 얼굴을 물끄러미 보던 춘동은 이내 머리를 벅벅 긁고 한숨을 쉬었다.

"얌마, 엄마 걱정하시잖아. 너 지금 어딨냐?"

그러나 사진 속 아이가 대답을 할 리 없었다. 한참 동안 아이의 사진을 손가락으로 톡톡 두드리던 춘동은 책상 위에 있던 가방을 책상 아래에 내려놓았다. 그리고 아이의 사진을 잡고 의자에 앉았다.

3. 수색

춘동은 하품을 길게 하고 자꾸 흐트러지려는 자세를 바로 잡았다. 고 반장은 하품을 한 춘동에게 눈을 부라렸지만 다행히 주먹을 휘두르진 않았다. 정확히는 휘두르지 못했다. 그도 그럴 것이, 지금 고 반장과 춘동 사이에는 테이블 하나와 형사 수명이라는 물리적 거리가 있었기 때문이다.

지금 춘동은 형사들의 주간 회의에 참여해 있었다. 한주간 관할에서 벌어진 굵직한 사건에 대해 브리핑하는 시간이라 어지간한 일이 없으면 빠지는 건 불가능했다. 언제나 그렇듯 회의를 이끌어가고 앞에서 말을 하는 사람은 여기서 끗발이 제일 좋은 사람이다. 즉, 춘동이 싫어라 하는 철현이 회의를 이끌고 있었다.

“전주에 이어 발발이 탐문 진행 중입니다. 삼거리 강도 상해 건은 용의자 지인들을 중심으로 위치추적 중에 있습니다.”

“다른 사건은 없고?”

“유아 실종신고가 한건 접수 됐는데요, 정황상 단순실종 같습니다.”

고 반장의 질문에 겨우 생각났다는 듯 덧붙인 철현의 태도에 춘동이 툭, 볼멘소리를 냈다.

“아주 점집이네 점집. 모든 걸 감으로 그냥 콱.”

“야, 양 춘동. 너 지금 뭐라고 했어?”

작게 중얼거렸는데 용케 들었는지 철현이 눈을 부라렸다. 그러자 춘동도 지지 않고 대꾸했다.

“아니 유괴인지 사고가 났는지 알아보지도 않고 정황상 운운하니까 그렇죠.”

“유괴? 야, 유괴사건은 10시간 내에 협박 전화 온다는 거 모르냐?”

“대부분 사례가 그렇다는 거지 전부 그렇단 건 아니잖아요.”

춘동이 지지 않고 받아 치자 철현이 기가 찬다는 듯 헛웃음을 지으며 말했다.

“너, 유괴의 핵심이 뭔지는 알아? 유괴사건의 90%는 돈이 목적이야."

"그럼 나머지 10%는 돈이 목적이 아니란 말도 되잖아요."

"너……."

"유괴 근거는 뭐냐 양 춘동? 부모한테 협박 전화라도 있었다냐?"

험악해지려는 철현의 기세에 얼른 고 반장이 끼어들어 춘동을 보며 물었다. 고 반장의 질문에 춘동은 움찔해 우물쭈물 말했다.

"아니 그런 건 아닌데……. 그렇잖아요, 말 못하는 갓난쟁이도 아니고 지체장애도 아니고 혼자 학교 잘 다니던 애가 사라졌다는데 유괴일 확률도 의심해봐야죠."

춘동을 한심하게 바라보던 철현은 비아냥대며 물었다.

"야, 그럼 수사본부라도 설치하라는 거냐? 예산은? 인력은 어쩌고? 가뜩이나 서에 인원 모자라서 다들 빵이 치는 거 알면서 지금 뭐 어쩌자고?"

철현의 날카로운 반응에 춘동은 말문이 막혔다. 철현의 말이 틀린 게 하나 없었기 때문이다. 그러나 그렇다고 철현의 말에 깨갱해서 물러나기엔 자존심이 상했다. 그리고 아이의 실종을 너무 단순한 상황으로 받아들이는 철현의 태도에 은근히 부아가 치밀었다.

"아니, 그러니까 내 말은 왜 강력 사건만 중요하고 애 실종은 나 몰라라 하냐고요!"

"누가 나 몰라라 한대! 그냥 단순실종……."

"애 엄마 입장에서 생각해보면 그 소리 안 나올 걸요. 어제 그 아줌마 얼마나 울었는지 알아요? 그 아줌마요, 애랑 단둘이 산다는데……."

"야, 임마 그만해!"

투덜투덜 이어지려는 춘동의 말에 고 반장이 결국 버럭 소리를 질렀다. 무어라고 더 중얼거리려던 춘동은 고 반장의 험악한 기세에 눌려 입을 다물었고, 고 반장은 골치가 아프다는 듯 춘동을 보며 나무라듯 말했다.

"애 없어진 게 아무 문제없다는 게 아니잖아 지금. 그냥 일을 순서에 맞게 하자는 건데 뭐가 불만이야!"

고 반장의 말에 춘동은 찍소리도 못하고 입을 다물었다. 고 반장은 이제 춘동이 입을 다물겠거니 하고 철현을 보았다. 그런데 그 순간, 춘동이 기어들어가는 목소리로 중얼거렸다.

"그래도 어린 앤데…… 불쌍하잖아요."

고 반장은 춘동을 어이없이 바라보다 다른 형사들을 향해 나가보라는 듯 손을 흔들었다. 굳은 얼굴로 춘동을 노려보던 동료 형사들이 회의실을 빠져나가자 고 반장은 들으란 듯이 크게 한숨을 쉬었다.

춘동은 아직도 퉁명스러운 표정으로 고개를 숙이고 있었다. 그 꼴이 다 큰 어른이 아니라 꼭 열대여섯 먹은 어린애들이 교무실에 끌려와 짓는 표정과 비슷했다. 진짜 예쁜 구석이라곤 눈을 씻고도 찾아 볼 수가 없는 놈인데, 이렇게 가끔 똘끼인지 순진한 정의감인지 모를 논리를 내세워 대서 고 반장은 춘동을 미워할 수가 없었다.

고 반장도 안다. 춘동이 정말로 나쁜 마음으로 돈을 벌고자 한다면 얼마든지 뒷돈도 받아 챙기고 할 수 있다는 것을. 그러나 춘동은 그렇게 하지 않는다. 적어도 형사로서 해선 안 될 것 정도는 확실히 알고 있다. 그것만으로도 고 반장은 춘동을 믿었다.

"야, 양 춘동이."

고 반장이 한숨을 억누르며 춘동을 부르자 그는 또 잔소리를 하려나 싶어 인상을 썼다. 그러나 고 반장은 예상치 못한 말을 했다.

"그렇게 신경 쓰이면 니가 한번 찾아봐라."

"네……? 진짜요?"

"대신 지원은 못해주는 거 알지? 지금 서에는 인력이 없으니 니가 다 알아서 해야 해. 관계된 쪽 연계는 해줄 테니까."

고 반장의 선심에 춘동은 이게 웬일인가 싶어 고 반장을 멀뚱멀뚱 보다가 심각하게 물었다.

"반장님 혹시 몸에 무슨 이상 없어요?""갑자기 그건 또 무슨 실없는 소리야?"

"그렇잖아요, 사람이 원래 안 하던 짓을 하면 빨리 간다고…….”

“헛소리 하지 말고 애 찾으러 가든지 뭘 하든지 얼른 나가!”

결국 고 반장의 매를 번 춘동이 허둥지둥 회의실을 빠져나갔다.

*　　*　　*

준은 어둑어둑한 저녁인데도 후드를 깊게 눌러쓴 채 거리를 걷고 있었다. 페인트로 얼룩진 준의 후드를 가끔 흘깃대는 사람들이 있었지만 대부분은 준에게 시선도 주지 않고 그를 스쳐 지나갔다. 군중 속의 고독이란 말을 굳이 할 필요도 없이 아무리 사람이 많은 곳에 가도 준은 늘 혼자였다. 그렇지만 준은 이미 혼자인 이 상황에 익숙해져 있었다. 오히려 준은 사람이 곁에 있는 것이 불편하고 힘이 들었다.

겉만 보면 세상엔 좋은 사람만 있는 것처럼 보이지만 한꺼풀만 벗겨보면 웃는 얼굴로 거짓말을 하고 신뢰가 가는 말을 하면서 배신을 하는 사람들이 넘쳐났다. 사기를 칠 궁리를 하는 사람, 그리고 부하의 공을 가로채려는 사람. 부모에게 거짓말을 해 돈을 타내려는 사람, 애인 몰래 바람을 피는 사람……. 스쳐 지나가는 사람들의 검은 욕망을 준은 알았다. 그렇기에 준은 사람을 멀리했다. 그들을 알고 싶지도 않았고 보고 싶지도 않았다.

골목을 지나치던 준은 전봇대에 붙어 펄럭거리는 전단지를 보았다. 실종된 아이를 찾는 전단지였다. 흑백 사진 속에서 귀여운 생김새의 아이가 해사하게 웃고 있었다. 아이의 웃는 얼굴 아래에는 '실종 당시 강아지 무늬가 그려진 흰색 원피스를 입고 있었음.' '다리에 화상 자국이 있음.' 등의 정보가 쓰여 있었다.

"아이를 보시거나 보호하고 계신 분은 연락주세요……라."

준은 알 수 없는 표정으로 전단지를 뚫어져라 보다 이내 쓰게 웃었다.

"어쩔 수 없어."

그리고 누구에게 하는 건지 모를 말을 중얼거리며 걸음을 옮겼다.

*　　　*　　　*

고 반장의 고(go) 사인이 떨어진 후부터 춘동은 눈코 뜰 새 없이 바빴다. 누가 시킨 것도 아닌데 밤을 새어가며 cctv를 조사하고 은지의 전단지를 여기저기에 뿌렸다. 탐문수사도 열심히 했다. 그렇지만 지금까지 은지의 행방은 여전히 오리무중이었다.

점점 춘동은 알 수 없는 예감에 사로잡혀갔다. 처음에는 은지의 엄마가 가여워서, 그리고 혹시 지금쯤 어딘가 멀리서 길을 잃고 울고 있을지도 모를 은지가 불쌍해서 시작한 일이었다. 그러나 열흘이 지나도록 은지를 봤다는 사람도 없고 어딘지 갔을만한 곳도 나오지 않았다.

춘동은 점점 불안해졌다. 형사밥 먹은 지 겨우 3년 밖에 안 됐지만 춘동에게도 감이라는 게 있었다. 단순히 아이가 길을 잃어버려서 사라졌다면 누군가 한명쯤은 그 아이를 봤어야 하는 것 아닌가. 다른 나라도 아니고 치안이 이렇게 확실하고 국민 모두가 주민등록이 되어있는 대한민국에서 멀쩡하게 학교를 잘 다니던 아이가 증발해버릴 가능성은 유괴 말고는 없었다.

그러나 유괴라고 하기에도 석연치 않은 구석이 있었다. 은지의 집안사정이 넉넉지 못하다는 것은 은지 어머니의 행색을 보면 확실했다. 삶에 찌들어 있는 홀어머니. 물론 그런 사람에게서도 돈을 쥐어짜면 못 쥐어짤 바 아니지만 기왕에 몸값을 노린 유괴라면 좀 더 잘사는 집의 아이를 노리지 않을까? 그렇다면 아이를 좋아하는 변태의 범죄인가?

거기까지 생각한 춘동은 불쾌한 마음에 얼굴을 찡그렸다. 예전만해도 상상도 못할 일이지만 이제 우리나라도 아동변태성욕자 같은 단어가 낯설지 않은 나라가 되어버렸다. 그러나 춘동은 이내 고개를 저었다.

“아서라 양 춘동. 세상에 변태가 그렇게 데굴데굴 굴러다

니냐, 응?"

춘동은 스스로 생각한 걸 지우려는 듯 고개를 휙휙 젓고 전단지를 옆구리에 낀 채 걸음을 옮겼다. 오늘도 아이가 있을법한 장소를 샅샅이 뒤지고 다녔지만 아이의 그림자조차 보이지 않아 춘동은 슬슬 지쳐갔다. 그런 춘동의 머리 위로 비둘기 한 마리가 푸드득 날갯짓을 하며 날아가고 있었다.

춘동은 몰랐지만 그런 춘동을 바라보는 눈동자가 하나 있었다. 바로 춘동과 골목 안에서 마주쳤던 남자, 준이었다. 그는 춘동을 내려다보며 혼잣말을 중얼거렸다.

*　　*　　*

"오늘도 헛수고 하시는군."

준은 동네 놀이터를 이리저리 둘러보는 춘동을 보고 한숨을 쉬었다. 준이 옆구리에 아이의 전단지를 끼고 밤늦도록 돌아다니는 춘동의 모습을 본지 벌써 일주일이 되었다. 그러나 춘동은 오늘도 아이의 전단지를 끼고 거리를 헤매고 있을 뿐이었다.

준은 알고 있었다. 춘동이 찾는 아이는 결코 발견되지 않을 것이라는 것을. 그러나 준은 춘동에게 나서서 그 일을 알려줄 생각이 없었다. 아니, 알려줄 수 없었다.

"누가 믿겠어, 안 그래?"

준은 자신이 기대 선 난간에 앉은 비둘기에게 무심히 말을 내뱉고는 그대로 등을 돌려 옥탑방 안으로 들어갔다.

낮이지만 신문지로 온통 창을 가려둔 옥탑방 안은 어두컴컴했다. 그 어둠속에서 준은 길게 한숨을 쉬었다. 준의 방 여기저기에는 오래된 신문지가 어지러이 널려 있었다. 온통 살인, 방화, 강간, 강도 등의 흉악한 단어들이 넘쳐나는 신문을 본 준은 대충 자리에 앉아 TV를 켰다. TV에서도 마치 준을 기다리고 있던 것처럼 흉악한 범죄 소식을 전하고 있었다.

불과 십여 년 전만해도 쇼킹하게 받아들여졌던 존속살인이 이제는 더 이상 놀라운 소식이 아니었다. 아내가 남편을, 남편이 아내를, 자식이 부모를, 부모가 자식을……. 더 이상 가족은 성역이 아니었고 친구, 이웃 등 모두 범죄의 피해자가 되고 가해자가 되었다. 세상은 이미 그것을 당연한 것처럼 받아들이고 있었다.

불신과 불안이 팽배한 시대상에 준은 점점 더 안으로, 안으로 파고들 수밖에 없었다.

사람과 접하는 것이 싫었다. 사람을 접하게 됨으로서 보게 되는 모든 것이 준은 끔찍했다. 분명 아직 어렸을 때는 사람에 대해 기대를 했었다. 그래도 사람은 선하고 세상에는 정의가 있다고 믿었던 것이다. 그러나 자라면서 '본' 준의 세상은 너무나 끔찍하고 냉엄했다.

한때는 어쭙잖은 정의감으로 자신이 나서면 무언가가 바로잡아질 줄 알았다. 그러나 준에게 돌아온 것은 공포감에 물든 눈동자, 배척의 말들, 그리고 그를 향한 욕설뿐이었다.

괴물.

괴물.

괴물…….

준을 가리키는 말들은 흉기가 되어 준의 가슴속에 박혔다. 그리고 그 흉기들은 수년이 지난 지금까지 준의 가슴에서 피를 흘리게 만들고 있었다.

진실 따윈 준에게 아무런 도움이 되지 않았다. 차라리 모른 척 했었더라면 어땠을까. 지금쯤 결과가 달라졌을까.

준은 과거를 떠올리다 이내 고개를 저었다. 자신이 자신인 이상 과거는 달라질 수 없었다. 자신이 '이렇게' 태어나버린 이상 어쩔 수 없는 일이었다. 준은 TV에서 흘러나오는 소리를 들으며 눈을 감았다.

* * *

결국 허탕을 치고 돌아온 춘동이 경찰서 소파를 제집 침대처럼 삼고 길게 드러누워 앓는 소릴 냈다. 고 반장은 그런 춘동의 머리를 서류철로 탁탁 두드리며 물었다.

"성과는 있어?"

고 반장의 물음에 춘동은 힘없이 눈을 떴다. 그 모습에 고 반장이 피식 웃었다.

"꼴 보니 허탕인가 보네."

"그럼 지원도 없고 혼자서 쇼를 하고 있는데 일이 되겠습니까?"

불끈한 춘동이 볼멘소리로 대꾸하고 발딱 자리에서 일어나 앉았다.

"반장님."

"왜 부르냐?"

진지한 춘동에 비해 고 반장이 심드렁하게 대꾸하자, 춘동은 오만상을 쓰며 물었다.

"솔직히 말해요, 반장님은 유괴라고 생각 안하죠? 나 엿 먹이려고 한번 해보라고 한 거죠? 완전 뺑이 치게. 맞죠?"

추궁하는 듯한 춘동의 말에 고 반장은 헛웃음을 지었다.

"새끼, 지가 한다고 나서놓고는."

"그게 아니면 사람 하나만, 아니 둘만 붙여줘요. 네?"

"지금 서에 사람 없는 거 모르냐. 말이 되는 소릴 해라. 그리고 너는 좀 바빠야 해. 그래야 다단계니 뭐니 쓸데없는 짓거릴 안하지."

고 반장의 말에 춘동이 눈을 부라렸다.

"아이 씨. 다 지나간 얘기 자꾸 꺼내지 맙시다!"

"이게 어디서 눈을 부라려!"

따악! 결국 서류철로 이마를 세차게 얻어맞은 춘동의 입이 툭 튀어나왔다. 고 반장은 그런 춘동을 한심한 듯 보고 있었지만, 그 또한 지난 열흘간 춘동이 얼마나 열심히 은지를 찾아다녔는지를 알기에 다른 말은 덧붙이지 않았다.

입을 툭 내밀고 이마를 쓰다듬던 춘동도 자신이 한 부탁이 얼마나 말도 안 되는 것인지 알기에 한숨만 내쉴 뿐이었다. 춘동은 고개를 저었다. 아직 춘동의 책상 위에는 높다란 산처럼 쌓인 전단지가 있었기 때문이다. 그리고 전단지 안에는 환하게 웃고 있는 은지가 있었다.

"저기 반장님."

"또 왜 부르냐."

"반장님 생각에는 그 애 어디 있을 거 같아요?"

"야, 그 동안 애 찾아다닌 건 넌데 나한테 물으면 내가 뭐라고 대답할까?"

"그래도 저보다 형사생활 몇 배나 더 하셨잖아요. 혹시 감이라도 뭐 오는 거 없어요? 보통은 이런 데 있다거나. 이 정도로 실종이 길어지면…… 보통 어떤 상태인 거예요?"

춘동의 말에 고 반장은 잠시 생각에 빠진 듯 턱을 만지작거렸다.

"뭐, 보통 이 정도로 길어지면 유괴나 범죄, 그런 게 아니면 어디 보육원 같은 데 가 있다고 봐야지."

"보육원이요?"

"미아들이 버려진 걸로 오해 되서 종종 보육원 같은 데로 보내지거든. 한번 근처에 보육원들부터 찾아보지 그래?"

고 반장의 말에 춘동은 보육원이라, 라고 중얼거리다 고개를 저었다.

"그건 아닐 걸요. 애 엄마 말 들어 보니까 애가 완전 똑똑했나 보던데요. 지 이름도 제대로 말할 줄 모르는 어린애도 아니고 무슨 보육원이에요."

"그럼 유괴당한 거겠지."

"아 씨. 그렇게 쉽게 말하지 맙시다! 애 엄마 속은 타들어 간다니까요, 지금!"

"새끼, 지가 유괴라고 먼저 말 꺼내놓고 그런다. 그럼 넌 유괴 아니라고 생각하면서도 이러고 있는 거냐?"

"아니 뭐……. 유괴가 아닐 수도 있다고 생각하지만, 만에 하나라는 게 있잖아요. 벌써 열흘이나 됐고……. 어디서 사고가 났을 수도 있는 거고. 대충 했다가 후회하고 싶지 않아요."

우물쭈물 대답하는 춘동을 보고 고 반장이 씩 웃었다. 이런 면 때문에 고 반장은 춘동을 미워라 할 수 없었다. 예쁜 짓 하는 게 가뭄에 콩 나듯 했지만 형사로서 춘동의 이런 태도는 나쁘지 않았기 때문이다.

"그럼 열심히 해봐라. 이렇게 열심히 하는데 찾겠지."

"네……."

춘동이 힘없이 고개를 끄덕이고 대답한 순간, 고 반장의 휴대폰이 울렸다.

"무슨 일이야?"

느긋하게 전화를 받은 고 반장이지만, 이내 표정이 순식간에 굳었다.

"지금 뭐라고 했어?"

심각한 고 반장의 표정에 춘동이 귀를 쫑긋 세웠다.

"알았어. 일단 주변 차단 해. 바로 간다."

"뭐 큰일 터졌어요? 어디 조폭들이 단체로 쌈이라도 한대요?"

춘동이 철없이 물었다. 평소라면 눈을 부라리며 시원하게 뒤통수라도 때렸을 고 반장이 아무 말 없이 춘동을 보다가 낮은 목소리로 말했다.

"은지 찾았다."

"예?"

춘동은 예상치 못한 고 반장의 말에 잠시 멍해졌다. 고 반장의 표정이 심각해서 뭐 큰 사건이라도 벌어졌나 했는데 은지를 찾았다니……. 그런데 그건 좋은 소식 아닌가?

고 반장의 굳은 얼굴에 춘동의 얼굴도 전염된 것처럼 서서히 굳어갔다.

"반장님 무슨 일이예요? 뭔 일 난거죠? 그런 거죠?"

춘동의 물음에 고 반장은 시선을 돌렸다.

"니 감이 맞았어."

"네?"

"죽었어."

"네……?"

순간 춘동은 자신의 귀를 의심했다. 고 반장은 다시 한 번 확인사살이라도 하듯 또렷하게 말했다.

"은지가, 방금 전에 시체로 발견됐단다."

춘동의 머릿속은 하얗게 변해 버렸다.

현장은 춘동이 은지를 수색하며 돌아다니던 곳에서 그리 멀지 않은 곳이었다. 을씨년스러운 작은 개천가, 비틀어진 가로등 밑의 쓰레기봉투 안에서 은지는 싸늘한 시체로 발견되었다.

발견자는 근처에서 숨어서 담배를 피우던 청소년들이었다고 한다. 인적이 드문 곳을 찾다 이곳으로 온 그들은 놓인 쓰레기더미에 불을 붙인다만다 장난을 치다 쓰레기봉투 안에 있는 아이의 시체를 발견하고는 신고를 했다.

만약 그들이 발견하지 못했다면 아이의 시체는 더 오래 방치되었을지도 모르니 불행 중 다행이라는 말을 춘동은 멍한 상태로 흘려들었다.

보통 때라면 현장의 제일선에 배치되기도 힘든 춘동이었지만 오늘은 달랐다. 다른 형사들이 눈치를 보며 춘동에게 길을 터줬다. 막 춘동이 도착했을 때 감식반이 쓰레기봉투를 열고 은지의 시체를 꺼내고 있었다. 마치 어린아이들이 가지고 노는 마론 인형처럼 벌거벗겨진 은지의 몸은 핏기하나 없이 창백했고 사진 속에서 환하게 미소 짓던 얼굴에는 죽음이 가면처럼 들러붙어 있었다.

"세상에……."

"저 애 실종됐다던 걔 맞죠? 저 앞 삼거리에 전단지 붙어 있는……."

"이게 무슨 일이래……."

노란 통제선 밖에 모여든 사람들의 웅성거림이 춘동의 귀를 스쳐 지나갔다. 표정들은 다들 찡그려져 있었지만 그들의 목소리엔 마치 흥미진진한 사건이 터지기라도 한 것 같은 호기심이 어려 있었다. 춘동의 가슴에 불길이 일었다.

"어디 구경거리 났어, 뭘 보고들 있어!"

춘동은 통제선 밖의 사람들을 향해 소리를 질렀다. 그 소리에 시끄러울 정도로 웅성거리던 개천가가 조용해졌다.

"양 춘동이, 진정해."

고 반장은 춘동의 팔을 툭툭 두드리고 감식반에게 다가갔다. 그런 고 반장의 곁으로 철현이 다가와 말했다.

"사진으로 봐선 실종된 애가 맞는 거 같습니다. 신체 특징도 일치하고요."

"애 언제부터 여기 있었던 거 같나?"

고 반장이 사체를 확인하고 있는 감식반에게 묻자 나이 지긋한 감식반이 침통함을 억누르려는 듯 담담하게 대답했다. 별별 흉흉한 일들을 다 보는 그들이지만 어린 여자아이가 쓰레기처럼 버려진 사건에는 냉정해지기 힘든 듯 보였다.

"버려진 지는 좀 된 것 같습니다. 눈에 띄는 외상이 없어서 자세한 사인은 부검해봐야 알겠지만 사후에 오랫동안 얼어 있었던 거 같습니다. 다른 특별사항은 없고요."

"정말 다른 거 없어?"

성폭행 가능성을 두고 묻는 질문이었다. 감식반은 고개를 끄덕였다.

"깨끗합니다."

그 대답에 고 반장은 미간을 찌푸렸다.

"그럼 뭐야. 돈을 노린 유괴도 아닌데 아동성애자 짓도 아니면 '그냥' 죽였단 말이야? 이게 말이 돼?"

"현재로선 그렇게 볼 수밖에 없습니다."

그때 조용해졌던 통제선 너머가 시끄러워졌다. 안됩니다! 비켜요! 고성이 오가는 소리에 춘동이 뒤를 돌아보았다. 한 여자가 경찰의 제지를 뚫고 달려오고 있었다. 은지의 어머니였다.

"은지야!"

열흘 전에 봤던 것보다 더 초췌해진 얼굴로 달려온 그녀는 감식반 앞에 놓인 시체를 보고 그 자리에 주저앉았다. 감식반들이 그녀가 보지 못하도록 얼른 시신을 덮었지만 드러난 다리의 화상자국을 엄마인 그녀가 못 알아 볼 리 없었다. 이내 넋이 나간 그녀의 초점 없는 눈에서 눈물이 쏟아졌다.

"안 돼, 안 돼, 안 돼, 안 돼. 아니야……. 이건 아니야, 아니야, 아니야!"

미친 사람처럼 고개를 마구 휘젓던 은지의 엄마는 춘동을 발견하고 기다시피 다가와 춘동의 소매를 붙들었다.

"형사님, 우리 은지, 우리 은지 왜 저러고 있어요? 우리 은지, 우리 은지……. 은지이!"

"이러시면 안 됩니다!"

다른 형사들이 얼른 은지의 엄마를 말렸지만 춘동은 그녀가 뒤흔드는 대로 속수무책 흔들리고 있었다.

"우리 은지, 우리 은지 찾아주신다고 했잖아요! 집에 돌아올 거라고, 걱정 말라고 했잖아요!"

그녀의 말 한마디 한마디가 춘동의 가슴을 후벼 팠다. 춘동은 알고 있었다. 춘동이 건넨 그 의례적인 말 한마디에 그녀가 걸었을 기대를.

그렇게 한동안 춘동을 흔들던 그녀는 그 힘조차 다 빠졌는지 쓰러지듯 주저앉아 통곡하기 시작했다.

"아아, 아아아, 은지야, 은지야, 은지야아……."

가슴을 쥐어뜯으며 절규하는 그녀에게 대체 무슨 말을 할 수 있을까.

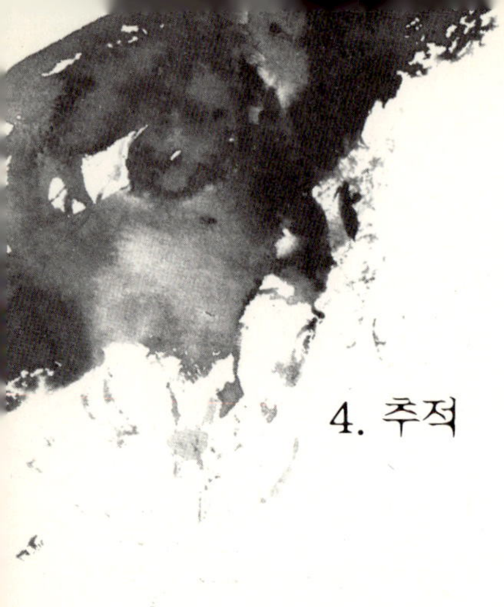

4. 추적

마포서는 완전히 전쟁터가 돼버렸다. 시민단체, 매스컴 할 것 없이 모두 몰려들었기 때문이다. 모두가 경찰의 부실한 대응을 문제 삼으며 목소리를 높이고 있었다. 은지가 발견되기 전에는 경찰서에는 코빼기도 보인 적 없는 은지의 친척들까지 몰려와 경찰을 성토하고 있었다. 그러나 정작 은지 엄마는 모든 것을 놓아버린 넋이 나간 얼굴을 하고 있을 뿐이었다. 정복 경찰들이 사람들이 경찰서 안으로 진입하는 것은 막고 있었지만 소리까지 막을 수는 없었다.

"경찰은 도대체 뭘 한 거야! 은지 살려내, 우리 은지 살려내라고!"

"이러시면 안 됩니다!"

"놔, 비키라고! 책임자 나와! 나와!"

가장 앞장서서 상황을 주도한 것은 은지의 외삼촌이었다.

"개새끼들, 우리 은지 살려내라고! 니들이 그러고도 경찰이야! 니들이 우리 은지 죽였어! 니들이!"

버럭버럭 고함치는 소리가 경찰서 안에서도 또렷하게 들렸다.

서장실에 들어갔던 고 반장의 얼굴은 썩 좋지 못했다. 서장에게 부실한 수사 운운하는 질책을 받은 모양이었다.

자리로 돌아온 고 반장은 아직도 충격에서 빠져나오지 못한 춘동을 보며 안타까운 한숨을 내쉬었다.

"전담팀을 만든다. 철현이. 인선은 니가 맡아라."

고 반장의 지목을 받은 철현이 등골을 빳빳하게 세우고 고개를 끄덕였다. 그리고는 곧바로 춘동의 자리로 다가가 춘동의 책상 위에 놓인 서류를 들어 올렸다. 은지를 찾는 전단지와 은지를 찾기 위해 탐문한 서류들이었다.

"유괴 아니라며."

그때까지 넋 나간 얼굴로 있던 춘동이 철현을 향해 말했다.

"뭐?"

"씨발, 유괴 아니라며!"

"이 새끼가 지금……."

"단순 실종이라며, 유괴 아니라며! 지금 그 말 밖에 가서 해봐, 해보라고!"

"이게 지금 누구한테 덮어씌워!"

철현이 춘동의 멱살을 잡았다. 춘동도 지지 않고 철현의 멱살을 잡았다. 당장 주먹다짐이 일어날 것 같았다. 주변 형사들이 둘을 뜯어 말렸다. 사태를 가만히 지켜보던 고 반장은 철현에게 달려들려고 버둥거리는 춘동의 곁으로 가 그의 어깨를 두드리며 말했다.

"양 춘동이, 진정해라. 진정하고 머리 좀 식히고 와라."

전담반을 구성한다면서 머리를 식히고 오라는 고 반장의 말은 무엇인지 뻔했다. 춘동은 전담반에서 배제된 것이다. 춘동은 자신을 붙든 형사의 팔을 거칠게 뿌리쳤다.

경찰서를 나선 춘동은 그대로 하릴없이 거리를 배회했다. 하필이면 거리 곳곳에 배치된 대형 전광판에선 은지의 사건을 떠들썩하게 전하고 있었다. 어린아이가 쓰레기봉지에 담겨 시신으로 발견된 사건이니 어지간한 흉악 범죄에 익숙해진 현대인들에게도 쇼킹하게 전해질만한 사건이긴 했다.

〈국과수에 따르면 숨진 김양은 사후에 오랫동안 얼려진 뒤 대형 쓰레기봉투에 담겨 땅에 묻힌 것으로 보입니다. 경찰

은 초동수사 시 단순 실종으로 판단, 대응 시기를 놓쳐 이 같은…….〉

하나같이 경찰을 탓하는 뉴스에 춘동은 귀를 틀어막고 싶었다. 그러나 틀린 말도 아니었다.

은지의 실종이 다른 강력사건에 밀려 허술하게 다뤄진 것도 사실이고, 비록 자신이 은지를 찾고 있었지만 자신 또한 거의 90%는 단순 실종이라고 생각했던 것도 사실이다. 사건에 휘말린 게 아니라 어딘가에 분명 잘 있을 거라고, 시간은 걸리겠지만 분명 찾을 수 있으리라 안일하게 생각했었다. 춘동은 그게 더 뼈저리게 아팠다.

만약 자신이 조금만 더 심각하게 이 사건을 받아들였으면 은지를 살릴 수 있었던 것 아닐까? 자신이 고 반장에게 좀 더 강한 어조로 지원을 요청했다면 지원을 받을 수 있었던 것은 아닐까? 그리고 은지 엄마가 처음 찾아온 그날부터 바로 수사를 시작했더라면 은지는 지금쯤 살아있지 않을까?

후회가 꼬리에 꼬리를 물었다. 결국 춘동은 고개를 휘젓고 아직 은지의 소식을 무심하게 읊고 있는 전광판을 노려보았다.

화면은 아나운서의 얼굴 대신 사건 현장을 찍은 화면으로 넘어가 있었다. 노란 경찰 통제 테이프와 모자이크 된 경찰들의 모습이 한눈에 보였다.

그때, 춘동은 화면 안의 풍경에 기시감을 느꼈다. 처음 현장에 도착했을 땐 너무 정신이 없어서 제대로 주변조차 둘러보지 못한 춘동이었지만 제 3자의, 그것도 카메라를 통해서 보는 객관적 풍경을 보자 제대로 그 모습이 머릿속에 들어왔다.

조금 을씨년스러워 보이는 개천가와 작은 놀이터, 그리고 약간 기울어진 가로등과 가로등 아래 놓인 큰 자루들의 모습까지. 분명 어디선가 본 모습이었다. 하나하나 뜯어보면 어디에나 있을 평범한 모습들이지만, 분명 춘동은 저 조합을 전에도 보았다. 그것도 마치 판으로 찍어놓은 듯 완벽하게 같은 조합, 같은 위치였다.

어디에서 봤지? 어디에서……?

멍하니 생각하던 춘동의 머릿속에 번개처럼 과거의 사건이 스쳤다.

"!"

여태 은지를 찾느라 까맣게 잊고 있었던, 그 스프레이 남자가 그린 벽화였다. 은지의 실종신고가 접수된 날이기도 했다. 춘동의 머릿속에 불똥이 튀었다.

"그 새끼……!"

춘동은 허겁지겁 그날 봤던 그림을 확인하기 위해 그 골목으로 달려갔다. 분명 그 그림은 은지가 발견되기 전에 본 그림인데, 사건현장과 완전히 똑같았다. 그 말은, 그날 춘동이 마주친 그 새끼가 범인일 가능성이 크다는 것이었다.

겨우겨우 벽이 있는 골목에 도착했을 때, 춘동은 비명처럼 소리를 내질렀다.

“잠깐! 잠깐 아줌마! 잠깐!”

춘동의 눈앞에서 그림이 지워지고 있었다. 한손에 페인트 통을 들고 큰 롤러를 들고 페인트를 벽에 칠하던 아주머니는 갑자기 소리를 지른 춘동의 목소리에 놀라 뒤를 돌아보았다. 그러나 그러는 사이에도 아주머니의 롤러는 벽을 스치고 있었다.

“멈추라니까! 아줌마 멈춰요!”

“지금 나보고 소리 지른 거예요?”

“그거 지우지 말아요!”

춘동이 허겁지겁 벽까지 달려와 큰 소리로 외치자 아주머니가 인상을 찌푸린 채 말했다.

“지금 누굴 보고 아줌마라는 거예요? 그리고 나 구청에서 시켜서 하는 거예요, 이거.”

목에 건 신분증을 아주머니가 흔들자, 춘동도 주머니에서 자신의 신분증을 꺼내들었다. 아니, 꺼내 들려고 했다. 그러나 없었다.

“아 씨, 책상에 놔두고 왔나! 어쨌든 아줌마, 나 경찰이에요. 형사라고요. 나도 나라에서 시켜서 하는 일이니 그거 지우지 말아요, 좀."

"형사아? 하, 꼴에 무슨……."

아주머니는 춘동을 위아래로 훑으며 콧방귀를 뀌었다. 지금 춘동의 모습이 노숙자라 해도 믿을 정도로 추레했기 때문이다. 은지를 찾느라 제대로 씻지도 먹지도 못한 탓이었다. 아주머니는 춘동의 말을 무시한 채 다시 벽에 페인트를 철퍽 발랐다.

"지우지 말라니까요, 아줌마!"

춘동은 아주머니의 손목을 붙잡았다. 그러자 아주머니가 화들짝 놀라며 춘동의 손을 뿌리치려 했다. 그러나 춘동은 손목을 놓으면 또 벽에 페인트를 칠할까 싶어 아주머니의 손목을 놓지 않았다.

"어머 이 사람 왜 이래! 이거 놔 이 변태! 놓으라니까!"

"누가 변태야? 이 아줌마가!"

춘동은 흥분해서 버둥거리는 아주머니의 손목을 잡은 채 한손으로 허둥지둥 핸드폰을 꺼냈다. 그러는 와중에도 아주머니의 손에 들린 페인트 붓에서 튄 페인트들이 벽화를 군데군데 하얗게 지워가고 있었다.

찰칵, 찰칵!

춘동의 핸드폰에서 사진을 찍는 소리가 울리자 아주머니가 더욱 격앙된 목소리로 소리를 질렀다.

"지금 뭘 찍는 거예요!"

"아, 아줌마 안 찍으니까 신경 끄고……. 악! 놔요, 머리 놔!"

"내 손목 놔, 이 변태야!

"아악!"

머리는 산발을 하고 몸 여기저기에는 페인트를 묻힌 춘동에게 사람들은 길을 터주었다. 아무리 봐도 정상인의 몰골 같지 않았기 때문이다. 그러나 핸드폰에 찍힌 사진에 골몰해 있는 춘동은 주변의 시선을 눈치 채지 못했다.

"아, 씨!"

아주머니와의 사투 끝에 겨우겨우 찍은 사진이었지만 건질 게 별로 없었다. 이미 춘동이 보았던 현장과 비슷한 모습을 보여준 벽화는 지워지고 없었고 남은 것은 알 수 없는 그림들뿐이었다. 그중에 그나마 알아볼 만 한 건 하얀 페인트에 지워지지 않고 남은 아파트의 그림이었다.

"행복이라……."

척 봐도 아파트나 빌라처럼 보이는 건물 벽에 그려진 글귀 행복.

"행복아파트라는 건가? 행복빌라?"

한참 동안 사진을 뚫어져라 보던 춘동은 곧 핸드폰으로 행복아파트를 검색해 보았다. 서울 시내에만 수십 곳, 전국에 수백 곳이 검색에 주르륵 걸렸다.

"아주 행복이 넘쳐나는 나라네, 뭔 행복이 이래 많아!"

신경질적으로 벅벅 머리를 긁은 춘동은 아예 길을 가다 그 자리에서 쪼그려 앉아 핸드폰을 노려보았다. 그림에 그려진 게 도대체 이 수많은 행복아파트 중에 어디인지 알 수가 없었다.

"행복, 행복, 행복……. 도대체 뭐가 행복이야!"

춘동이 소리를 버럭 지르자, 불쑥 옆에서 조잘거리는 목소리가 대답했다.

"행복이 행복이죠, 뭐긴 뭐예요."

목소리가 들린 방향으로 고개를 돌리자 웬 어린아이 하나가 쪼그려 앉은 춘동의 곁에 서 있었다. 자신을 한심하게 바라보는 아이의 시선에 머쓱한 기분이 든 춘동이 말했다.

"아니, 그게 아니라. 행복아파트를 찾는데. 너무 많아서 어디 있는 건지 알 수가 있어야지."

춘동의 말에 아이는 눈을 동그랗게 뜨더니 손가락으로 어떤 곳을 가리켰다. 자연스럽게 아이의 손가락을 따라간 춘동의 눈에는 외벽에 하트가 그려지고 그 안에 행복이라는 글이 쓰인 아파트의 모습이 보였다.

"저거 찾아요?"

아이의 말에 춘동은 자리에서 벌떡 일어났다. 그리곤 자신을 똘망똘망 쳐다보는 아이를 물끄러미 보고는 씩 웃으며 아이의 머리를 거칠게 쓰다듬었다.

"오, 땡큐! 덕분에 찾았네! 고맙다 꼬맹아!"

"꼬마 아니거든요?"

아이는 춘동의 말에 샐쭉한 표정이 되더니 얼른 춘동의 손바닥 아래서 빠져나왔다. 그리고는 베, 하고 혀를 쭉 내밀었다. 달랑달랑 걸음을 옮기는 아이를 가만히 보던 춘동은 곧 자신이 쪼그리고 있던 곳 바로 옆에 있는 문방구를 발견하곤 아이를 향해 소리를 질렀다.

"어이, 잠깐!"

"뭔데요?"

멀찍이 떨어진 자리에서 멈춰 선 아이가 춘동을 돌아보자 춘동은 얼른 문방구 안으로 뛰어 들어갔다. 문방구 주인은 춘동의 몰골에 깜짝 놀라 경계하듯 춘동을 바라보았지만 춘동은 아랑곳하지 않고 태연하게 문방구 안을 뒤져 목적하던 것을 찾아내었다.

"이거 얼마예요?"

"2천 원이요."

춘동은 주머니를 뒤져 2천 원을 꺼내고는 허겁지겁 문방구 밖으로 뛰어나갔다. 다행히 아이는 아직 가지 않고 아까 멈춰 선 그 자리에 있었다.

"꼬마야, 너 이거 가져 가라!"

"꼬마 아니라니까요! 그런데 이거 호루라기?"

그랬다. 춘동이 건넨 것은 호루라기였다. 씽씽 호루라기라는 다소 촌스런 상표명이 크게 박힌 호루라기를 받은 아이는 이상한 표정을 지으며 춘동을 올려보았다. 춘동은 그런 아이를 보며 진지하게 말했다.

"이상한 사람이 말 걸고 그러면 이거 힘차게 불어. 이렇게 후~ 하고 말이야. 그럼 주변에서 어른들이 도와줄 거야, 알았지?"

춘동의 말에 아이는 묘한 표정을 짓더니 곧 힘차게 호루라기를 불었다.

삐이익.

예상치 못한 날카로운 호루라기 소리에 춘동의 귀가 멍멍해졌다. 춘동은 찌릿할 정도로 멍해진 귀를 한 손으로 누르며 아이에게 말했다.

"누가 지금 불랬어? 수상한 사람이 말 걸고 그러면 불라고 했지!"

"그래서 지금 불고 있잖아요!"

삑 삑 삑.

장난치듯 가볍게 호루라기를 분 아이가 춘동에게서 뒷걸음질을 쳤다. 그리곤 아까처럼 다시 혀를 날름 내밀어 보이곤 쏜살같이 달려갔다. 그 모습에 춘동은 어이가 없는 듯 웃다가 문방구 유리창에 비춰진 자신의 모습을 확인했다.

"하긴 뭐……."

아무리 자기애가 투철한 양 춘동이라도 지금 자신의 모습은 거지꼴이라 단언할 수 있었다. 그러나 지금은 그런 걸 생각할 겨를이 없었다. 춘동은 딱딱하게 굳은 표정으로 행복아파트를 올려다보았다. 자신이 찾는 행복아파트가 저곳인지 확신할 수는 없었지만, 어째선지 춘동은 저곳이 바로 그림 속의 행복아파트일 것만 같았다. 분명 저기엔 뭔가가 있을 것이다……. 춘동은 잰걸음으로 아파트를 향했다.

"거의 폐허네 폐허."

멀리서 볼 때는 몰랐는데, 가까이서 보니 행복아파트는 엄청나게 을씨년스러웠다. 아파트 화단에는 잡초가 무성했고 벽의 칠은 언제 한 것인지 얼룩덜룩 지저분해져 있었다. 인적이 없는 장소는 범죄의 온상이 되기 쉽다는 다년간의 경험을 토대로 춘동은 천천히 주변을 둘러보다 아파트 지하로 향했다.

탁탁.

지하로 내려가기 위해 스위치를 올렸지만 불이 켜지지 않았다. 아무래도 전등이 나간 모양이었다. 결국 춘동은 핸드폰을 켰다. 그리고 어슴푸레한 핸드폰 빛에 의지해 계단을 내려갔다. 이럴 땐 핸드폰의 전등 앱이니 뭐니 하는 걸 받아두지 않은 게 후회가 되었다. 살면서 그딴 걸 쓸 일이 있겠냐고 생각했는데. 세상에 정말 쓸모없는 건 없는 모양이다.

철벅. 계단을 반쯤 내려간 춘동의 신발에서 젖은 소리가 났다. 배관이 터진 것인지 그것도 아니면 내린 비가 고인 것인지 지하는 온통 물 천지였다. 벽을 더듬거리자 또 하나의 스위치가 만져졌다.

깜빡깜빡.

다행히 계단의 등과 달리 지하의 등은 제대로 불이 켜졌다. 그러나 이 등도 수명이 다했는지 직직거리는 소리를 내며 깜빡깜빡하는 모습이 위태로워 보였다. 춘동은 핸드폰을 주머니에 밀어 넣고 깜빡이는 전등불에 의지해 지하를 살폈다.

지하는 생각보다 상태가 더 심했다. 어슴푸레하게 보이는 풍경은 온통 쓰레기였다. 아마 이렇게 물 천지가 되기 전에는 노숙자나 불량 청소년들의 집합소로 사용되던 곳이었던 모양이다. 곳곳에 빈 소주병과 담배꽁초, 컵라면 등이 물 위를 둥둥 떠다녔다.

"윽, 축축해."

계단을 다 내려온 춘동은 혀를 찼다. 물은 거의 춘동의 무릎 높이까지 차 있었다. 희미한 불빛에 의지해 어두컴컴한 지하를 뒤지는 것도 불안한데 물까지 무릎까지 차 있으니 불안에 더해 불쾌감까지 들었다. 다른 때였다면 얼른 이 지하를 빠져나갔을 테지만 지금 춘동에겐 분명히 여기 뭔가 있다는 감이 들었다.

무릎까지 찬 물 위로 동동 떠다니는 부탄가스 통과 술병들, 그리고 과자봉지들과 온갖 잡동사니들을 해치며 춘동은 천천히 앞으로 나아갔다. 그러나 보이는 것은 온통 쓰레기뿐이었고 어슴푸레한 빛으로 주변을 모두 살피기도 힘이 들었다. 일렁일렁 흔들거리는 검은 물이 마치 공포영화의 한 장면 같아 괜히 으스스한 기분에 일부러 발소리를 크게 내며 물속을 걸었다.

철퍽 철퍽 철퍽!

요란한 소리를 내면 좀 덜 무서울까 했는데 시간이 지나니 점점 썰렁한 한기까지 들었다. 그때, 춘동의 발에 뭔가가 걸렸다. 딱딱하고 낯선 감촉에 춘동은 숨을 멈췄다. 그리고 물 아래를 보다 손을 쑥 집어넣었다. 순간, 물 위로 건져내진 형체에 춘동의 등줄기가 굳었다. 춘동이 잡은 것은 창백하게 쭉 뻗은 사람의 다리였다.

춘동은 새어나오는 비명을 참기 위해 입을 꽉 다물었다. 그러나 이내 얕고 긴 한숨이 새어나왔다. 잘 보니 그것은 사람의 다리가 아니라 마네킹 다리였다. 만약 환한 곳에서 봤다면 착각할 일이 없었을 텐데 어슴푸레한 빛 아래서 보니 쉽게 분간하기가 힘들었다.

춘동은 신경질적으로 마네킹 다리를 집어던지고 다시 지하를 탐색했다. 한참 지하를 뒤지던 춘동의 눈에 동동 떠다니는 투명한 비닐봉지가 보였다. 다른 쓰레기들과 달리 빛이 바래지 않은 투명한 봉지는 최근에 버려진 듯 보였다. 춘동은 다른 쓰레기들을 확인했던 것처럼 자연스럽게 봉지를 집어 들었다.

봉지의 내용물을 본 춘동의 얼굴은 금세 굳어버렸다.

〈김 은지〉

천으로 된 아동용 가방과 옷이 둘둘 말려있는 봉지 한 구석에 보인 명찰에는 분명 은지의 이름이 쓰여 있었다.

"이거……."

그때, 춘동은 자신의 곁에서 철벅이는 물소리를 들었다. 분명 자신밖에 없는 공간에서 자신외의 소리가 들리자 춘동의 등줄기에 소름이 쭉 끼쳤다. 춘동이 휙 뒤를 돌아보자 어슴푸레한 빛 사이로 모자를 푹 눌러쓴 남자가 한쪽 손을 높이 치켜든 채 춘동의 바로 뒤에 서 있는 모습이 보였다.

"너 누구야!"

춘동이 소리를 지른 순간 남자가 춘동을 향해 손을 휘둘렀다. 아니, 손에 쥔 커다란 벽돌을 휘둘렀다.

아슬아슬하게 남자가 휘두른 벽돌을 피한 춘동이 주춤주춤 뒤로 물러서자 남자가 다시 벽돌을 휘둘러왔다. 춘동은 그런 남자의 공격을 피하다가 뒤로 크게 엉덩방아를 찧고 말았다. 그때 남자가 한손으로 춘동의 머리카락을 붙잡고 다른 한손으로 벽돌을 크게 휘둘렀다. 춘동은 다급한 마음에 물속에 손을 뻗어 딱딱한 것이 집히자 그것으로 바로 남자를 후려쳤다.

춘동이 휘두른 것은 아까 춘동이 주웠던 마네킹 다리였다. 창백하고 허연 마네킹 다리는 마치 발차기를 하듯 정확히 남자의 목울대를 쳤고, 목을 맞은 남자는 컥 소리를 내며 주춤하고 뒤로 물러섰다. 춘동은 그 틈을 놓치지 않고 자리에서 일어나 다시 남자를 공격하려 했다. 그러나 그 순간 비틀거리며 뒷걸음질을 치던 남자가 춘동을 향해 크게 물을 튀겨냈다.

"읔!"

더러운 물이 그대로 눈에 들어온 춘동이 주춤하는 사이 남자는 달렸다. 철퍽 철퍽 철퍽. 눈을 감은 춘동의 눈에 멀어지는 발소리가 들렸다. 춘동은 제대로 눈도 뜨지 못하면서도 소리에 의지해 남자를 추격했다.

"거기 서!"

하지만 따끔거리는 눈을 참아내며 달리던 춘동은 지하실 벽에 온몸을 부딪혔다. 그러나 아픔을 느낄 새도 없이 춘동은 홱 고개를 돌렸다.

"너 이 새끼, 닫지 마! 닫지 마!"

춘동이 고개를 돌리자 계단을 먼저 오른 남자가 지하실의 문을 닫으려는 게 보였다. 끼익 끽! 낡아 녹이 쓴 문을 힘겹게 남자가 닫으려는 사이 춘동은 계단을 세 칸씩 성큼성큼 뛰어올랐다. 그러나 남자가 더 빨랐다.

쿵.

춘동의 눈앞에서 지하실 문이 닫혔다. 남자는 아예 문을 잠그려는 듯 보였다. 끽 끽 소리가 안에서도 확실하게 들렸다. 춘동은 있는 힘을 다해 온몸으로 철문을 밀쳤다. 쿵. 지하실 벽에 부딪혔던 어깨가 욱신거렸다. 눈물이 핑 돌만큼 아팠지만 춘동은 이를 악물고 다시 철문에 몸을 부딪쳤다.

우지끈.

결국 낡을 대로 낡아 삭아있던 경첩이 부서지며 문이 떨어져 나갔다. 환한 빛이 춘동의 아픈 눈에 아리도록 쏟아졌다. 어깨와 눈의 아픔을 억누르며 춘동이 고개를 들자, 멀리 달아나는 남자의 뒷모습이 보였다.

"거기 서!"

춘동은 열심히 남자를 쫓았다. 그러나 남자는 어찌나 잽싼지, 도무지 거리가 좁혀지지를 않았다. 그러나 춘동은 이를 악물고 남자를 바싹 쫓았다. 그렇게 한참을 좁은 골목 안을 쫓고 쫓기던 그때, 휘청하며 춘동의 몸이 앞으로 기울었다.

"헉!"

바닥에 나동그라질 뻔한 몸을 겨우겨우 바로 잡고 뒤를 돌아보자 물에 젖은 신발이 벗겨져 바닥을 뒹굴고 있었다. 그러나 춘동은 그대로 신발을 버려둔 채 다시 남자를 보았다. 마침, 남자는 좁은 골목길을 통해 모퉁이로 모습을 감추려는 찰나였다.

"거기 서, 새끼야!"

한발은 맨발인 채로 내달리던 춘동이 모퉁이를 돈 순간, 눈에 보이는 것은 차들이 쌩쌩 달려가는 도로와 거리를 거니는 수많은 사람들뿐이었다. 큰길가로 나온 모양이었다. 주변을 둘러보았지만 이미 모자를 쓴 남자의 모습은 어디에도 없었다.

"이런 씨발!"

왔던 길을 더듬어 신발을 찾아 신은 춘동은 다시 행복아파트로 향했다. 그러나 행복아파트에 도착한 춘동은 예상치 못한 상황에 눈을 동그랗게 떴다. 분명 방금 전까지만 해도 인적조차 없던 을씨년스러운 아파트에 경찰차가 잔뜩 몰려와 있었기 때문이다. 그리고 춘동에게도 익숙한 형사들이 커다란 비닐을 지하 창고 앞에 펼쳐놓고 방금 전 춘동이 발견한 비닐봉지의 내용물을 하나하나 확인하고 있었다. 여기저기서 터지는 감식반의 카메라 플래시에 춘동은 어이가 없어졌다.

"이게 뭔 일이야……."

방금 전까진 분명 아무도 없었는데, 춘동은 형사들이 어리둥절하기만 했다. 그리고 놓친 놈을 이 형사들 중 절반만 아니, 두 명만이라도 여기 있었더라면 잡을 수 있었을 텐데 하는 아쉬움이 물밀 듯 밀려왔다.

"의류와 소품 그리고 이름표까지. 피해자의 물건이 확실합니다."

철현이 춘동이 지하에서 발견했던 내용물을 가리키며 말하자 고 반장이 심각하게 고개를 끄덕였다.

"반장님 도대체 여긴 어떻게 온 겁니까?"

춘동은 정말이지 지금 상황이 이해가 가질 않았다. 고 반장은 갑자기 춘동이 나타나자 놀라며 물었다.

"너 여기 어떻게 온 거냐?"

"어떻게 온 거냐뇨. 반장님이야말로 여기 어떻게 온 거예요? 기왕 올 거면 아까 왔으면 좀 좋았어요?"

"아까라니?"

"아까 제가 저거 찾았을 때 말이에요."

춘동이 바닥에 놓인 은지의 옷가지를 가리키며 말하자, 철현이 불쑥 끼어들어 말했다.

"양 춘동이, 너 지금 무슨 소리 하냐. 여긴 내가 찾았는데."

"무슨 소리야, 여긴 내가 찾았다고! 저거도 내가 지하에서 찾았고!"

"우길 걸 우겨, 니가 뭘 근거로 여길 찾았다는 건데. 여기 전담반 수색구역이고, 난 수색하다가 여길 발견한 거라고."

철현의 말에 춘동은 속이 뒤집혔다. 그렇잖아도 범인으로 보이는 수상한 놈을 코앞에서 놓쳐 심사가 뒤틀려있는데 어처구니없는 철현의 말을 참아줄 수가 없었다.

"단서 쫓아서 왔다니까, 봐! 보라고! 여기 행복이 보이냐?!"

춘동이 핸드폰의 사진을 띄워서 보여주자 철현이 미묘한 표정을 지었다.

"이게 니 행복이냐? 퍽 행복해 보이진 않는다만……."

"뭐?"

철현의 떨떠름한 얼굴에 핸드폰을 확인해본 춘동은 곧 핸드폰에 뜬 사진이 아까 자신과 실랑이를 했던 아주머니란 것을 보고 얼른 다른 사진으로 돌렸다. 그러나 다른 사진도 마찬가지였다. 온통 반쯤 잘린 아주머니의 사진과 초점이 나간 듯 흐린 사진뿐이었다. 춘동은 초조해졌다.

"아 씨, 기다려봐. 이게 아닌데……. 사진이 어딨어……."

마음이 급해지니 사진도 찾기가 힘들었다. 그렇게 끙끙거리며 춘동이 핸드폰과 씨름하는 사이, 고 반장이 철현에게 손짓을 했다.

"철현이 넌 가서 수색마저 해라. 그리고 춘동아."

"반장님, 나 정말 단서 찾아서 쫓아왔다니까요! 그리고 방금 전에 범인 같은 놈이랑 몸싸움도 했다니까요!"

몸싸움이라기보다는 일방적으로 공격당하고 바닥에 밀쳐진 것이지만 춘동은 엉덩이까지 흠뻑 젖은 바지를 두드리며 그렇게 말했고, 고 반장은 한숨을 푹 쉬며 춘동의 어깨를 두드렸다.

"그래, 춘동아. 니 맘 다 안다. 우리도 다 같이 힘들어. 그렇지만…….”

“그게 아니라니까요 반장님! 진짜로, 맹세한다니까요!”

“그래 알았다 알았어. 네 말 믿는다, 춘동아.”

마치 말귀를 못 알아듣는 아이를 타이르는 듯한 고 반장의 말에 춘동은 분통이 터졌다.

“그게 아니라니까!”

결국 현장에서 쫓겨난 춘동은 잔뜩 독기가 올랐다. 아무도 믿어주지 않았지만 춘동은 분명 범인으로 추정되는 놈을 보았다. 몸놀림으로 보나 희미하게 보인 모자 밑의 모습으로 보나 그렇게 나이가 많아 보이진 않았다. 아마도 20대에서 40대 사이. 어쩌면 그날 밤, 춘동이 보았던 벽화를 그렸던 그 놈일지도 모른다.

춘동은 경찰서로 돌아오자마자 자신의 책상으로 직행했다. 그리고 은지를 찾느라 잊어버리고 있었던 책상 아래 밀어 넣어 놓은 가방을 꺼내 책상 위에 내용물을 뒤집어 쏟아냈다. 요란한 소리를 내며 쏟아진 내용물들은 온통 스프레이 통 천지였다. 가방의 주머니 곳곳을 뒤져봐도 신분증 같은 것은 나오지 않았다.

“뭐 되는 게 없냐!”

책상 위를 굴러다니는 스프레이 통을 손으로 밀친 춘동의 눈에, 굴러가는 스프레이 한 구석에 붙은 작은 견출지가 보였다. 춘동은 얼른 굴러가던 스프레이 통을 멈춰 세웠다. 그리고 견출지에 쓰인 글자를 확인했다.

〈호미화방〉

"호미화방, 호미화방이란 말이지……."

견출지에 쓰인 상호를 중얼거리던 춘동은 자리에서 일어나려다 곧 머리를 거칠게 긁으며 책상에 푹 고개를 숙였다.

단서가 나온 건 좋다. 그러나 여전히 자신은 혼자고, 지금 상황으로 봐선 지원을 기대하기는 힘이 들었다. 아니 오히려 지원은커녕 미친놈 취급받으며 쫓겨나지만 않으면 다행이다. 지원을 받으려면 뭔가 모든 사람이 납득할만한 증거를 찾아야 했다. 그렇지만 혼자 힘으론 역부족이다. 한 사람, 누구 한 사람만 도와주면 되는데…….

머리를 벅벅 긁으며 한숨을 쉬던 춘동은 책상 위에 내팽개쳐 놓았던 핸드폰이 울리는 것을 멀뚱멀뚱 보았다. 핸드폰에 뜬 이름은 춘동이 정보원으로 쓰는 노점상이었다.

"무슨 일이야?"

"어, 전화 달라면서요?"

뜬금없는 첫마디에 대번에 미간이 찌푸려졌다. 그런데 가만, 이건 듣던 중 반가운 소식이었다.

"양수 찾으면 전화하라면서요. 양수 지금 전에 있던 데서 두 골목 더 들어간 골목에 있는 챔피언나이트 앞에서 장사하고 있는데요?"

"양수……. 아!"

그러고 보니 사건이 터지기 전에 춘동을 제대로 물 먹인 양수를 잡으러 아는 인맥을 총동원해놓긴 했었다. 불과 며칠 전만해도 이놈을 어떻게 죽일지 생각했던 춘동이었지만 지금 타이밍에 거론되는 양수의 이름은 마치 신의 계시 같았다.

"오케이. 땡큐!"

춘동은 다시 힘을 내기 시작했다.

"아, 형님, 형님! 형님 놓고……."

"놓긴 뭘 놔!"

다행히 양수는 있다고 한 그 자리에서 얌전히 기다리고 있었다. 마침 손님에게 내줄 순대를 꺼내고 있던 양수는 춘동의 모습에 놀라 순대를 집어던지고 도망치려 했지만, 떡볶이 트럭에서 뛰어내리기도 전에 춘동의 손에 목덜미를 잡혀 패대기쳐졌다.

"너 임마, 니가 감히 날 물 먹여?"

"아니, 형님 그게 아니라……."

"아니긴 뭐가 아냐? 너 임마, 그 뭐냐. 그래 김 정식이. 김정식이 그거 잡힌 날 내뺀 거 보니 빤한데 뭘 그래? 너 도대체 저의가 뭐냐? 나 잡아넣었던 놈 제대로 물 한번 먹여보자, 그거냐?"

춘동의 목소리가 커지자 양수가 주변을 둘러보며 고개를 저었다.

"형님 여기서 그런 얘기하면 어떻게 해? 나도 이미지가 있는데 앞으로 사회생활 어떻게 하라고!"

"이 새끼가. 떡볶이 장수가 이미지는 무슨, 에라이, 사기꾼 새끼야!"

"나도 속았다니까? 나도 김 정식이한테 물린 거라고!"

"그럼 너만 물리지, 애먼 난 왜 물고 들어가 이 새끼야!"

"아니 내가 그럴 줄 알았겠냐고! 어 어 어억!"

멱살만 잡고 짤짤 흔들던 춘동이 아예 양수의 머리에 헤드락을 걸자 양수의 얼굴이 순식간에 시뻘게졌다. 양수는 살려달란 소리도 못 내고 가까스로 춘동의 손등을 두드려보았지만 춘동의 팔은 꼼짝도 하지 않았다.

"이대로 내 손에 맞아 죽을래, 아니면 내 말 들을래?"

"!"

"야, 왜 대답을 안 해!"

"놔 야 대 답 을, 하지!"

춘동의 팔을 필사적으로 떼어낸 양수가 고래고래 소리를 지르자 춘동은 그제야 팔을 풀어주었다. 춘동의 손에서 벗어나자마자 양수는 그 자리에서 쪼그리고 앉아 켁켁 대며 원망스러운 눈으로 춘동을 보았다.

"눈 안 깔아?"

춘동이 당장이라도 다시 헤드락을 걸듯 팔을 흔들자 양수는 얼른 눈을 깔았다. 그리고 비틀비틀 자리에서 일어나며 물었다.

"도대체 뭘 시키려고 그래요?"

"니 트럭 좀 쓰자."

"예에? 지금 그게 뭔 소리예요? 내 장사 밑천을 달라고요, 지금?"

"누가 달래? 그게 아니라 운전 좀 하라고. 갈 데가 있거든."

춘동이 검은 속내를 드러내자 양수가 어이없다는 듯 춘동을 보며 물었다.

"양 형, 혹시 내가 콜밴처럼 보여?"

"뭐 양 형? 안되겠다, 너 일단 맞자."

춘동이 주먹을 휘두르자 양수가 빽 소리를 지르며 떡볶이 트럭 뒤로 숨어버렸다.

"자꾸 이러면 경찰이 무고한 시민 팬다고 서로 가는 수가 있어, 양 형."

"어쭈! 이게 놔 주자마자 깐죽은. 어디서 양 형이야! 너 자꾸 이러면 김정식이 공범으로 확 엮어버린다?"

"공범이라니 말이 되는 소릴 해요, 누가 공범이야 누가……!"

"시끄러 임마! 진짜로 엮어버리기 전에 깝치지 말고 그냥 운전이나 해! 안 그러면 진짜 쥐도 새도 모르게 콱……!"

"해봐! 해봐! 해보라고!"

"너 이 새끼, 오냐 그래. 오늘 맛 좀 봐라."

춘동이 핸드폰을 꺼내들자 양수가 번뜩 춘동의 팔에 매달렸다.

"아이고, 형님. 진짜로 전화하는 거야?!"

"그럼 가짜로 전화할까! 놔, 어쭈 못 놔!"

"형님 그러지 말고 말로 하자, 우리. 응?"

"놓으라고 이 새끼야! 놔!"

"아이고, 형님! 사람 좀 살려주쇼!"

"내가 전생에 큰 죄를 지은 게 틀림없어, 아니면 이런 일 당할 게 뭐야……."

결국 30분 후. 양수는 운전대를 잡고 조수석에 앉은 춘동이 가리킨 곳으로 향하고 있었다. 양수는 춘동의 눈치를 힐끔힐끔 살피며 계속 우물우물 투덜거리고 있었다.

"그래도 그렇지. 어떻게 김정식이랑 엮어 넣을 생각을 다 해……. 양 춘동이 지독한 새끼."

또 욕하는 건 귀신같이 알아들은 춘동이 눈을 부라렸다.

"야. 너 뭐라고 그랬냐?"

"아뇨, 형님. 내가 뭐라고 그랬는데요?"

분명 들었는데도 춘동이 묻자 언제 그랬냐는 듯 순진한 표정을 짓는 양수를 보고 춘동은 혀를 찼다.

"근데 도대체 뭐 하는 건지 알고나 갑시다. 도대체 지금 어디 가는 겁니까?"

"닥치고 운전이나 해."

"사람 공으로 부리면서 말이나 좀 곱게 하면……."

"누가 공짜랬냐? 잘하면 돈 생기는 일이니까, 아이고 형님 감사합니다, 하고 해."

"퍽이나……."

"이게……!"

춘동이 주먹을 들어보이자 양수가 찔끔하며 엄살을 피웠다.

"아, 형님! 저 지금 운전하는 거 안 보여요?! 잘못해서 제가 핸들 확 꺾어버리면 형님이랑 저랑 손잡고 저승길 가야한다니까!"

양수의 위협에 춘동은 주먹을 휘두르는 대신 헛기침을 하고 말했다.

"너도 뉴스 봤지? 어린애 죽은 사건."

"요즘 어린애 죽은 사건이 한둘이라야……. 아, 그거죠? 애 하나 얼려 죽였다는?"

"얼려 죽인 게 아니라 시체를 얼린 거야. 어쨌든, 지금 그거 해결하러 가는 길인데 포상금이 얼만 줄 아냐?"

"포상금?"

"그래, 워낙에 흉흉한 사건이다 보니 바로 포상금이 붙었는데 그 포상금이 자그마치 오천이다!"

"진짜?!"

오천이라는 춘동의 말에 양수의 고개가 춘동을 향해 홱 돌아갔다. 동시에 핸들도 거칠게 꺾여 떡볶이 트럭이 도로 위를 술 취한 사람처럼 휘청거렸다.

"야 진짜로 죽고 싶냐! 앞! 앞!"

순간적으로 트럭 바퀴 한쪽이 덜컹 올라가자 춘동이 냅다 소리를 질렀다. 동시에 도로 위에 클랙슨 소리들이 합창하듯 울렸다. 그제야 양수도 정신을 차리고 휘청하던 트럭도 제 길을 찾아 달리기 시작했다. 십년감수한 춘동은 한숨을 내쉬고 양수를 째려보았다. 양수는 놀란 가슴이 진정되지 않았는지 아직도 입으로 오천, 오천하고 중얼거리고 있었다.

"새끼 억이라고 했으면 아주 트럭을 거꾸로 갖다 박았겠네."

춘동이 혀를 차자 양수가 뒤늦게 정신을 차린 듯 춘동을 힐끔 보며 물었다.

"그런데 형님이 살인사건도 맡을 군번이었수?"

의심스럽다는 듯한 양수의 물음에 춘동이 가슴을 펴며 대답했다.

"야, 내가 누구냐. 마포서의 에이스 양 춘동이다. 내가 이런 큰 사건에 빠질 거 같냐."

양수는 눈으로 한숨을 푹 쉬며 또다시 중얼거렸다.

'퍽이나. 강력반 내부의 적 양 춘동이겠지.'

춘동은 양수가 대답 없이 한숨만 쉬자 얼굴을 찡그리고 따지기 시작했다.

"어? 야, 왜 한숨이야. 그거, 그 한숨 지금 무슨 뜻이야?"

"누가 한숨을 쉬었다고 그래요, 그냥 운전을 계속 하다 보니 힘들어서 그렇지. 근데, 형님. 언제까지 직진해요?"

능숙하게 화제를 돌리는 양수에 휩쓸려 춘동도 금세 분노를 잊고 내비게이션을 확인했다.

"아, 저기서 우회전 해."

"근데 이렇게 나서는 걸 보니 형님 뭐 큰 단서라도 잡았수?"

큰 기대는 하지 않는 눈치로 양수가 묻자 춘동은 자신 있게 고개를 끄덕였다.

"물론. 아주 대박단서지."

"그럼 강력반이 총출동해야 하지 않아요?"

"거기엔 아주 깊고 복잡한 사정이 있어. 듣고 싶냐?"

"아니, 뭐. 별로 듣고 싶진 않네요. 근데 범인 그, 뭐라더라? 프로필?"

"프로파일?"

"아아, 맞다. 그거, 프로파일. 그건 나왔어요?"

"별 거 없어. 그냥 뭐 20~40대, 아이를 얼릴 수 있을만한 대형 냉장고를 갖춘 독신남…….뭐 그 정도지."

그리고 춘동이 목격한 대로라면 분명 상대는 남자다. 아마 연령대는 20~30대. 그 정도만도 많이 좁혀진 거였지만 서울에만 그런 프로필을 가진 남자가 수백만은 될 터였다.

"완전 서울에서 김 서방 찾기네."

"성이라도 알면 땡큐지. 지금은 서울 남자 사람 찾기다. 아, 저기서 직진해서 골목 안으로 들어가."

두런두런 이야기하는 사이 양수의 떡볶이 트럭은 목적지에 다다랐다. 양수가 트럭을 세운 골목 입구에는 〈호미화방〉이라는 낡은 간판이 걸린 가게가 덩그러니 자리하고 있었다.

"어서 오세요."

춘동이 양수를 대동하고 화방에 들어서자 딸랑딸랑 벨소리가 울렸고 그에 한 템포 늦게 주인이 나타났다. 머리가 반쯤 하얗게 샌 화방주인은 춘동와 양수를 흘긋 쳐다보았다. 아무리 봐도 이런 곳에 올 손님처럼 보이지 않아선지 주인의 표정에는 의아함이 묻어났다.

"뭐 찾는 물건 있으십니까?"

"물건은 안 찾고 사람 하나 찾으려고 왔는데……. 아저씨, 이 물건 여기서 판 거 맞죠?"

춘동이 가져온 스프레이를 들이밀자 주인이 쓰고 있던 안경을 밀어 올리고 미간을 잔뜩 찌푸린 채 고개를 끄덕였다.

"아 예, 맞네요."

주인의 대답에 춘동이 카운터를 탁 두드렸다.

"오케이, 그럼 이거 사간 사람 좀 알 수 있을까요?"

"예? 그걸 어떻게 알아요? 그리고 무슨 일로 그런 걸 물으십니까?"

주인의 의심과 경계를 읽은 춘동은 뒤늦게 주머니에서 신분증을 꺼내 보이며 말했다.

"아, 제가 형사인데요. 사건 수사에 필요해서요."

춘동의 말에 주인은 잠시 안경을 밀어 올리고 신분증을 물끄러미 보다 손사래를 쳤다.

"사건 수사라니 도와주고 싶은데, 그래도 그건 못 찾지. 여기 홍대예요. 그런 거 사가는 애들이 어디 한둘이라야지."

"그래도 잘 생각해봐요. 네?"

"거참……. 그걸 어떻게 일일이 다 기억해요."

"그러지 말고……."

"이봐 양 형사, 그렇게 해서 어떻게 사람 찾겠어. 진정해 진정."

물러서지 않고 주인을 채근하는 춘동을 양수가 밀치며 앞으로 나섰다.

"우리가 찾는 건 벽화 그리는 애인데 제법 큼지막한 거 그리는 놈이라 락커도 졸라 많이 사갈 거요. 그러니까 한번 기억 해봐요. 분명 누구 하나쯤은 생각 날거 아니요? 그리고 아마 나이는 별로 안 많을 거야. 많아봐야 마흔쯤."

오는 동안 주워들은 것으로 마치 자신이 형사라도 되는 양 거들먹거리며 말하는 양수의 태도에 춘동은 어이가 없었다. 그러나 여태 춘동의 태도에 생각하는 시늉도 하지 않던 주인이 양수의 말에 생각을 더듬는 듯 보이자 춘동은 또다시 재촉하기 시작했다.

"딱 이거 사간 사람 아니라도 얘는 뭔가 수상했다, 뭔가 이상했다 싶은 손님이라도 없었어요?"

춘동의 말에 주인이 갑자기 아! 하는 소리를 냈다.

"뭐 생각난 거 있어요?"

춘동이 득달같이 달려들어 묻자 주인이 기억을 더듬는 듯 카운터를 손으로 두드렸다.

"그러고 보니 얼마 전 새벽에 좀 수상한 손님이 오긴 했는데……."

"어떻게 수상해요?"

춘동이 카운터 앞으로 몸을 내밀며 주인의 말을 더 잘 들으려는 듯 얼굴을 바싹 들이밀었다. 그 사이에 양수는 카운터 옆에 놓인 작은 수첩을 들고 마치 형사처럼 주인의 말을 받아 적으려 폼을 잡고 있었다.

"얼마 전에 새벽에 깜빡 졸다가 벨 소리에 일어났는데, 손님 하나가 왔더라고. 물건이 잘못 배달 됐다면서. 컬러가 잘못 왔다나? 알고 보니 컬러가 잘못 간 게 아니라 브랜드가

틀린 거였는데 굳이 그걸 바꾸겠다고 그 새벽에 찾아왔더라고. 그래서 바꿔준다고 새 스프레이 꺼내놓고 잠시 고개를 돌렸는데……."

"돌렸는데?"

"다시 고개 돌려보니 사람이 사라져 있더라고. 물건도 사라지고. 그래서 처음엔 내가 꿈꿨나 했는데, 차액 2천 원이 카운터에 놓여 있더라고. 귀신에 홀린 거 같은 기분이었지. 아, 그러고 보니 그렇네. 컬러도 딱 이거야. 몬타나 브라이트 레드."

주인의 말에 춘동이 눈을 빛내고 물었다.

"걔 얼굴 보셨어요? 혹시 걔 허옇고 길쭉하게 생겨서 눈이 좀 이렇게 쭉……."

"아아, 그래그래. 하얗고 눈매 잘 생기고 코도 오뚝하고 잘 생겼더만."

주인이 설명하는 말을 들어보니 얼추 생김새도 맞았다. 일사천리로 풀리는 일에 춘동의 눈에 힘이 들어갔다.

"걔 주소 있죠?"

춘동의 물음에 주인이 카운터 아래를 뒤적뒤적 뒤지기 시작했다. 춘동과 양수는 서로를 돌아보며 씨익 웃었다. 춘동은 범인을 잡았다는 기쁨에, 양수는 오천만 원을 받게 되었다는 기쁨에. 그러나 그들의 미소는 두툼한 장부를 테이블 위에 놓은 주인으로 인해 쩍 굳어버리고 말았다.

"아마 이 안에 있을 거예요."

"이 안에요? 설마 이거 다 봐야 하는 건 아니죠?"

"설마 이걸 다 봐야겠어요? 그냥 최근이었으니까……. 딱 요만큼만 보면 되요."

주인의 말에 반색했던 춘동은 이내 어깨를 축 늘어트렸다. 주인이 가리킨 용지 가득 빽빽하게 주소가 들어차 있었다.

5. 대면

“결국 돌고 돌아서 이 동네네.”

양수와 함께 밤새도록 용지에 프린트된 주소지를 돈 춘동은 퀭한 눈으로 주변을 둘러보았다. 지금 춘동이 도착한 곳은 은지를 찾느라 전단을 뿌리고 탐문을 했던 바로 그 동네였다. 이젠 눈을 감고 샛길도 찾을 수 있을 만큼 익숙해진 동네에서 춘동은 한숨을 푹 쉬고 머리를 긁었다.

“양 형, 우리 그냥 포기하면 안돼요……?”

춘동의 성화에 함께 밤을 샌 양수가 이제 지쳤는지 까치집을 한 머리로 춘동에게 물었다.

“야, 이제 반밖에 안 남았어. 힘내.”

"어휴 내가 따라 나서는 게 아닌데……."

"힘 빠진다, 그만 투덜대라."

춘동은 이제 양수의 머리를 때릴 힘도 없는지 입으로만 타박하고 주변을 두리번거렸다. 그때, 툭 무언가가 춘동의 머리 위로 떨어졌다.

"비오나?"

"이히히 새똥 맞았네! 새~똥~맞았네!"

실성한 것처럼 춘동을 가리키며 웃는 양수의 말에 춘동은 자신의 머리에 묻은 게 새똥이란 사실을 깨달았다. 그러고 보니 지난번에 탐문할 때도 느낀 거지만 이 주변에는 유독 비둘기가 많았다. 불쾌해진 춘동은 손에 머리에 묻은 비둘기 똥을 손으로 털어내고 그 손을 바지에 쓱쓱 닦아냈다. 그러는 사이에도 양수는 나사가 풀린 것처럼 낄낄대며 웃고 있었다.

"새끼야, 뭐가 그렇게 웃겨."

"아니 웃기잖아요, 같이 있는데 난 무사하고 양 형은 새똥 맞고. 새가 사람 제대로 볼 줄 안다는 증거지. 암암."

"뭐? 이게……!""아유 새똥 냄새, 절루 가요, 절루!"

"야!"

"이히힛."

툭.

그때 양수를 노린 것처럼 새똥이 양수의 머리 위에 떨어졌다. 실성한 것처럼 웃던 양수는 돌연 똥 씹은 표정을 짓더니 주먹만 한 돌을 주워 근처 담에 옹기종기 앉아있던 비둘기에게 던졌다.

“이런 평화의 짭새들이!”

양수가 던진 돌은 비둘기를 맞추지 못하고 허공을 갈랐지만 돌팔매질에 놀란 비둘기들이 일제히 날아올랐다.

“언제는 사람 제대로 볼 줄 아는 새들이라더니?”

춘동이 이죽거리자 양수가 억울한 표정으로 입술만 삐죽거렸다. 혼자만 새똥을 맞은 것보단 기분이 나아진 춘동이 날아가는 비둘기들을 보았다. 양수의 돌파매질에 날아오른 비둘기들은 뿔뿔이 흩어진 것처럼 여기저기를 날아가고 있었지만 잘 보니 그들은 일제히 한 방향을 향해 날고 있었다.

“누가 훈련이라도 시키나……. 응?”

그때 춘동의 눈에 멀리 있는 옥상 근처에 유난히 많이 몰려있는 비둘기 떼가 보였다. 잘 보니 후드티를 입은 사람이 비둘기들을 향해 모이 같은 것을 뿌리고 있었다. 그런데 그 후드티가 춘동에게 낯익었다.

“어?”

모양이나 생김새가 아니라, 페인트 같은 염료로 얼룩진 모습이 춘동이 그날 밤 보았던 그 수상한 놈의 후드티와 완벽하게 일치한 것이다!

춘동은 그 순간 이를 악물고 냅다 달리기 시작했다. 양수는 춘동이 갑자기 달리기 시작하자 어리둥절해 그를 뒤쫓았다.

"양 형! 어디 가요!"

춘동은 대답 대신 골목을 달렸다.

얼마 지나지 않아 춘동은 비둘기들이 모여 있는 건물 앞에 다다랐다. 그곳은 춘동이 탐문하면서는 전혀 가보지 않았던 재개발 택지 한 가운데였다. 대부분 주민이 이미 빠져나간 빈집만 가득한 건물이라 탐문을 올 생각도 않은 곳이었다.

3층짜리 상가건물엔 인적이 없이 황량한 기운이 감돌았다. 1층은 아무래도 식당이었던 듯 빈 탁자와 먼지가 내려앉은 주방용품들이 보였다. 유리문 너머로 보이는 문에 걸려있는 사슬과 자물쇠에 쓴 녹을 봐선 이렇게 방치된 지 오래된 듯 보였다.

"헉 헉 헉. 아이고 졸라 잘 뛰네."

춘동이 건물을 살펴보는 사이 뒤늦게 도착한 양수가 거친 숨을 몰아쉬었다.

"도대체 뭘 봤기에 그렇게 냅다……."

"조용히 해."

양수는 갑자기 급하게 진지해진 춘동의 기세에 눌린 것처럼 입을 다물었다. 식당을 통해서 건물로 들어갈 수 없다는 것을 확인한 춘동은 도둑처럼 발소리를 죽이고 조심조심 건물 옆으로 돌았다. 그런 춘동의 뒤로 양수도 덩달아 발소리를 죽이고 걸어갔다.

건물의 옆으로 돈 춘동은 녹슨 철문을 발견했다. 거기에는 '고물 수거합니다.'란 삐뚤삐뚤한 팻말이 걸려있고, 반쯤 삭아버린 철문 너머로 보이는 풍경도 고물상의 그것과 같았다. 춘동이 조심스레 철문을 밀자 철문은 찌걱 소리를 내며 힘없이 열렸다.

철문 너머는 식당과 마찬가지로 오래 방치된 듯 보이는 낡은 고물들로 넘쳐났다. 그러나 그 안에 그리 낡지 않은 새 물건도 있었다. 수십 개에 달하는 스프레이 통이었다.

"양 형, 저거……!"

양수도 스프레이 통을 발견했는지 춘동의 옷소매를 잡아당겼다. 춘동은 그런 양수에게 대답대신 고개를 끄덕여 보이고 주변을 뒹굴 거리는 몽둥이를 주워 건넸다.

"여기서 기다려. 누구든 튀어나오면 갈겨버리라고."

춘동의 말에 양수는 양손으로 몽둥이를 꽉 쥐고 고개를 끄덕였다. 평소에는 그리 믿음직하지 않은 양수지만 그래도 혼자가 아니니 전처럼 범인을 놓칠 일은 없단 생각에 춘동은 더욱 결의를 다졌다.

춘동은 고물상의 외부계단을 통해 2층으로 향했다. 다행히 2층 문도 고물상 문처럼 열려 있었다. 2층은 가정집으로 쓰던 곳인 듯 보였다. 춘동은 최대한 조용히 현관을 열었다. 방치 된 지 오래된 것인지 온통 먼지가 가득한 내부에는 사람이 살고 있는 기색이 없었다. 그러나 거실 한쪽 벽에 쌓인 스프레이 통과 페인트 붓, 마스크들을 본 춘동은 확신했다.

분명 이곳에 그 놈이 있다.

춘동은 더욱 신중하게 걸음을 옮겼다. 이젠 숨소리마저 조심스러워졌다. 춘동은 조심스레 실내를 살폈다. 안방과 작은 방, 그리고 화장실까지 뒤졌지만 사람은 없었다. 결국 춘동은 3층으로 향하는 계단을 향해 시선을 돌렸다. 계단 끝에는 낡은 새시 문이 설치되어 있었다. 춘동은 닫힌 문을 노려보다 발소리를 죽이고 계단에 한걸음 올라섰다.

그 순간. 끼이익.

귀에 거슬리는 소리를 내며 옥상 문이 열렸다. 그리고 환한 빛이 춘동을 향해 쏟아졌다. 춘동은 그 빛 속에 역광으로 선 그림자를 보았다. 이목구비를 제대로 구분하기 힘들었지만 페인트 얼룩이 남은 후드티를 본 춘동은 확신했다. 이놈이 그 그림을 그린 놈이다! 그리고, 이놈이 범인이다! 그렇게 생각한 순간 춘동은 전율과 분노를 느꼈다.

"너, 이 새끼!"

춘동은 사납게 소리를 지르며 계단을 뛰어 올라갔다. 춘동이 계단을 뛰어오르자 그림자는 문을 닫으려 했다. 그러나 그림자가 문을 닫는 것보다 계단을 다 뛰어 오른 춘동이 빨랐다. 춘동은 그대로 그림자에게 태클을 가했다. 쾅. 춘동의 몸이 그림자와 한 덩어리가 되어 옥상으로 다이빙했다.

"윽!"

춘동에게 밀려 옥상바닥에 부딪힌 남자가 비명을 질렀다. 춘동은 그 틈에 그림자를, 아니 이젠 이목구비가 또렷하게 드러난 남자의 멱살을 잡으려고 했다. 그러나 춘동이 멱살을 잡기 전에 남자가 발로 춘동의 가슴을 걷어찼다. 컥, 춘동이 흔들리자 얼른 자리에서 일어난 남자가 춘동과 거리를 두고 물러섰다.

푸드득.

옥상에 잔뜩 내려앉아 있던 비둘기들이 갑작스런 소란에 일제히 날아올랐다. 수십 마리의 새가 동시에 날아오르는 광경은 장관이었지만 춘동은 눈앞의 남자에게서 시선을 돌리지 않았다. 푸드득거리는 비둘기 날갯짓 소리가 두 사람을 에워싸는 듯했다.

후드가 벗겨진 남자의 얼굴은 춘동의 상상보다 멀쩡하고 멀끔했다.

그 모습에 춘동의 화는 더욱 커졌다. 이렇게 멀쩡하게 생긴 놈이 그 어린 것을 죽이고 얼리고 쓰레기 취급했다는 사실에 화가 났다.

차라리 괴물같이 생긴 놈이었다면 납득했을지도 모른다.

그러나 춘동의 눈앞에 있는 남자는 마치 솜털이 보송한 소년과 같이 어리고 순진해보였다.

그게 더 이가 갈리는 춘동이 으르렁거리며 입을 열었다.

"신기하지……? 내가 어떻게 찾아왔는지 궁금해 죽겠지?"

이죽거리는 춘동의 물음에 남자가 춘동의 얼굴을 물끄러미 보다 이내 춘동을 알아본 듯 놀란 표정을 지었다.

"노상방뇨……?"

"그래, 기억하네? 그럼 거기 니가 뭐 그렸는지도 기억하겠지, 응? 행 복 아 파 트."

춘동의 말에 남자의 눈동자가 흔들렸다.

"개새끼!"

백 마디의 말보다 그 표정이 춘동에게 확신을 심어주었다.

"왜 죽였어 새끼야! 그 어린것이 무슨 죄가 있다고!"

춘동은 그대로 남자에게 달려들었다. 뒤늦게 남자가 저항하려 했지만 춘동이 좀 더 빨랐다. 춘동은 그대로 남자를 바닥에 밀어 넘어트리고 남자의 손목에 수갑을 채웠다.

"놔!"

남자가 저항했지만 춘동은 온몸의 체중으로 남자를 찍어누른 채 큰 소리로 외쳤다.

"미쳤냐, 놓게! 잘 들어, 이 새끼야. 넌 변호사를 선임할 권리가 있고 불리한 증언을 거부할 권리가 있다! 그리고…….
어우 씨, 이런 새끼한테도 권리 읽어주는 우리나라 법 졸~라

좋다. 그치?"

"놓으라고!"

"닥쳐, 이 인권도 아까운 괴물아!"

춘동이 속에서 끓어오르는 분노 그대로 외치자 남자의 얼굴은 묘하게 굳어버렸다. 감정대로 외친 춘동은 생각보다 강한 충격을 받은 듯한 남자의 표정 보며 이죽거렸다.

"왜, 괴물이란 말에 쇼크 받았냐? 그럼 니가 한 짓이 사람이 할 짓이냐 응? 어디 할 짓이 없어서!"

"양 형, 한창 바쁜데 미안한데……."

"밑에서 기다리랬는데 왜 올라와!"

춘동이 뒤를 돌아보며 외치자 양수가 한 손에 국물이 줄줄 흐르는 음식물 쓰레기를 들고 말했다.

"안 얼었어."

"뭐?"

"여기 냉장고 고장이라고."

양수의 말이 사실이라면 여기선 시체를 얼릴 수 없다. 즉, 바꿔 말하면 남자가 범인이 아니란 뜻이다. 그때 춘동은 불현듯 자신이 행복아파트 지하에서 남자의 목을 세차게 후려던 기억이 떠올랐다. 그 정도면 못해도 분명 멍은 들었을 것이다.

춘동은 얼른 남자의 머리채를 잡아당기고 목을 살폈다. 그러나 남자의 목은 멍은커녕 노란 변색조차 없이 말끔했다.

그것을 확인한 춘동의 표정이 멍해졌다.

눈앞의 남자는 그날 행복아파트 지하에서 본 그 놈이 아니었다. 춘동의 손아귀에서 힘이 빠지자 춘동의 아래에 깔려있던 남자가 싸늘하게 말했다.

"놔."

춘동이 주춤주춤 뒤로 물러서자 남자는 춘동의 아래에서 기어 나왔다. 그리고 춘동을 향해 양손을 내밀었다.

"풀어."

"……."

춘동은 홀린 듯 남자의 손목에 채워진 수갑을 풀어 주었다. 남자는 수갑을 바닥에 팽개치고 춘동을 흘깃 노려보더니 그대로 옥탑방 안으로 들어가 버렸다.

분명 그날 벽화 앞에서 본 사람은 맞는데 범인이 아니라니, 이건 앞뒤가 안 맞아도 한참 안 맞는다. 춘동은 복잡한 속을 달래려는 듯 줄담배를 피우며 생각했다. 그때 슈퍼에 갔던 양수가 돌아와 운전석에 올라탔다. 한 손에 까만 비닐봉투를 들고 탄 양수는 춘동이 핀 담배 냄새에 인상을 확 찡그렸다.

"차 안에서 좀 피지 마요. 음식 장사하는 사람 차에서 이게 뭔……."

"시끄러. 그보다 슈퍼 주인은 뭐래? 혹시 그 새끼 이름이라도 안대?"

"이름은커녕 거기 사람이 사느냐고 오히려 물어봅디다. 재개발 된다고 사람들 다 떠난 지 오래래요. 그보다 이거나 먹어요. 뭘 먹어야 포상금을 타든 말든 하지."

양수가 비닐봉투 안에서 빵을 꺼내며 말했다.

"됐다, 너나 먹어라."

"아, 또! 사온 사람 성의를 봐서라도 그러면 안 되는 거야. 먹으라니까!"

양수가 춘동의 무릎 위에 빵을 내려놓았다. 결국 춘동은 혀를 차며 담배를 비벼 껐다. 그때 저 멀리서 후드를 푹 눌러쓴 남자가 골목을 나서는 모습이 보였다. 그 모습이 그날 밤 춘동이 벽화 앞에서 보았던 모습과 오버랩 되어 춘동의 미간이 일그러졌다.

'분명 저 새끼인데……. 범인이 아니고선 도저히 범행 현장을 알 수가 없는데……. 아니지, 범인이 아니라 공범이라면?'

춘동은 우걱거리며 빵을 씹는 양수를 툭툭 쳤다.

"야, 저 새끼 따라가자."

준은 불안정한 발걸음으로 길을 걸었다. 머리가 아팠다. 그리고 구역질이 났다. 당장이라도 어딘가에 드러눕고 싶었다. 그러나 준은 지금 당장 해야 할 일이 있었다. 준은 비틀거리면서도 목적지를 향해 꾸준히 걸었다.

준의 발걸음은 홍대에서도 후미진 구석을 향해갔다. 가로등도 어둡고 인적도 드문 곳에 멈춰선 준은 길게 한숨을 쉬고 주변을 둘러보았다. 다행히 주변에 사람은 없었다. 준은 희미한 가로등에 의지해 자신이 마주한 벽을 올려보았다.

거기에는 커다란 벽을 캔버스 삼아 끔찍한 그림이 그려져 있었다. 죽어가는 사람을 표현한 핏자국이 가득한 그림과 불에 타고 있는 건물의 그림이다. 누가 봐도 범죄현장을 묘사한 듯한 섬뜩한 그림을 물끄러미 보던 준은 메고 있던 가방에서 페인트를 꺼냈다.

이 그림은 예전에 준이 그린 그림이다. 무언가 큰 뜻이 있었던 것은 아니다. 그저 자신 속에서만 품을 수 없다고 생각했기에, 그리고 혹시 이것을 본 누군가가 알아채 주었으면 하는 작은 소망이 있었기에 한 일이다.

그러나 그것이 자신에게까지 연결되자 얘기는 달라졌다.

준은 자신이 어떤 존재인지 알고 있었다. 자신은 보통 사람이 아니다.

괴물.

준은 자신을 찾아온 춘동의 목소리를 떠올렸다. 비록 자신이 지은 죄가 아니었지만 그 외침에 준은 상대가 자신을 정확히 알고 있는 것처럼 느껴졌다. 그렇기에 준은 반론할 수 없었다.

그래, 그의 말처럼 자신은 보통 사람이 보기엔 괴물이다.

그것도 끔찍한 괴물. 그렇기에 자신은 숨어야 한다. 숨어서 사람들의 눈에 띄지 않게 숨을 죽이고 살아야 한다. 죽는 그 순간까지 그 누구도 준의 존재를 알아선 안 된다.

준은 입을 꾹 다물고 페인트 뚜껑을 열었다. 그리고 붓을 적셔 벽에 갖다 댔다. 그리고 그 순간, 어두컴컴하던 준의 주변에 빛이 환하게 쏟아졌다.

깜짝 놀란 준이 놀라 뒤를 돌아보자 자동차의 헤드라이트가 준을 비추고 있었다. 그리고 그 빛을 배경으로 자신만만한 얼굴을 한 춘동이 서 있는 모습이 준의 눈에 보였다.

"새끼……. 이번엔 알짤없다."

춘동을 본 준은 재빨리 몸을 틀어 골목 반대편을 향해 달렸다. 그러나 골목 반대편엔 양수가 서 있었다. 양수는 마치 농구의 수비수처럼 양팔을 넓게 벌리고 준을 막아섰다. 뒤는 춘동 앞은 양수. 준은 빠져나갈 틈을 노렸다. 그리고 양수가 벽을 힐끔거리는 찰나.

"근데 도대체 저게 뭐기에 이렇게 급하게 지우러……. 악!"

준은 그 순간을 놓치지 않고 손에 들고 있던 스프레이 통을 양수에게 집어던졌다. 스프레이 통에 정통으로 얼굴을 맞은 양수가 본능적으로 양손으로 얼굴을 감싸 쥐고 웅크리자, 준은 그 틈을 타 양수의 옆으로 골목을 빠져나가려 했다. 그러나 양수는 얼굴을 감싸 쥐고 웅크린 가운데도 용케 몸을 비틀며 준의 다리춤을 붙잡았다. 그 틈에 뒤에서 쫓아온 춘동이 준을 바닥에 패대기쳤다.

"야, 괜찮냐?"

춘동의 물음에 양수는 코를 감싸 쥐고 고개를 끄덕였다.

"그럼 이 새끼 주머니 뒤져봐."

춘동은 준을 바닥에 찍어 누르고 양수는 준의 주머니를 뒤졌다. 곧 낡은 구형 핸드폰과 열쇠꾸러미 하나가 나왔다.

"무슨 선사시대 폰이냐. 야, 통화내역 확인해봐."

그리고 양수가 뒤진 반대쪽의 주머니를 춘동이 뒤지자 얄팍한 지갑이 주머니에서 굴러 나왔다. 무릎으로 준의 몸을 확실하게 찍어 누른 춘동이 지갑을 열어 신분증을 확인했다.

"김 준……. 너, 김 준 맞냐? 사진 보니 맞는 거 같긴 한데."

준은 대답 대신 춘동을 노려보았다. 춘동이 어떤 의도로 지금 이런 짓을 하는지는 알고 있었지만 그렇다고 순순히 납득이 가지는 않았다.

"양 형, 아무것도 없는데?"

"뭔 소리야, 아무것도 없다니."

"통화 건 것도 온 것도 없는데?"

"그럼 문자는?"

"그것도 없어. 진짜 아무것도 없네."

"지운 거 아냐? 그럼 전화번호부는?"

"어, 딱 한 명 있다. 김 승기."

승기. 그 이름을 듣는 순간 준은 발버둥을 쳤다.

"놔 이 새끼야!"

그런 준의 반응에 춘동은 오호라, 하는 표정으로 능글능글 웃었다.

"저 새끼가 니 공범이냐?"

"그런 거 아니야, 놓으라고 이 새끼야!"

"그래? 그런데 어쩌냐. 내가 니 말만 냉큼 믿고 네네 하기엔 니 놈이 너~무 너무 수상하거든."

춘동은 그대로 준을 찍어 누른 채 자신의 핸드폰을 꺼내 전화를 걸었다.

"양수야 그 폰 번호 불러봐라. 아, 난데. 전화번호 하나 불러줄 테니 인적사항 좀 따줘. 응."

"놔, 놓으라고!"

전화를 하는 사이 준이 계속 소리를 지르며 발버둥치자 춘동은 인상을 찡그리고 양수를 보았다.

"야, 애 좀 조용히 시켜봐. 시끄러워서 전화를 못 하겠네."

"잠깐만, 차에 좋은 거 있어!"

"좋네."

춘동은 청테이프로 양손을 결박당하고 입에도 청테이프를 붙인 준을 보고 만족한 듯 웃었다. 준은 그런 춘동을 향해 사나운 표정을 짓고 있었다. 양수는 춘동이 만족한 듯 웃자 덩달아 씨익 웃었다. 자신이 생각해도 엄청나게 기발한 아이디

어였기 때문이다.

만족한 듯 웃던 춘동이지만, 이내 얼굴을 찡그리고 준의 몸을 꾹꾹 옆으로 밀쳤다.

“근데 좁아 죽겠다. 좌석 왜 이리 좁냐?”

“그럼 둘이 탈 자리에 셋이 탔는데 좁죠. 그렇게 좁으면 재 뒤에 실으면 되잖아요?”

“미쳤냐? 그러다 토끼면 누구 좋으라고?”

“저 꼴로 어떻게 튀어요?”

“사람이 튀려면 어떻게든 튀게 되어 있어.”

지금 그들은 양수의 떡볶이 트럭 앞자리에 나란히 앉아 춘동이 의뢰한 김 승기의 인적사항에 대한 연락을 기다리고 있었다. 한창을 버둥거리던 준은 이미 기운이 빠졌는지 어느 순간부터 얌전해졌다. 그러나 반항적으로 춘동을 노려보는 눈빛을 보면 포기한 것 같아 보이진 않았다.

“새끼, 눈깔하고는.”

자신을 노려보는 준이 영 못마땅했던 춘동은 자신의 핸드폰이 진동하자마자 바로 전화를 받았다.

“용산구 한강로 837-4. 오케이!”

춘동은 양수를 향해 외쳤다.

“야, 출발해.”

이윽고 양수의 트럭이 부릉! 거친 소리를 내며 골목을 빠져나갔다.

춘동은 반항적인 눈으로 자신을 노려보는 준을 보며 기분이 묘해졌다. 잡기 전에는 이놈이 범인이란 확신에 가득 차 있었다. 그런데 이렇게 옆에 두고 나란히 앉으니 이상하게 범인이란 기분이 들지 않았다. 이 짧은 사이에 정이 들거나 그런 게 아니라 그냥 춘동의 감이 그랬다.

사실 상황을 보면 준은 분명 범인이거나 적어도 공범이 맞는 것 같은데, 춘동은 뭔가 아귀가 맞지 않는단 생각이 계속해서 들었다.

그런 춘동의 생각이 이어지는 가운데 양수의 차는 부지런히 달려 목적지에 도착했다. 주소지를 듣고도 짐작했던 목적지는 한적한 주택가였다. 주변을 살핀 춘동은 차에서 내리며 양수에게 말했다.

"이 새끼 잘 지키고 있어."

그렇게 준을 양수에게 맡긴 춘동은 세심하게 주변을 살폈다. 별다른 특이점이 없는 보통의 동네였다. 하나 특이한 점이 있다면 쓰레기를 수거하는 날인지 곳곳의 대문마다 나와 있는 재활용 쓰레기와 쓰레기봉투 정도랄까.

춘동은 천천히 주소와 일치하는 김 승기의 집으로 접근했다. 다가가 보니 김 승기의 집 앞에도 쓰레기가 나와 있었다.

미심쩍은 얼굴로 쓰레기봉투를 보던 춘동은 뭔가 이상한 예감에 발로 쓰레기봉투를 툭툭 두드렸다. 그러자 쓰레기봉투에서 버적버적 얼음이 부서지는 소리가 났다.

"!"

춘동은 눈을 빛내고 아직 차에 타고 있는 양수를 돌아보며 눈짓했고 양수는 알았다는 듯 고개를 끄덕였다.

그때 춘동이 바라보고 있던 대문이 열렸다. 갑작스러운 상황에 춘동은 얼른 대문 옆 벽에 붙어 몸을 감췄다. 이내 열린 대문 사이로 후드를 쓴 사람이 나왔다. 그는 대문 옆에 숨은 춘동의 존재를 눈치 채지 못한 것인지 양손에 들고 나온 쓰레기봉투를 대문 앞에 내려놓고 다시 대문을 향해 돌아섰다. 순간, 춘동은 대문 쪽으로 돌아선 그를 향해 손을 뻗었다. 그리고 후드를 확 잡아당겨 벗겨냈다.

"이 새끼!"

소리를 지르며 후드를 벗겨낸 춘동은, 이내 입을 벌린 채 굳어버리고 말았다. 후드가 벗겨지고 드러난 것은 긴 머리칼을 가진 젊은 여자의 얼굴이었다.

춘동이 차에서 내리자 양수는 준을 힐끔 쳐다보았다. 조금 전까지만 해도 춘동을 노려보던 준이 지금은 체념한 듯 고개를 숙이고 있었기 때문이다. 그 모습에 살짝 양수는 마음이 흔들렸다. 경찰에게 잡혀 연행된 기억이 있는 양수에게 지금 준의 심정이 얼마나 복잡할지는 너무나 잘 이해가 되었다.

"형이 니가 미워서 이러는 게 아니야. 공무수행이란 게 원래 다 이런 거거든."

양수의 말에 준이 고개를 들었다.

"그리고 양 형사 재가 좀 다혈질이라 뭐 묻고 그러면 빨리 빨리 대답해야 해. 안 그러면 피 본다?"

양수는 나름 준을 위로한답시고 말들을 늘어놓고 있었지만 준은 양수의 말은 관심 밖이었다. 주절주절 말을 늘어놓는 양수를 서늘하게 보던 준은 이내 춘동이 내린 방향을 바라보았다. 준의 눈에 춘동이 조심스레 접근한 대문이 열리는 모습이 보였다. 그리고 열린 대문으로 후드를 쓴 사람이 나타난 것을 보았다. 춘동이 그 후드를 벗겨내고 얼굴이 드러나는 것 까지 본 준은 눈을 감아버렸다. 상대가 자신을 볼 수 있는 위치가 아닌데도 준은 혹여 상대가 자신을 볼까 다시 고개를 숙였다.

"그래, 그렇게 반성해. 그렇다고 너무 풀죽지는 말고 응?"

양수는 준의 행동이 자신의 말에 감명을 받아서라 생각하고 목소리를 높였다. 양수의 목소리를 귓등으로 흘리며 준의 머릿속은 이미 과거를 헤매고 있었다. 오래전에 지워버렸다고 생각한 옛 기억이 뿌연 먼지 속에서 희미하게 떠올랐다.

한편, 춘동은 용의자(?) 김 승기의 집 거실에서 난처함을 숨기지 못한 표정으로 두리번거리고 있었다. 여자라는 게 밝혀진 시점부터 김 승기는 이미 용의자가 아니었다. 그날 춘동이 지하실에서 마주한 것은 분명 남자였다. 그것도 젊은 남자. 혹시 김 승기가 사건에 연루되어 있나 생각했지만 김 승기는 아무리 봐도 살인마, 그것도 유아납치살해냉동 살인마와 어울릴 부류로는 보이지 않았다. 하긴, 사람이 어디 인상으로 죄를 짓던가.

춘동은 어쨌든 승기에게서 정보를 알아내려 마음을 다잡았다. 춘동은 승기의 집 안을 이리저리 둘러보았다. 마치 스튜디오처럼 잘 꾸며진 방 한구석에는 학생들과 찍은 사진과 그림들이 진열되어 있었다. 방 한구석엔 공구들을 비롯한 페인트 등의 그림도구들도 놓여 있었다.

"선생님이신가 봐요?"

"이런 늦은 밤에 여자 혼자 사는 집에 쳐들어왔을 땐 질문이 아니라 설명을 먼저 하셔야 하는 것 아닌가요?"

"죄송합니다. 아깐 여자 분인지 몰라서요."

춘동이 머쓱하게 머리를 긁으며 말하자 승기는 어쩔 수 없다는 듯 한숨을 쉬고 냉장고로 다가갔다. 춘동은 승기가 냉장고로 다가가자 저도 모르게 몸을 굳혔다.

"대접할 게 물밖에 없네요."

그러나 춘동의 긴장을 모르는 승기는 냉장고를 열고 자연스럽게 생수병 하나를 꺼내 춘동을 향해 휙, 가볍게 던졌다. 반사적으로 생수병을 받아든 춘동은 승기를 물끄러미 보다 꿀꺽꿀꺽 물을 마셨다.

물을 반쯤 마시다 말고 생수병을 내려놓은 춘동은, 잠시 생각에 잠겨 미간을 찡그리다 곧 진지한 눈으로 승기를 보며 물었다.

"김 준 아시죠?"

"!"

"아시나 보네요. 김 준이랑 어떤 사입니까?"

춘동은 승기의 표정을 날카롭게 살피며 재차 물었다. 춘동의 말에 놀란 눈을 둥글게 떴던 승기는 이내 침착하게 대답했다.

"고등학교 동창이에요. 그런데 갑자기 그건……?"고등학교 동창이란 말을 마음속으로 새기며 춘동이 다시 물었다.

"최근 5년 동안 김 준 만난 적 있습니까?"

춘동의 말에 승기가 헛웃음을 터트렸다.

"미국에 있는 애를 어떻게 만나요."

"미국이요……?"승기의 예상치 못한 말에 춘동이 묻자 승기가 대답했다.

"네, 준이는 졸업하자마자 미국에 갔어요. 그런데 준이는 갑자기 왜요?"

춘동은 준이 미국에 있다고 말하는 승기의 표정을 똑바로 살폈다. 혹여 거짓말을 하는 기색이 없나 하고 살폈지만 승기는 아무리 봐도 준이 정말로 미국에 있다고 믿고 있는 눈치였다. 여자라는 것을 확인한 순간 반쯤 포기를 했지만 상황이 이렇게 되자 춘동은 정말 말문이 막혔다. 어쩌면 김 승기는 정말 아무것도 모르는지도 모른단 생각이 들었다.

춘동은 어떻게 말해야 하나 고민을 하며 주변을 둘러보았다. 그때, 춘동의 눈에 거실 한 구석에 있는 기괴한 그림이 보였다. 잔뜩 뭉개지고 일그러진 듯한 그림. 그림을 잘 모르는 춘동이 보기에도 보통 그림으로 보이지 않는 기괴한 그림은 사람을 그린 듯 보였지만 제대로 얼굴을 알아보기 힘들었다. 그러나 그 그림 구석에 남은 싸인의 글귀는 제대로 알아볼 수 있었다.

〈김 준〉

"이거 김 준 그림입니까?"

"네. 고등학교 때 같은 미술부였어요."

그리움이 묻어있는 승기의 목소리와는 달리 춘동은 좀 다른 묘한 기분으로 그 그림을 바라보았다. 벽화들만큼 섬뜩하지는 않았지만 그 그림은 뭔가 기괴했다.

"특이하네요."

그저 아무 생각 없는 감상이었는데 그런 춘동의 감상에 승기가 날카로운 어조로 말했다.

"특이하지 않아요, 좀 다를 뿐이지."

발끈하며 날선 승기의 어조에 춘동은 그녀의 눈을 똑바로 보며 물었다.

"그 다르다는 거, 그림을 말하는 겁니까? 아니면 김 준 본

인을 말하는…….”

빠앙. 쾅!

춘동의 말이 끝나기도 전에 요란한 클랙슨 소리가 울렸다. 그리곤 곧바로 자동차가 난간에 부딪치는 울렸다. 반사적으로 춘동은 집 밖으로 튀어나갔다.

춘동이 승기의 집 안에서 이야기를 나누고 있던 그때, 떡볶이 트럭에서는 양수의 위로연설이 계속해 이어지고 있었다.

평생 형사에게 핍박만 받아본 양수는 형사노릇을 하며 으스대는 지금의 상황이 퍽 마음에 들었다. 어디 가서 자신이 이렇게 어깨 펴고 인생 선배 노릇을 하겠는가 싶어 양수는 쉴 새 없이 조잘거렸다.

“그렇게 긴장하지 마. 너 보니까 그렇게 사악한 놈도 아닌 거 같고, 우리나라 재판부가 그렇게 박하지가 않다, 너? 물론 살인 공범이니까 그렇게 가볍게도 안 쳐주겠지만 협조만 잘 하면 아무 문제없어. 살다보면 이런 때도 있고 저런 때도 있고……. 근데 양 형사 애는 왜 안 나오냐? 딱 보니 텄는데. 저런 여자가 유괴살인범일리 있겠냐 응?”

준에게 동의를 구하려 준을 보던 양수는 생채기 가득한 얼굴로 입에는 청테이프까지 붙어있는 준의 모습에 슬쩍 동정심이 일었다.

"뭐, 이제 전화하는 사람도 없으니 입은 떼 줄게. 자, 숨쉬긴 편하지?"

준은 양수를 물끄러미 보았다. 양수는 준의 눈빛이 춘동을 바라보던 것과 달리 반항적이지 않은 것이 자신의 말이 잘 먹히고 있다는 증거 같았다. 그렇게 생각하자 준이 더욱 더 동질감이 들고 안쓰러워 보여 양수는 혼잣말을 하듯 중얼중얼 하며 차 서랍에서 밴드를 꺼냈다.

"나도 형사지만 우리나라 형사들 참 거칠어 그치? 얼굴 꼴이 그게 뭐야. 이거라도 붙여."

준은 잠시 양수가 내민 밴드를 바라보다 양손을 내밀어 밴드를 받으면서 양수의 손을 턱 잡았다. 순간, 준의 동공이 확장되면서 준의 얼굴에 싸늘한 비웃음이 번졌다.

양수는 모르고 있었지만 준은 이미 '본' 것이다.

"형사……."

준의 입술이 비틀렸다. 비웃음처럼 흘러나온 말에 발끈한 양수가 돌아보자 준이 빈정거리며 웃었다.

"요즘은 사기꾼도 형사질 하냐?"

마치 모든 것을 꿰뚫어볼 듯 형형하게 빛나는 눈으로 자신을 바라보는 준의 얼굴에 양수는 온몸 소름이 끼쳤다.

"너, 너 이 새끼……."

양수가 놀라움에 오그라든 사이, 준은 한껏 양수의 머리통을 잡더니 박치기를 했다.

퍽.

갑작스러운 박치기에 양수가 정신이 없어진 틈을 타 준은 액셀러레이터를 꽉 밟아버렸다. 갑자기 질주하기 시작한 차는 양수가 채 반응하기도 전에 전봇대에 돌진했고, 양수의 기억은 거기까지가 전부였다.

"무슨 일이야!"

대문을 나선 춘동의 눈에 보인 것은 전봇대에 박힌 양수의 트럭이었다. 춘동이 허둥지둥 트럭으로 달려가자 앞 유리창이 깨진 트럭의 모습과 이마에 피를 흘리며 쓰러진 양수의 모습이 보였다. 그리고 양수 외에 트럭에 사람의 흔적은 없었다.

"야, 양수야! 괜찮냐? 어이, 정신 차려봐!"

춘동이 양수를 흔들자 양수가 끙, 소리를 내며 눈을 떴다. 겨우 정신을 차린 듯 눈을 깜빡거리는 양수에게 춘동이 물었다.

"이게 어떻게 된 거야! 그 새끼는?"

춘동의 물음에 멍하던 양수의 눈동자에 두려움이 떠올랐다.

"그 새끼, 이상해요……."

"뭐?"

"그 새끼 이상하다고요……. 내가 형사가 아니란 걸……."

잔뜩 겁에 질린 채 말하는 양수를 보고 춘동은 뭔가 상황이 이상하게 돌아간다고 생각했다. 그러나 양수는 거기까지 말하고 그대로 기절해버렸고, 이미 준의 모습은 주변 어디에도 없었다.

준은 청테이프로 양손이 묶인 채 비틀거리며 거리를 달리고 있었다. 거리를 오가던 사람들은 옷 곳곳에 피가 튀어있고 양손은 청테이프에 묶인 채 휘청거리는 준의 모습을 힐끔힐끔 보았다. 준은 그런 사람들의 시선이 마치 자신이 누구인지 알고 쳐다보는 것 같은 기분이 들었다. 준은 사람들의 시선을 피해 구석으로, 구석으로 숨어들었다.

헉 헉.

인적이 뜸한 골목 구석에 숨어든 준은 이빨로 테이프를 찢어내고 잠시 그 자리에 웅크리고 앉았다. 그러나 이내 춘동이 다시 쫓아올지도 모른다는 불안감에 비틀거리며 자리에서 일어났다. 그리고 이리저리 주변을 둘러보다 무작정 눈앞의 신호등이 파란불로 바뀌자 횡단보도 위로 뛰어들었다.

준아.

횡단보도 위에 올라선 준은 환청처럼 들려오는 목소리를 듣는 순간 그 자리에서 얼어붙어 버렸다. 횡단보도 위로는 수많은 사람들이 오가고 있었다. 그들은 횡단보도 한복판에 멈춰선 준이 방해가 되는지 준을 힐끔거렸고 몇몇은 준을 밀치고 지나가기도 했다. 그런데 그저 어깨를 스치는 가벼운 접촉에도 준은 화들짝 놀라기 일쑤였다. 마침내 횡단보도의 신호등이 붉게 바뀌었지만 준은 여전히 꼼짝도 할 수 없었다.

준아.

준은 결국 그 자리에 웅크리고 주저앉아 버렸다.

빵 빵 빵 빵!

요란한 클랙슨도 준의 귀에 들리는 목소리를 지울 수는 없었다.

준아…….

준아…….

준아…….

아아악!

준은 양손으로 귀를 막고 비명을 질렀다.

6. 유괴

양수를 병원에 데려다 놓고 춘동은 경찰서로 향했다. 어제 그런 식으로 현장에서 사라져버렸던 춘동이 걱정된 고 반장의 호출 전화를 받은 후였다. 고 반장은 얼른 경찰서로 오라고 채근을 했다.

춘동의 맘 같아선 고 반장에게 자신이 어마어마한 단서를 찾아 범인을 추적 중이라고 너스레라도 떨고 싶은 심정이었다. 하지만 지금 춘동에게 남은 단서라곤 자신의 기억뿐이었다.

김 준이 그렸던 벽화는 이미 하얀 페인트에 지워진 지 오래고 사진으로 남은 것도 행복이라는 글귀 뿐. 그 정도로 김 준을 엮어 넣기 힘들다는 것은 춘동이 누구보다 잘 알고 있었다. 결국 춘동이 할 수 있는 건 제대로 된 물증을 찾거나 범인을 잡아 고 반장 앞에 대령하는 일 뿐이었다. 춘동은 다시금 결의를 다지며 경찰서로 들어섰다.

경찰서 안 풍경에 춘동은 의아한 표정을 지었다. 무슨 이유인지 강력반 한구석에 어린아이가 있었다. 그리고 여러 형사들이 그 아이를 둘러싸고 있었다. 경찰서와 어린아이, 그것도 강력반과 어린아이. 어울리지 않는 조합이라 처음엔 미아라도 온 것인가 하고 생각했다. 하지만 고 반장의 표정이 단순해 보이지 않았다. 춘동은 슬그머니 형사들의 틈으로 고개를 내밀었다.

가까이 다가와 보니 아이는 정말 작았다. 이제 예닐곱 살쯤 되었을까. 아직 젖살이 포동하게 오른 뺨을 한 여자아이는 눈물로 잔뜩 지저분해진 얼굴로 훌쩍이고 있었다. 그리고 그 곁엔 아이의 엄마로 추정되는 여자가 걱정스런 표정을 짓고 있었다.

"그래서? 아저씨가 뭐라고 했니?"

아이의 앞에는 여순경 하나가 침착한 표정으로 아이의 시선을 맞추며 말을 걸고 있었다. 여순경의 물음에 아이가 훌쩍거리며 더듬더듬 대답했다.

"이쁘게 생겼다면서, 강아지가 아파서, 돌봐줄 수 없냐고……. 차에 타라고…….”

훌쩍거리는 울음이 섞여 있긴 했지만 비교적 또렷한 말투였다. 여순경이 다시 물었다.

“그래서? 어떻게 했어? 차에 탔어?”

“아뇨, 이상해서…….”

이상하다? 무엇이? 궁금함을 참지 못하고 불쑥 춘동이 고개를 내밀고 물었다.

“뭐가 이상해?”

아이는 춘동의 얼굴을 보고 화들짝 놀랐는지 얼굴을 찡그리고 엄마 뒤로 쏙 숨어버렸다. 그 순간 고 반장을 비롯한 형사들이 일제히 춘동을 째려보았다. 춘동이 그 시선에 움찔해 뒤로 물러서자 여순경이 다시 아이에게 차분한 목소리로 물었다.

“자, 우리 연이. 이 아저씨 무서운 아저씨 아니야. 경찰이야. 괜찮으니까 말해 볼래? 뭐가 이상했어?”

아이는 주춤주춤 눈치를 살피다 말했다.

“강아지가 얼어 있었어요…….”

“얼어 있었다고? 그냥 차가운 게 아니라?”

여순경이 다시 묻자 아이가 고개를 끄덕였다. 그 말에 고 반장은 의미심장한 표정으로 철현을 보았고 철현도 고개를 끄덕였다.

아이가 엄마와 함께 경찰서를 나선 것을 확인한 형사들은 심각한 얼굴로 이야기를 나누었다. 평소라면 그냥 유괴시도나 변태 정도로 생각할 테지만, 얼어있던 아이의 시체가 발견된 타이밍에 얼어있는 강아지 얘기가 나오자 관계없는 사건이라 생각하기 힘들었기 때문이다.

"아무래도 전혀 관계없는 사건 같진 않지?"

"네, 일단 연관성이 있다고 보고 수사해봐야겠습니다."

철현이 심각하게 고개를 끄덕이자 춘동이 뒤에서 혼자 입을 삐죽하며 '저런 말은 나도 하겠다.'라고 중얼거렸고 그 말을 들은 철현은 춘동을 향해 눈을 부라렸다. 춘동도 어제 철현에게 된통 당한 전력이 있는지라 지지 않고 철현을 노려보았다. 어제 철현이 무슨 수로 행복아파트를 찾아왔는지는 모르지만 춘동이 보기에 철현은 그냥 춘동의 공을 가로챈 얍삽한 놈이었기 때문이다. 춘동은 당연히 평소보다 날카로울 수밖에 없었다. 눈빛만으로 점점 험악해지는 둘의 기색에 고반장이 얼른 중재에 나섰다.

"양 춘동이 너. 이런 상황에서 괜히 싸움 걸고 그럴래?"

고 반장은 일단 춘동을 진정시킨 후 철현에게 말했다.

"철현이 넌 나가서 주변 사람들한테 그 시간에 그 애가 말한 차 본 사람 있는지 확인해봐. 그리고 명수 넌 CCTV 체크하고 나머지 사람들도 탐문 좀 해봐. 뭐라도 해야지."

"네."

철현이 의기양양하게 경찰서를 나서자 다른 형사들도 뿔뿔이 할 일을 찾아 흩어졌다. 고 반장은 형사들이 뿔뿔이 흩어진 후 춘동을 돌아보며 말했다.

"너 어제부터 왜 이러냐. 속상한 건 알겠는데 형사가 그렇게 감정에 치우치면 못쓴다."

평소라면 주먹부터 휘둘렀을 고 반장이 말로 타이르자 춘동은 입만 삐죽거렸다.

"제발 정신 좀 차려라, 춘동아."

마치 지금 춘동이 정신을 못 차리고 있다는 듯한 고 반장의 말에 춘동은 억울함이 밀려와 애꿎은 주먹만 꽉 틀어쥐었다.

"두고 보세요, 반장님. 내가 그 놈 잡아서 반장님 앞에 대령할 테니까!"

춘동의 결연한 말에 고 반장은 어휴, 하고 한숨을 쉬었다.

춘동이 전의를 불태우던 그 시각, 좁은 골목길에 한손에는 비닐 봉투를 들고 한손으로 호루라기를 휘휘 돌리는 아이가 걷고 있었다. 바로 춘동이 얼마 전 행복아파트를 탐문하는 길에 만나 호루라기를 사주었던 아이였다.

한참 혼자서 길을 걷던 아이는 문득 뒤에서 들리는 차 소리에 뒤를 돌아보았다. 그러자 이런 골목에선 자주 보기 힘든 비싸 보이는 까만 차가 아이의 뒤로 다가오는 게 보였다.

아이는 차가 지나갈 수 있도록 길옆으로 몸을 붙였다. 그러나 아이를 스쳐 지나갈 거라 생각한 차는 아이가 붙어선 벽 앞에 멈춰 섰다. 곧 차창이 내려가고 모자를 쓴 남자의 모습이 나타났다. 모자 때문에 얼굴은 제대로 볼 수 없었지만 입가가 웃고 있는 것은 보였다.

"예쁘게 생겼네……."

"예?"

다정한 목소리에 아이가 고개를 갸우뚱하자 남자가 말했다.

"잠깐 이리로 와 볼래?"

"왜요?"

아이가 살짝 경계하듯 묻자 모자를 쓴 남자가 곤란하다는 듯 말했다.

"아니 아저씨 강아지가 좀 아픈데……. 좀 돌봐주지 않을래?"

아이는 강아지라는 말에 경계심이 누그러진 듯 눈치를 살피다 물었다.

"강아지 많이 아파요?"

"응. 애가 이상하네. 기운도 없이 축 늘어져 있고."

"어디 있는데요?"

남자는 자신이 앉은 옆자리 조수석을 가리키며 말했다.

"여기."

아이가 강아지를 보려는 듯 본능적으로 조수석으로 다가오자 남자가 몸을 내밀어 조수석 문을 열어주었다. 덜컥, 열린 문 너머로 조수석 의자에 축 늘어져있는 강아지가 보였다. 아이가 강아지를 물끄러미 바라보자 남자가 말했다.

"차에 타고 살펴봐줄래?"

아이는 주춤거리며 눈치를 살피다가 슬쩍 손끝으로 강아지를 만져보았다. 강아지를 만진 아이는 이내 흠칫 놀랐다. 손끝에 닿은 강아지의 감촉이 폭신하고 부드러운 것이 아니라 마치 플라스틱처럼 딱딱하고 차가웠기 때문이다.

아이는 강아지가 죽어있다는 것을 바로 알아챘다. 그러나 눈앞의 남자가 어쩐지 무서워서 애써 내색은 하지 않고 태연한 척 말했다.

"저기, 저 집에 가봐야 해서……."

아이가 다시 시작하자 얼른 조수석 문을 닫은 남자가 아이의 걷는 속도에 맞춰 차를 슬슬슬 이동시키기 시작했다. 아이는 자신의 옆을 계속해서 따라오는 차에 점점 두려움을 느꼈다. 차는 계속해서 아이의 뒤를 따라왔고, 결국 겁에 질린 아이가 일부러 집이 아닌 방향의 차가 들어올 수 없는 골목으로 뛰어들었다.

탁 탁 탁 탁!

아이는 정신없이 뛰었다. 인적이 드문 좁은 골목에 아이의 발소리가 다급하게 울렸다. 그리고 아이의 발소리에 뒤섞여 좀 더 무거운 발소리가 울렸다. 아이는 남자가 자신을 뒤쫓아 오는 것 같은 느낌에 더 겁에 질려 열심히 달렸다. 한참동안 정신없이 골목을 달리던 아이는 이내 어느 집의 열린 대문을 발견하고 대문 뒤로 재빨리 몸을 숨겼다.

"……."

아이는 입을 앙다물었다. 방심하면 헉헉거리는 소리가 터져나갈 것 같았다. 숨소리까지 조심하고 숨은 아이의 귀로 남자의 발소리가 들렸다. 점점 가까워지는 발소리에 아이는 겁에 질려 호루라기를 꽉 쥐고 입 근처로 가져갔다.

뚜벅.

뚜벅.

뚜벅.

점점 가까워지는 발소리는 마치 공포영화의 한 장면처럼 아이를 옥죄었다. 가까워지는 발소리만큼 아이의 심장은 터질 듯 뛰었다. 그리고 마침내 발소리가 아이가 숨은 대문 앞에 도착한 순간, 아이는 호루라기를 불기 위해 입에 대려 했다. 그런데 아이가 호루라기를 불기도 전에 발소리는 거짓말처럼 아이가 있는 대문 옆을 스치고 지나갔다.

뚜벅.

뚜벅.

뚜벅…….

점점 멀어지다 마침내 사라진 발소리에 아이는 맥이 풀린 듯 그 자리에 주저앉았다. 힘이 빠졌는지 손에 쥐고 있는 비닐봉지까지 바닥에 내려놓은 아이가 크게 숨을 쉬었다.

바스락.

그러나 아이는 몰랐다. 자신이 긴장이 풀려 내려놓은 비닐봉지의 소리를 듣고 남자가 발소리를 죽인채 다시 돌아온 것을.

남자는 비닐봉지 소리가 들린 방향으로 걸어오다 대문 아래로 보이는 비닐봉지와 아이의 신발을 확인했다. 남자가 모자아래서 미소를 지으며 천천히 대문으로 가까워졌다. 천천히, 아주 천천히 다가온 남자는 마치 먹이를 노리는 뱀처럼 신중했다.

마침내 아이가 숨은 대문 앞에 도착한 남자가 대문을 잡았다.

컹 컹 컹 컹!

그때 갑자기 요란한 개 짖는 소리가 울렸다. 잔뜩 웅크려 있다 그 소리에 놀라 벌떡 일어난 아이는, 대문 근처에 서 있는 남자를 발견하고 저도 모르게 숨넘어가는 비명을 삼켰다.

히익.

너무 무서워서 비명도 지르지 못한 아이는 자신을 향해 손을 뻗는 남자를 피해 부리나케 달리기 시작했다. 다시 남자와 아이의 추격전이 시작되었다. 헉헉, 헉헉! 숨이 목 끝까지 차오른 아이는 정신없이 골목을 달렸다. 그러나 이젠 길이

외길이라 남자와 아이의 격차는 점차 좁혀질 뿐이었다.

허억 헉.

당장이라도 숨이 넘어갈 듯 헐떡거리며 달린 아이의 바로 뒤로 남자가 따라 붙었다. 남자의 숨소리가 마치 그림자처럼 아이의 뒤통수에 따라붙었다. 아이의 눈가에 눈물이 고였다.

남자가 손을 뻗었다. 그리고 남자의 손이 아이의 등에 그림자를 드리운 순간, 아이가 소리를 질렀다.

"아빠, 아빠아!"

아이는 그대로 정면에 있던 다세대 주택 대문 안으로 뛰어 들어갔다.

"아빠아!"

"뭐가 이리 시끄러워!"

아이가 숨넘어가는 소리를 지르자 대문 구석의 철문이 열리더니 러닝셔츠 차림의 남자가 버럭 소리를 지르며 고개를 내밀었다. 아이는 그런 남자에게 구르듯 돌진해 남자의 러닝셔츠자락을 붙들었다. 아이는 아버지의 얼굴에 맥이 풀렸는지 숨을 몰아쉬며 부들부들 떨리는 손으로 대문 밖을 가리키며 말했다.

"아빠, 누가, 누가 쫓아와!"

겁에 잔뜩 질린 아이의 말에 아버지는 잠시 인상을 쓰다 비틀거리며 대문 밖으로 나섰다. 비틀거리는 폼을 봐선 아무래도 술에 취한 듯 보였다. 갈지자걸음으로 대문 밖으로 나간 아이의 아버지의 골목을 휘 돌아보았다. 그러나 그의 눈에는 아무도 없는 텅빈 골목만이 보였다. 골목을 대충 훑어본 아버지는 짜증을 내며 아이를 보았다.

"아무도 없는데 누가 쫓아온다는 거야?"

"분명히 있었는데……."

"없다니까!"

아버지가 버럭 소리를 지르자 아이는 기가 죽어 입을 다물어 버렸다. 그때 아버지가 아이를 살피다가 인상을 찡그리고 물었다.

"그런데 술은?"

아버지의 물음에 아이는 깜짝 놀란 표정으로 자신의 손을 보았다. 그러고 보니 소주가 든 비닐봉지를 아까 숨었던 집 대문 안에 그냥 놓고 온 것이 뒤늦게 생각났다.

"이 년 보게……?"

어쩔 줄 몰라 하는 아이의 얼굴을 본 아버지의 표정이 흉흉해졌다.

"이년, 너 시키는 대로 안 하고 어디서 뺀질거려? 그 돈으로 뭐 사먹었지 너?"

"아, 아니 그게 아니고요……."

아이가 고개를 저었지만 아버지는 그런 아이의 머리를 큰 손바닥으로 쥐고 흔들었다.

"아니긴 뭐가 아냐, 확 한 대 쥐어 패버릴까! 쬐끄만 게 벌써부터 지어미랑 똑같이 에비 등쳐 먹을 생각이나 하고!"

"진짜 아닌데……. 그거 아닌데……."

이젠 울먹이기까지 하는 아이를 보고 아버지는 눈을 부라렸다. 그리고 아이를 대문 밖으로 몰아내며 말했다.

"아니면 어서 가서 사 와! 안 사오면 집에 못 들어올 줄 알아!"

그렇게 말하고 대문을 쾅 닫아버리는 아버지를 보고 아이는 잠시 그 자리에서 옴짝달싹 못했다. 그러나 대문이 열릴 기미는 없고 결국 아이는 주춤거리며 자신이 달려왔던 골목으로 향했다. 평소 늘 다니는 길인데 오늘따라 골목이 너무나 무서웠다.

아이는 주변을 두리번거리며 잰 걸음으로 골목을 가로질렀다. 지금 아이의 머릿속엔 얼른 술을 찾아서 집안으로 들어가고 싶단 생각밖에 없었다.

얼마 지나지 않아 아이는 비닐봉투를 내려놓았던 대문 앞으로 돌아왔다. 다행히 비닐봉투는 대문 안에 그대로 있었다. 아이는 안도의 한숨을 쉬고 대문 안으로 들어가려 했다. 그 순간, 누군가가 아이의 어깨를 잡았다.

깜짝 놀라 아이가 돌아보자 모자를 푹 눌러쓴 남자가 아이를 향해 핸드폰을 들이대고 있었다. '스마일~!' 남자의 핸드폰에서 우스꽝스런 목소리가 울리더니 곧 찰칵! 하는 핸드폰 촬영음이 울렸다.

"아……."

아이가 주춤, 뒷걸음질 치자 남자가 생긋 웃으며 아이에게 말을 건넸다.

"안녕?"

"!"

비명을 지르려던 아이의 입을 커다란 손이 틀어막았다.

아이의 실종이 경찰에 신고된 것은 다음날 아침이 되어서였다. 밤새 술을 찾으며 고함을 지르는 아이 아버지의 태도에 수상함을 느낀 이웃주민이 골목을 나섰다 골목에 떨어진 아이의 신발과 호루라기를 발견하고 경찰에 신고한 것이다. 다행히 이웃주민은 얼마 전부터 아이가 목에 걸고 다니던 호루라기를 정확히 기억하고 있었다. 다른 때도 아니고 근처에서 아동 유괴살인 사건이 벌어진 후라 그런지 이웃주민의 대처는 빨랐다.

"진짜 무슨 일이 생긴 게 틀림없어요. 아빠가 아무리 험하게 해도 아빠는 꼭 챙기는 애인데……. 무슨 일이 생기지 않고선……."

말끝을 흐리는 제보자의 말에 고 반장은 고개를 끄덕이며 골목을 둘러보았다. 이미 골목에는 정복 경찰과 형사들이 쫙 깔린 상태였다.

고 반장은 집 안으로 들어갔다. 이미 감식반과 형사들이 혹시 사건에 도움이 될 만한 게 있나 싶어 뒤지고 있었지만 현장 자체가 집 안이고 보니 집 안에선 이렇다 할 물건이 나타나지 않았다. 고 반장은 넋이 나간 듯 주저앉은 아이 아버지에게 다가갔다. 이웃사람들의 증언에 의하면 한번 집에 왔던 아이를 아버지가 집 밖으로 쫓아냈다고 한다.

"어제 다희가 집에 왔던 게 몇 시쯤입니까?"

고 반장이 물었지만 아이 아버지는 여전히 넋이 나간 듯 대답을 하지 못했다.

"이보세요! 다희 아버지! 정신 차리세요! 다희 찾아야죠! 다희가 집에 왔던 게 몇 시쯤입니까?"

고 반장이 어깨를 흔들자 아이 아버지가 힘없이 중얼거렸다.

"아니 그년이 돈을 줬는데 술을 안 사오잖아. 그년이……. 그러면서 누가 쫓아온다고……. 거짓말이나 하고……."

"누가 쫓아왔다고요?"

"아무도 없는데 쫓아왔다고 거짓말이나 해서 그냥 내보낸 건데……. 그년이……. 그년이……."

고 반장은 혀를 찼다. 누군가가 쫓아왔다는 말에 범인의 모습이라도 보았나 했더니 아무도 없었다는 말론 그가 범인을 본 거 같지는 않았다. 지금 아이 아버지는 도저히 사건에 도움이 될 만한 이야기를 해줄 상태가 아니었다.

"유괴시점을 알아야 목격자라도 찾을 텐데. 곤란하군."

고 반장이 혼잣말처럼 중얼거리자 아버지가 눈을 번뜩이며 고 반장을 노려보며 소리를 지르기 시작했다.

“누가 유괴됐어! 유괴 같은 거 아니라니까! 우리 집엔 돈도 없는데 잡아가서 뭐에 쓸려고! 그냥 지 에미처럼 집 나간 거야!”

소리를 지르던 아이 아버지는 집 안을 수색하는 형사들에게 달려들었다.

“나가, 나가라고! 지금 남의 집에서 뭐 하는 짓이야! 다들 나가! 우리 다희 유괴된 거 아니야, 아니라고!”

“진정하세요! 이런다고 사태가 나아지는 건 아무것도 없습니다!”

고 반장이 말렸지만 그는 막무가내였다. 경찰들을 향해 소주병을 집어던지고 난동을 피우는 아이 아버지 덕에 집 안은 순식간에 난장판으로 변했다. 그 난장판을 보며 고 반장은 크게 한숨을 쉬고 고개를 흔들었다.

결국 고 반장은 주변 주민들에게서 들은 정보를 토대로 아이가 사라진 시간이 아직 저녁이 되기 전 늦은 오후로 짐작했다. 즉, 벌써 아이가 사라진 지 12시간이 지났다는 말이었다. 이미 골목에선 다희가 심부름으로 사오다 잃어버린 것으로 추정되는 슈퍼비닐봉투도 발견된 상태였다.

그때 밖을 수색하던 형사 중 한 사람이 다급히 대문 안으로 들어왔다.

"반장님, 이것 좀 보세요!"

고 반장이 나가보자, 한 형사가 신문지로 싸인 물건을 들고 서 있었다.

"그건 뭔가?"

"요 앞 주민이 어젯저녁에 자기 집 앞에 버려져 있는 걸 발견했답니다."

형사가 내민 것은 강아지 사체였다.

"주민의 말로는 처음 발견했을 때는 딱딱하게 얼어 있었다고 합니다."얼어있는 강아지. 그 말에 고 반장은 이 사건이 어제 일어났던 유괴미수 사건과 동일범의 소행이란 걸 알았다. 한번은 실패했지만 두 번째는 성공한 것이다. 문제는, 어제 범인이 은지 사건의 범인일 가능성이 크다는 점이었다.

"철현아, 서에 연락해서 응원 더 불러라. 100%다."

고 반장의 말에 철현은 심각한 표정으로 핸드폰을 꺼냈다. 그 말을 곁에서 들은 춘동은 착잡한 표정을 지었다. 사실 춘동은 전담반이 아니지만 자꾸 밖으로 나도는 춘동이 안쓰러웠던 고 반장이 일부러 현장에 부른 것이었다.

잠시 후 감식반은 현장에서 수거된 증거품들을 커다란 비닐 시트 위에 하나하나 늘어놓기 시작했다. 강아지의 사체. 한 짝 밖에 없는 운동화. 아이가 심부름으로 사온 것으로 추정되는 술이 든 슈퍼비닐봉투. 그리고 씽씽이라는 상표가 찍힌 호루라기.

어느 집에나 있을 수 있는 평범한 물건들이었지만 춘동은 어쩐지 그 호루라기를 보는 순간 불길한 예감이 들었다. 그것은 춘동이 며칠 전 이 근방에서 한 아이에게 사준 것과 같은 상표, 같은 색깔의 호루라기였던 것이다. 그때 집안에서 나온 고 반장이 앨범에서 사진 하나를 꺼내 철현에게 건네는 게 보였다.

"이걸로 수배전단 만들어 뿌려."

춘동은 철현이 사진을 받기 전에 고 반장의 손에 들린 사진을 잡아챘다.

"야, 양 춘동이!"

철현이 소리를 질렀지만 춘동은 개의치 않았다. 지금 중요한 게 철현이 아니었기 때문이다.

"!"

사진 속에 해맑게 웃고 있는 아이의 얼굴을 본 춘동의 눈이 한계까지 벌어졌다. 그것은 분명 춘동이 호루라기를 사줬던 아이였다. 꼬마가 아니라며 볼멘소리를 하던 표정이나 장난스럽게 혀를 내밀던 표정, 그리고 아이다운 웃음소리가 아직도 또렷하게 떠올랐다.

철현이 신경질적으로 사진을 빼앗아 간 후에도 춘동은 굳어버린 채 그 자리에 가만히 서 있었다. 고 반장은 평소와 다른 춘동의 반응에 의아해 하며 그를 불렀다.

"춘동아……?"

고 반장의 목소리를 듣는 순간 흐려졌던 춘동의 초점이 돌아왔다.

"너 왜 그래?"

춘동은 말없이 주먹을 꽉 쥐고 그대로 대문을 나섰다. 아니, 뛰쳐나갔다.

"어이, 양 춘동!"

뒤에서 고 반장이 외치는 소리가 들렸지만 춘동은 멈추지 않았다.

쾅! 쾅쾅!

비몽사몽간에 꿈속을 헤매던 준은 옥탑방 문을 두드리는 소리에 잠에서 깨어났다. 한참 동안 준의 옥탑방을 두드리던 사람은 잠긴 옥탑방 문고리를 몇 번이나 잡아당기다 이내 포기했는지 문밖에서 큰 소리로 떠들기 시작했다.

"곧 가스랑 수도 끊겨요. 문 앞에 안내문 놔뒀으니 읽어 보시구요. 날짜 넘어가면 저희도 강제집행 하는 수밖에 없습니다!"

어제 어떻게 집에 왔는지도 잘 기억이 나지 않을 정도였다. 그저 한참을 걷다보니 집에 도착해 있었다. 전신이 물먹은 솜처럼 무거웠지만 정신이 너무 말짱해서 어젯밤엔 잠도 한숨도 못 잤다. 겨우겨우 아침나절에 잠이 들었었는데 이렇게 잠을 방해받자 기분이 사나워졌다.

소리를 지르고 싶었다. 꺼지라고, 여기서 사라져 버리라고 소리치고 싶었다. 그러나 준은 온몸을 둥글게 웅크린 채 그저 침묵하고 있었다.

몇 번째 온 것인지 모를 구청에서 온 사람의 말은 레퍼토리가 언제나 한결같았다. 다른 때라면 주변의 소음과 같이 흘려들을 수 있는 소리였지만 지금 준의 귀에 사람의 목소리는 마치 끔찍한 소음 같았다. 칠판을 긁는 소리처럼 혹은 다 죽어가는 사람의 비명처럼…….

준은 양 귀를 틀어막았다. 어제 한바탕 소란을 겪은 준에게는 지금 사람의 목소리 그 자체가 어마어마한 스트레스였다.

"도울 일 있으면 언제든지 말해주세요."

의례적인 말이 언제나의 말로 끝나고 곧 고요가 찾아왔다. 준은 삐걱대는 소리가 멀어지고 고요해진 것으로 구청 직원이 옥상을 떠났다는 것을 알았다. 어쩐지 눈물이 날 것 같은 안도가 들어 길게 한숨을 쉬었다.

그 순간.

쾅 쾅 쾅!

갑자기 요란스레 문을 두드리는 소리가 울렸다.

안도한 순간 갑자기 들린 요란한 소리에 준의 심장은 터질 것처럼 펄쩍펄쩍 뛰었다. 깜짝 놀라 문을 바라보자 다시 쾅 쾅 쾅! 요란한 문 두드리는 소리가 들렸다. 적당히 하다 말겠지 했는데 점점 거칠어지는 소리에 결국 준은 참지 못하고 폭발하고 말았다.

준은 자리에서 벌떡 일어나 문을 열고 소리를 질렀다.

"니들 도움 필요 없다고!"

그러나 준의 예상과 달리 열린 문 너머 서 있는 것은 춘동이었다. 춘동은 준의 말이 채 끝나기도 전에 불쑥 준의 멱살을 잡고 그를 벽으로 밀어붙였다.

"헉, 헉. 씨발, 여기 있는지도 모르고 온 천지를 다 뒤졌네. 결국 도망쳐도 집구석 밖에 갈 곳 없는 새끼가 어딜!"

춘동의 말에 준이 발버둥치며 춘동을 노려보았다.

"놔, 이거 놔!"

그러나 춘동은 오히려 으르렁거리며 준을 더욱 벽으로 밀어붙였다.

"나 지금 눈에 뵈는 거 없거든? 그니까 그만 까불고 순순히 불어. 너, 유괴범 누군지 알지?"

준은 대답 대신 춘동을 싸늘하게 노려보았다. 그러자 춘동이 버럭 소리를 질렀다.

"말해! 너 진짜 죽고 싶어?!"

죽고 싶냐고?

"그렇게 죽이고 싶으면 그냥 죽여."

"이 새끼가!"

춘동이 분을 참지 못하고 주먹을 치켜들었지만 준은 눈 하나 깜빡하지 않고 춘동을 바라보았다. 그러나 춘동은 주먹을 치켜들었을 뿐, 준을 때리지는 못했다. 한참 동안 허공에서 부들거리던 주먹은 이내 준의 얼굴 옆으로 거칠게 꽂혔다.

"말해 이 새끼야! 그 그림들, 어떻게 그렸어?"

춘동의 위협적인 물음에 준은 끝까지 냉소로 일관했다.

"그냥 그린 거야, 상상으로!"

준의 대답에 춘동은 이를 갈았다.

"개새끼! 너 끝까지 이렇게 나온다 이거냐!"

이를 갈며 준을 노려보던 춘동은 대뜸 주머니에서 핸드폰을 꺼냈다.

"나도 더 이상 신사적인 짓 안 한다."

"왜, 응원이라도 부르려고? 불러 봐!"준의 빈정거림에 춘동의 입가에 일그러진 미소가 지어졌다.

"응원? 까고 앉았네. 김 승기 너 미국 간 줄 알던데? 그런데 이런 거지소굴에 숨어서 수상한 그림이나 쳐 그리고 있는 걸 알면 어떻게 될까, 응?"

춘동의 말에 준의 안색이 확 변했다. 춘동은 그런 준의 얼굴을 똑바로 보며 핸드폰을 눌렀다. 이내 춘동의 핸드폰에서 발신음이 울리기 시작했다.

"뭐 하는 짓이야!"

준이 버럭 소리를 질렀지만 춘동은 태연하게 준을 벽에 밀친 채 전화기를 귀에 대고 있었다.

"뭐 하는 짓이긴 니 애인한테 전화하는 짓이지. 아, 네, 전에 뵀던 양 춘동 형사입니다, 다름이 아니고 김 승기 씨가 꼭 알아야 할 게 있어서 말이죠. 김 승기 씨, 김 준이 지금 어디 있는지……."

준은 필사적인 발버둥으로 춘동의 손에서 핸드폰을 날려 버렸다. 춘동의 손에서 날아간 핸드폰은 바닥에 떨어지면서 배터리가 분리되어 전원이 꺼졌다. 춘동은 필사적인 준의 태도를 보고 씩 웃었다.

"진짜 마지막으로 묻는다. 어딨냐?"

"어딨는지 그렇게 알고 싶어?"

춘동을 노려보던 준이 조용히 물었다.

"그래, 어디 있냐?"

여태까지와 다른 준의 기백에 춘동은 뭔가 일이 제대로 풀리는 듯한 느낌을 받았다. 춘동을 가만히 보던 준은 이내 바닥에 떨어진 싸인펜 하나를 주워들었다. 그리고 방 벽에 묘한 그림을 그리기 시작했다. 그것은 이내 신데렐라가 타고 다니는 호박마차 같은 모양이 되었다.

낯익은 그 모양에 춘동이 눈살을 찌푸리자 준이 춘동을 돌아보며 말했다.

"서둘러야할 걸?"

춘동은 준을 내팽개치다시피 밀친 후 그대로 정신없이 달렸다. 김 준이 그린 것은 춘동에게도 낯익은 모양이었다. 바로 금마차 관광나이트의 간판 모양이었던 것이다.

마침 엘리베이터는 최상층에 멈춰져 있었다. 춘동이 급한 마음에 버튼을 계속 눌렀지만 엘리베이터는 움직일 줄을 몰랐고, 결국 춘동은 엘리베이터를 포기하고 계단을 향해 뛰었다.

계단을 뛰어오르려 한 순간 계단 위에서 건달로 보이는 남자 두 명이 내려오는 게 보였다. 춘동은 그들을 스쳐지나 열심히 계단을 올라갔다.

마침내 나이트클럽 앞에 도착하긴 했지만 나이트는 영업 시간이 아니라 아직 닫혀 있었다. 불안한 발걸음으로 나이트 앞을 왔다 갔다 하던 춘동은 이내 건물을 요리조리 뒤져 나이트클럽의 뒷문을 발견했다.

쾅!

다행히 나무로 된 문짝은 발길질 한 번에 쉽게 부서져 나갔고, 춘동은 부서진 문을 통해 어두컴컴한 나이트 내부로 뛰어들었다.

"꼬맹아! 꼬마야! 다희야! 다희야!"

춘동은 목이 터져라 아이의 이름을 불렀다. 그러나 아이는 대답이 없었다.

"다희야! 다희야!"

그때, 구석에서 작은 인기척이 들렸다. 춘동은 허겁지겁 인기척이 들린 방향으로 뛰었다.

"다희야!"

그러나, 춘동의 눈에 보인 것은 다희가 아니었다. 그것은 피떡이 되어 쓰러져있는 양수였다. 춘동은 예상치 못한 상황에 눈을 크게 떴고, 주저앉은 채 멍하니 앉아있던 양수는 춘동을 올려다보고 멍한 표정을 지었다.

"야, 너 이게 뭐야, 무슨 일이야!"

놀란 춘동이 묻자 양수는 겸연쩍은 얼굴로 아무렇지도 않은 듯 웃어보였다.

"에헤……."

그리곤 그 자리에서 풀썩 까무러치듯 쓰러졌다.

"야, 양수야! 양수!"

춘동은 약국에서 급하게 사온 연고와 붕대로 대충 양수의 응급처치를 해줬다. 평소엔 때리고 못살게 굴어도 사람이 피떡이 되어 눈앞에 있는데 멀뚱멀뚱 보고 있을 춘동이 아니었다. 양수는 꼼꼼하게 상처를 치료해주는 춘동의 태도에 괜히 히죽히죽 웃음이 나왔다.

"뭐가 좋다고 그렇게 웃어. 맞아서 기분 좋냐?"

"그게 아니라요……."

"근데 뭔 잘못을 했기에 이 꼴이야? 니가 ZK 소개한 사람들한테 걸리기라도 했냐?"

그러나 양수는 고개를 저었다.

"에헤, 그 사람들은 다 착한 사람들이라 이럴 일 없어요. 그냥, 어머니 병원비 때문에 형님들한테 돈을 빌렸거든요……. 정수기 그거만 잘 되면 그냥 갚을 수 있을 줄 알았는데 김정식이한테 물리는 바람에 이자도 못 갚아서……."

괜히 웃기만 하는 양수의 태도에 춘동은 입맛이 썼다. 양수가 진짜로 사기를 쳤다고 생각한건 아니지만 적어도 양수는 손해를 보지는 않은 줄 알았다. 그런데 이렇게 피떡이 되도록 맞은걸 보니 본인도 김정식에게 당했다는 게 거짓말은 아닌 듯 보였다.

"새끼 그래서 좀 더 알아보고 하지."

"그러게요."

평소엔 그래도 깐죽거리며 매를 벌 말이라도 한마디 할 양수가 히죽거리며 웃기만 하자 춘동은 괜히 무안해져서 헛기침을 했다.

"근데 넌 뭐하는 새낀데 이럴 때 와줄 사람도 없어서 날 이렇게 귀찮게 하냐."

춘동의 말에 양수가 실없이 웃으며 말했다.

"형님이 왔잖아요."

양수의 말에 춘동은 멈칫했다. 그러고 보니 피떡이 된 양수가 너무 충격적이라 잊고 있었는데, 여기 온 목적과 과정이 생각난 탓이다. 여기에 다희가 없는 건 그렇다고 쳐도 양수가 있는 건 이상했다.

"야, 너 이러고 있는 거 누구한테 말했어?"

"아뇨. 제가 말할 사람이 어딨어요? 있어도 말 못하죠, 이런 건."

양수의 말에 춘동은 눈살을 찌푸렸다.

"그럼 그 새끼는 어떻게 안 거야?"

다희는 좁은 철창 너머로 바삐 오가는 남자를 보고 있었다. 천정에 조명이 있긴 했지만 실내는 어두컴컴했다. 다희의 눈앞에서 남자는 수술용 장갑을 끼고 이어폰을 귀에 꽂았다. 그리고 흥얼흥얼 콧노래를 부르며 메스를 들어 빛에 이리저리 비춰보고 있었다. 메스를 모두 확인한 남자는 다희를 힐끔 보고는 작은 약병을 들어올렸다.

약병에 꽂아 넣은 주사기에 점점 투명한 액체가 가득 찼다. 주사기를 가득 채운 남자는 다희가 있는 철창으로 다가오기 시작했다. 겁에 질린 다희는 철장에서 한껏 몸을 뒤로 뺐다. 그러나 좁은 철장은 한계가 있었고 다희는 이내 철장 벽에 몸을 부딪치고 말았다. 남자가 철창문을 열기 위해 손을 뻗자 결국 다희는 공포에 질려 눈을 감아버렸다.

철컹. 철창문이 열리는 소리가 들렸다. 그러나 남자의 손은 다희에게 닿지 않았다. 조심조심 다희가 눈을 떠보자 다희의 옆에 있던 철장에서 점박이 개 한 마리가 끌려 나가 남자의 손에 쥐어져 있는 게 보였다.

남자는 으르렁거리며 버둥대는 점박이 강아지를 한손에 쥐고 주사를 놓았다. 주사액이 강아지의 몸에 모두 들어가고 이내 강아지는 으르렁 거리는 소리도 없이 축 처졌다.

다희는 비명이 나올 것 같은 입을 양손으로 틀어막고 있었다. 남자는 강아지가 축 늘어진 것을 확인하고는 그대로 등을 돌렸다. 거기에 다희가 안도하고 한숨을 쉰 순간, 남자가 마치 숨바꼭질을 하는 어린아이처럼 재빨리 등을 돌려 다희가 있는 철창 앞으로 바싹 고개를 내밀었다.

히익! 다희가 숨넘어가는 소리를 냈다. 다희는 두려움이 가득한 눈동자로 남자를 보았다. 남자는 철창에 바싹 얼굴을 들이민 채 상냥하게 말했다.

"다희야, 찡그리지 마. 웃어야지."

남자는 그렇게 말하며 다희에게 휴대폰 카메라를 갖다 댔다.

찰칵 찰칵. 경쾌한 소리와 함께 남자의 휴대폰에 다희의 모습이 저장되었다. 사진 속 다희의 얼굴은 공포로 일그러져 있었다.

춘동은 준이 자신을 속였다는 것에 분노하기 이전에 준이 그것을 어떻게 알았느냐에 대해 의문을 품기 시작했다. 물론 상식적으로 생각하면 준이 양수가 깡패들에게 끌려가는 것을 보았고, 그것을 춘동에게 가르쳐 주었다고 생각할 수도 있다. 그러나 양수가 깡패들과 있었던 시간과 준이 춘동과 만난 시간을 생각하면 도저히 불가능한 얘기였다.

그리고 그런 논리를 떠나 춘동은 슬슬 준에게서 알 수 없는 어떤 것을 느끼고 있었다. 김 준에게는 분명 무엇이 있다! 그것이 춘동의 감이었다.

춘동은 준의 옥탑방을 향해 달렸다. 어쩌면 준이 이미 달아났을지도 모른다고 생각했기 때문이다. 하지만 멀리서 본 옥상에는 분명 준의 실루엣이 있었다. 준은 계단을 두 칸씩 성큼성큼 뛰어올라 옥상으로 뛰어들었다. 옥상에 올라선 춘동의 눈에 비둘기들에게 모이를 던지는 준의 모습이 보였다.

춘동이 다시 찾아올 걸 뻔히 알면서도 태연하게 비둘기에게 모이를 주고 있는 준의 태도에 춘동은 속이 뒤틀렸다.

"너 이 새끼……. 사람을 뺑이 치게 하는 데 재주 있다?"

"내가 언제?"

"새끼야! 범인이 거기 있다며!"

"서두르라는 말에 멋대로 짐작하고 뛰어간 건 그쪽이지."

어디까지나 태연한 준의 태도에 춘동은 성큼성큼 준에게 다가갔다. 그리고 준의 멱살을 잡기 위해 뻗었던 손으로 준의 턱을 그대로 갈겼다.

춘동의 주먹에 맞아 비틀거린 준은 춘동이 다시 주먹을 휘두르기 전에 그의 배를 무릎으로 쳐 올렸다. 예상치 못한 공격에 춘동이 주춤한 사이 준은 멱살을 잡은 춘동의 손을 뿌리쳤다.

"그만 좀 귀찮게 해라."

준의 말에 춘동이 씩 웃었다. 그리고 그대로 준에게 달려들어 준을 옥상 바닥에 패대기쳤다. 등을 강하게 부딪친 준이 콜록콜록 기침을 하자 춘동은 그런 준의 가슴을 무릎으로 찍어 누르고 이를 갈며 말했다.

"씨발, 뭐? 귀찮아? 애가 죽어가는 데 귀찮아? 너 사람 목숨이 우습게 보이냐? 엉? 사람 목숨이 다 니가 갈긴 그림처럼 그렸다가 지웠다가 맘대로 할 수 있는 그런 걸로 보이냐고!"

춘동의 비명 같은 외침에도 준은 콜록거리는 숨을 고를 뿐 여전히 악의를 드러내며 춘동을 노려보았다.

"세상에 죽는 게 그 애뿐이야? 오늘 하루에도 수없이 많은 사람들이 억울하게 죽을 텐데? 니가 그거 다 막을 수 있어? 웃기고 있네."

바닥에 처박힌 채 태연하게 비아냥거리는 준의 말에 춘동은 저 밑바닥에서부터 분노가 끓어올랐다. 춘동은 그대로 주먹을 휘두르고 싶어지는 마음을 애써 눌러 참으며 준에게 말했다.

"그럼 사람이 죽는 걸 뻔히 알면서 내버려 두냐?"

"나라면 내버려 둬."

준의 차가운 말에 춘동의 입꼬리가 쓱 올라갔다.

"그래? 내버려 둔다고?"

준의 멱살을 움켜쥔 손에 더욱 힘이 들어갔다.

"내버려 둔다는 새끼가 사방팔방에 그림은 왜 그렸냐? 응?"

준의 눈동자가 흔들렸다. 춘동은 코웃음을 쳤다.

"응? 대답해 보라고. 내버려둔다는 새끼가 그림은 왜 그렸냐고! 씨발, 개새끼야!"

춘동이 다시 주먹을 휘둘렀다. 그러나 이번 주먹은 준의 손바닥에 막혔다. 준의 손바닥에 춘동의 손이 닿는 순간, 준의 동공이 확장되었다.

마치 처음 본 그날처럼 흔들리며 확장되는 준의 동공을 코앞에서 본 춘동은 움찔했다. 처음엔 준이 약을 했다고 생각했다. 하지만 이건 그런 게 아니었다.

마치 자신 너머의 무엇을 보듯 초점이 없어진 준의 눈동자에 춘동은 소름이 끼쳤다.

"너도 내버려 뒀잖아?"

"뭐?"

어느새 평온해진 눈동자로 준은 춘동을 똑바로 바라보았다. 그리고 나지막히 속삭이듯 말했다.

"혀엉……."

입을 연 준의 입에서 마치 어린아이 같은 속삭임이 흘러나

왔다.

"살려줘 형……."

춘동의 얼굴에 핏기가 가셨다. 준의 목소리는 오래전에 춘동이 들었던 목소리와 지나치게 비슷했다. 그러나……. 그럴 리가 없다. 그 순간, 그곳에 있었던 것은 춘동뿐이었다.

"너, 너, 너 뭐야……."

춘동은 본능적인 두려움에 준에게서 멀어졌다. 분명 방금 전까지만 해도 눈앞의 김 준은 보통 사람이었다. 아니 어쩌면 살인범의 공범일지도, 혹은 목격자일지도 모르지만 어쨌든 보통 사람이었다. 그러나 지금 김 준은 마치 알 수 없는 생명체가 된 것 같았다. 춘동은 한기가 들었다.

준은 그런 춘동을 바라보며 천천히 자리에서 일어났다. 준의 코에서는 코피가 흐르고 있었다. 마치 고장 난 수도꼭지처럼 똑, 똑 흐르기 시작한 코피를 그대로 내버려둔 채 준은 마치 무언가에 홀린 사람처럼 흐느적거리며 춘동을 향해 걸어갔다.

준이 걷기 시작하자 어디선가 날아온 비둘기들이 옥상에 내려앉았다. 춘동의 발치에, 준의 발치에 가득 앉은 비둘기들은 마치 지금 무슨 일이 벌어지는지 다 알고 있다는 듯 둥근 눈으로 춘동과 준을 바라보았다. 투둑 투둑. 피는 끊임없이 준의 코에서 흘러내렸다.

"살려줘, 살려줘……. 살려줘 형!"

머릿속을 뒤흔드는 외침에 춘동은 저도 모르게 뒷걸음질을 쳤다. 그런 춘동을 따라 준도 한걸음, 한걸음 앞으로 다가섰다.

"형, 살려줘! 살려줘! 살려, 살려줘! 살려줘 형!"

점차 절규에 가까워진 비명에 견디지 못한 춘동은 결국 옥상을 뛰쳐나갔다.

헉 헉!

자신의 숨소리가 귓전을 울릴 정도로 요란해졌지만 춘동은 정신없이 뛰기만 했다. 지금 어디로 가는지, 왜 달리는지도 모른 채 무작정 준에게서 멀어지기 위해 필사적으로 달렸다. 아직도 귓가를 쩌렁쩌렁 울리는 목소리가 춘동을 따라붙었다.

살려줘! 살려줘!

"으아악!"

춘동은 비명을 질렀다.

우당탕! 보도블럭에 걸려 요란한 소리를 내며 바닥에 쓰러졌지만 춘동은 아무런 아픔도 느낄 수 없었다. 지나는 행인들이 바닥에 쓰러진 춘동을 힐끔힐끔 바라보았지만 춘동은 그런 시선조차 눈치 채지 못했다.

한동안 바닥에 쓰러져 있던 춘동은 비틀거리며 일어나 도로 구석에 등을 대고 주저앉았다.

"형! 살려줘! 살려줘!"

춘동은 억지로 묻어뒀던 기억 속의 외침에 눈을 감았다. 잊고 싶었다. 그리고 잊었다고 생각하며 살아왔다. 그러나 그날의 일은 지금도 어제의 일처럼 생생하게 떠올랐다.

거친 물줄기와 비명을 지르는 동생, 그리고 얼어붙은 채 동생을 그저 바라보고만 있었던 어린 자신. 도움을 청하러 가지도, 동생을 구하기 위해 물에 뛰어들지도 못하고 그저 보고만 있었던, 동생을 그렇게 그냥 내버려 두었던 자신.

동생은 죽어버렸지만 아무런 책임을 지지 않았던 자신.

춘동은 덜덜 떨리는 몸을 양팔로 감싸며 고개를 숙였다. 그리고 그런 춘동의 머리 위로 비둘기 한 마리가 맴돌고 있었다.

준은 자신의 한쪽 손에 내려앉은 비둘기의 턱을 쓰다듬으며 길게 숨을 내쉬었다. 지금 준의 눈에는 쓰러져 꿈틀거리는 춘동이 '보였다.' 생각 이상으로 괴로워하는 춘동의 반응에 아주 조금 양심의 가책을 느꼈지만 한편으로는 이제 그가 자신을 괴롭히지 않을 거라는 안도를 느꼈다.

"오지 마."

입바른 소리를 하는 그의 말이 틀린 게 하나 없다는 걸 준도 안다. 그러나 그렇다고 해서 준이 그에게 모든 것을 사실대로 토로할 수는 없었다.

"해봐야 믿지도 않겠지."

이미 익숙해졌다. 진실은 누구도 구하지 못한다는 걸 준은 일찍부터 알고 있었다. 구원되지 못할 진실이라면 차라리 덮어버리는 게 나을지도 모른다고 스스로를 위로하며 준은 자신의 존재를 덮어버리려 했다.

"그러니까 오지 마……."

준은 축 늘어진 어깨로 비틀거리는 춘동을 보고 나서야 손에 내려앉은 비둘기를 날려 보냈다.

7. 과거

그날, 평소엔 졸졸 거리던 계곡의 물소리는 마치 폭포수처럼 거친 소리를 내뿜고 있었다. 위험하니 물가로 가지 말란 어른들의 말에도 춘동은 부득부득 튜브를 들고 계곡으로 향했다. 그런 춘동의 뒤로 어린 동생이 졸망졸망 따라왔다.

춘동보다 세 살 어린 동생은 춘동이 하는 일이라면 뭐든 따라했다. 춘동은 가끔 부모님의 사랑을 한 몸에 받는 어린 동생이 얄미웠지만 강아지처럼 자신의 뒤를 뒤따르는 동생을 미워할 수는 없었다.

그리고 그날, 그렇게 춘동을 강아지처럼 따르는 동생이 춘동을 애타게 부르고 있었다. 하얀 거품이 이는 수면은 거칠게 꿈틀거리고 있었고 동생은 그 한가운데서 필사적으로 발버둥을 치고 있었다.

"형, 어푸, 어푸. 살려줘, 어푸, 혀엉!"

위로 올라갔다 내려갔다 물의 흐름을 따라 휘청휘청 점점 멀어지는 동생은 끝없이 춘동을 불렀다. 그러나 춘동은 그 자리에 얼어붙어 꼼짝도 하지 않았다.

"혀어엉……!"

점점 동생의 목소리가 멀어졌다. 소리는 이미 비명처럼 변해 있었다. 그러나 춘동은 그 자리에서 한 발짝도 움직이지 못했다. 결국 춘동은 어린 동생이 물살이 휩쓸려 사라진 후까지 그 자리에서 꼼짝도 하지 않았다.

쏴아아.

동생을 집어삼킨 물줄기의 거친 소리가 비명 대신 춘동의 귓전에 울렸다. 동생이 사라진 자리에 남은 것은 동생이 타고 놀던 알록달록한 튜브뿐이었다.

춘동은 무거운 눈꺼풀을 밀어 올렸다. 그리고 잠시 기억을 더듬으려 눈을 깜빡이다 이내 인상을 쓰고 자리에 앉았다. 춘동의 주변은 빈 술병들이 가득 했다. 춘동은 지끈거리는 머리를 다리 사이에 끼워 넣었다. 어제 어떻게 잠들었는지도 잘 기억이 나지 않을 만큼 많이 마신 탓이었다. 그러나 술을 마시기 전의 기억까지 술과 함께 사라진 것은 아니었다.

춘동은 저도 모르게 부르르 몸을 떨면서 주변을 둘러보았다. 한눈에 내부를 모두 확인할 수 있는 작은 원룸, 자신의 집이다. 있는 물건이라고 해봐야 낡은 TV 하나와 밥상 정도가 전부인 썰렁한 공간이지만 춘동에겐 언제나 편안하고 아늑한 공간이었다. 그러나 오늘은 집마저도 그다지 편안하지 않았다. 분명 혼자 있는 집인데, 마치 이곳 어딘가에서 준의 목소리가 들려올 것 같은 섬뜩한 기분이 들었다.

한참 멍하니 자리에 앉아있던 춘동은 이내 주섬주섬 어제 벗어 던져놓았던 옷에 몸을 구겨 넣었다. 그리고 신발을 아무렇게나 신고 그대로 집을 나섰다.

은지의 소지품을 찾은 후 급물살을 탈 것 같았던 수사는 답보상태에 빠져 있었다. 뭣보다 불량청소년 집합소로 쓰였음직한 현장이 지나치게 혼란스러워 무엇이 사건관련 증거인지 알 수 없었기 때문이다. 게다가 터진 배관으로 물이 들어 찬 탓에 발자국 하나 제대로 구분해낼 수 없었다. 결국 은지의 옷과 가방을 찾았다는 게 그동안에 진척된 상황의 전부였다.

없는 단서를 쥐어짜며 열심히 수사를 하고는 있었지만 용의자 지목은커녕 용의자의 프로파일마저 제대로 이뤄지지 않았다. 그나마 기대하는 마음으로 찾아간 프로파일러들도 그저 범인이 혼자 사는 남성이며 사이코패스일 가능성이 높다는 평범한 말들만 했을 뿐이다.

그런 상황이기에 검시관 최박사의 콜에 고 반장은 철현을 대동하고 한달음에 달려갔다. 큰 기대는 하지 않았지만 지금 상황에선 지푸라기라도 잡는 심정으로 서두를 수밖에 없었다.

"정신없어 죽겠는데 사람을 오라가라야?"

검시실에 들어선 고 반장이 인사 대신 투덜거림을 토해내자 나이 지긋한 검시관이 싱긋 웃으며 고 반장을 돌아보았다. 마침 은지의 시신을 살피던 중인지 실오라기 하나 걸치지 않은 은지의 창백한 시체가 검시대 위에 엎드려 누워 있었다.

"생각보다 빨리 왔네. 요즘 정신없지?"

"서론 생략하고 그냥 본론부터 말하지? 중요한 거 아니면 그냥 가고."

"거, 나 한두 번 보나. 이런 상황에서 불렀으면 뭐가 나온 거 아니겠어?"

검시관의 말에 고 반장이 눈을 반짝였다.

"뭐가 나왔는데?"

고 반장의 물음에 검시관이 씨익 웃더니 은지의 등을 가리켰다.

"봐."

고 반장과 철현의 시선이 은지의 등에 쏠렸다.

"뭔데?"

"잘 봐."

검시관은 고 반장이 잘 볼 수 있도록 시신의 등을 살짝 돌렸다. 그러자 빛에 비춰진 등에 희미하게나마 규칙적인 요철 무늬가 보였다.

"이거……."

"냉장고 벽 때문에 생긴 자국이야. 그런데 이 벽 무늬란 게 모델마다 다 다르거든?"

검시관의 말에 고 반장이 철현을 돌아보았다. 철현은 고 반장이 뭐라 말하기도 전에 크게 고개를 끄덕이며 말했다.

"제조사에 모델명 수배 하겠습니다."

한걸음 앞으로 나아가기 시작한 건 춘동도 마찬가지다. 집을 나선 춘동은 곧장 승기를 찾아갔다.

"또 무슨 일로 찾아오셨어요?"

이른 아침부터 찾아온 춘동을 본 승기의 인상이 살짝 찌푸려졌다. 춘동은 아직 자신에게 술 냄새가 나는 상태라는 것을 떠올리고 잠시 머쓱한 표정을 지었지만 이내 심각한 얼굴로 돌아왔다.

"묻고 싶은 게 있어 왔습니다. 김 승기 씨라면 알거 같아서요."

"전에도 묻고 싶은 게 있다더니 엉뚱한 준이 얘기나 하다 그냥 가시더니……. 이번엔 뭘 물어보시려고요. 그런데 전에 다친 분은 괜찮으세요? 크게 다친 거 같던데."

"아, 그 놈, 아니 그 사람은 괜찮습니다. 근데……. 이거 참, 어디서부터 얘기해 할지."

춘동은 잠시 상황을 머릿속으로 정리했다. 지금 승기에게 준의 얘기를 꺼내는 건 아닌 밤중에 홍두깨일 것이다. 승기는 준이 미국에 있다고 완벽하게 믿는 눈치였다. 그를 말하는 태도로 봐선 그녀가 지금 준이 사는 모습을 알게 된다면 충격을 받을 게 뻔했다.

그러나 지금은 이것저것 따질 시간이 없었다. 결국 춘동은 정면 돌파하기로 마음먹었다.

춘동은 주머니에서 핸드폰을 꺼내 찍어놨던 준의 벽화를 승기에게 보여주었다.

"이 그림, 어떻게 생각하십니까?"

승기는 가타부타 말없이 내밀어진 핸드폰에 살짝 미간을 찡그렸지만 이내 핸드폰 안의 사진에 흥미로운 표정을 지었다.

한동안 그림을 살피던 승기가 말했다.

"상상으로 그렸겠네요."

"상상이요?"

준의 말과 일치하는 승기의 말에 춘동은 슬쩍 인상을 썼다. 그러나 곧 표정을 다잡으며 물었다.

"왜 상상이라고 생각하는 거죠?"

"이건 구도상 위에서 아래로 본 조감도예요."

"위에서 아래……?"

"네, 사람이 본대로 그렸다면 비행기를 타지 않고선 이런 구도가 나올 수 없죠. 그러니 상상으로 그린 그림이겠죠? 그런데 뭔가요, 이 그림은?"

승기의 물음에 춘동은 의미심장하게 말했다.

"시신 발견 현장이요."

춘동의 말에 승기가 멈칫했다.

"놀라셨나 보네요. 더 놀라운 얘기 해드릴까요? 이 그림을 그린 놈이 바로 김 준입니다. 김 준, 지금 한국에 있어요. 미국에 있는 게 아니라."

"준이가……요?"

잠시 충격을 받은 듯 멍하니 있던 승기가 더듬거리며 묻자 춘동이 솔직하게 대답했다.

"네. 김 준이요. 그런데 문제는 말이죠, 이 그림이 경찰이 현장을 발견하기도 전에 그려진 그림이란 점입니다. 범인이 아니고선 모를 텐데……. 김 승기 씨는 어떻게 생각하십니까? 김 준이 범인 같습니까?"

"아니, 준이는……. 준이는 그럴 애가 아니에요. 이건 분명……."

"분명 뭐죠?"

멍해져있던 승기는 무어라 말을 하려다 춘동이 재촉하듯 묻자 번뜩 정신을 차린 것처럼 입을 다물어 버렸다. 춘동은 입을 다문 승기의 얼굴을 물끄러미 보다 조용히 말했다.

“제가 어렸을 때 동생이 죽었습니다.”

춘동의 말에 승기가 움찔했다.

“전 아무한테도 그때 일을 얘기한 적 없어요. 그런데 김 준이 그걸 알고 있더군요.”

승기는 여전히 말이 없었다. 춘동은 다시 떠오르려 한 동생의 잔상을 지우려는 듯 살짝 고개를 저었다. 그리고 승기를 똑바로 보며 말했다.

“김 승기 씨. 저는 형사고, 아이를 구해야 합니다. 김 준이 대체 뭘 알고 있는지를 알아야 아이를 구할 수 있어요.”

춘동의 진지한 말에 승기는 잠시 자신의 손을 내려다보았다. 그리고 몇 번인가 입술을 뗐다 말았다 하며 머뭇거렸다.

“믿지 못 하실 지도 몰라요.”

“이미 충분히 못 믿을 상황을 겪었습니다. 그러니 얘기해 보세요.”

춘동이 재촉하자 승기가 기억을 더듬는 듯 아련한 눈빛으로 이야기를 시작했다.

“준이는……. 학교를 다닐 때 기분 나쁜 별명으로 불렸어요. 아마 저도 같은 미술부가 아니라면 그 별명 때문이라도 준이를 멀리 했을 테죠.”

"어떤 별명이죠?"

"괴물이요."괴물. 아직 어린아이에게 붙기는 험악한 별명이라 춘동의 미간이 찡그려졌다. 어느 분야에서 뛰어난 사람을 높이 부르기 위해 괴물이란 호칭을 붙이는 경우도 있지만 보통 그 또래의 아이들이 부르는 괴물은 호의보단 적의가 더 크다.

"어째서 괴물이라고 불렸죠?"

춘동이 묻자 승기는 자신의 양손을 내려다보며 말했다.

"준이는, 보통 사람이 보지 못하는 걸 보는 거 같았어요."

"유령 같은 건가요?"

춘동이 묻자 승기는 고개를 저었다.

"아니요. 그냥 준이는 사람이나 물건에 손을 대면 무언가를 볼 수 있는 거 같았어요. 기억이라든가, 상황이라든가……. 사실 저도 잘 몰라요. 하지만……."

승기의 눈빛이 멀어졌다.

"분명 준이의 눈에는 보통 사람에게 보이지 않는 무언가가 보였어요. 그게 어떤 형태인지, 어떤 것인지 저는 잘 몰라요. 한 가지 확실한 건 준이가 그 '능력' 때문에 매우 괴로워했다는 거였어요. 준이는 알고 싶지 않아도 남이 숨기고 싶어 하는 비밀 같은 걸 곧잘 알아내곤 했어요. 비밀이 남에게 알려졌을 때 유쾌해 할 사람은 아무도 없잖아요? 그래서 아이들은 준이를 불쾌하게 여겼어요. 어쩌면 두려워한 건지도 모르지만요. 덕분에 준이의 주변에는 아무도 없었어요. 그저 가끔 시비를 거는 불량학생들 정도뿐이었죠. 하긴, 그나마도 몇 번 준이와 부딪히면서 준이의 능력을 알게 된 이후엔 준이를 피하기에 급급했지만요."

"김 승기 씨는 김 준이 두렵지 않았습니까?"

"글쎄요……."

승기는 쓴웃음을 지으며 자신의 손을 보았다. 그리고 씁쓸한 표정으로 말했다.

"준이는 사람과의 접촉을 피했어요. 자신의 손이 사람에게 닿는 걸 극도로 경계했죠. 사람들이 자신을 어떻게 보는지 아니까. 알게 되는 거 자체를 피하려 했어요. 제가 괜찮다고 했는데도 준이는……. 단 한 번도 제 손을 잡지 않았어요. 말로는 저를 무시하듯 말했지만 사실은 제가 자신을 두려워할까봐 두려워한 거였을 거라고 생각해요. 아마 준이는 아무에게도 이해받지 못했을 테니까요."

"아무에게도?"

"네, 아무에게도."

승기는 자신의 말을 되뇌듯 고개를 가로저었다.

"결국 준이는 졸업을 얼마 앞두고 학교를 그만둬 버렸어요."

"아무 이유도 없이 말입니까?"

"준이 어머니가 사고로 돌아가셨거든요."

춘동의 눈동자가 살짝 흔들렸다.

사무실에 도착한 춘동은 곧장 자료실로 가 준의 사건을 찾아냈다. 그 자료에는 도로 위에서 찍은 듯한 몇 장의 현장사진과 경위서 몇 장이 전부였지만 대충 훑어본 것만으로도 사건이 얼마나 참혹했을지 짐작이 되었다.

눈살을 찌푸리며 사진을 덮어버린 춘동은 몇 장의 경위서를 찬찬히 살펴보기 시작했다. '8차선 횡단보도 내 5톤 트럭 추돌' '피해자 정순옥, 사건 최초 목격자 김 준(아들)' 등의 메모가 춘동의 눈길을 끌었다.

'제 2목격자의 진술에 따르면 피해자와 피해자의 아들이 횡단보도 내에서 크게 말다툼을 벌임'이라고 휘갈겨진 메모 뒤에 피해자 정순옥이 유흥업에 종사한다는 짤막한 기록과 사건 몇 시간 전 정순옥이 파출소로 아들 김 준을 찾으러 왔었다는 사실도 쓰여 있었다.

경위서를 확인한 춘동은 이마를 짚고 머릿속으로 사건을 재구성했다.

그날, 정순옥은 아들 김 준이 행인과 싸움을 해 파출소에 잡혀갔다는 소식에 파출소에 나타난다. 그리고 아들을 잡아온 경찰에게 두 번 다시 이런 일은 없게 하겠다며 몇 번이나 사과를 하고 아들 김 준을 데리고 파출소를 나선다.

아마 모자는 파출소를 나서면서 분위기가 그리 좋지 않았을 것이다. 아들 김 준은 학교에서도 툭하면 싸움을 벌이던 불량학생이었고 마침내 학교 외에서까지 싸움을 벌였으니 어머니 정순옥의 반응이 좋았으면 그게 더 이상했다. 그리고 그게 싸움이 된 게 횡단보도 근처부터다.

정순옥은 횡단보도에 도착해서 화를 참을 수 없어 아들에게 잔소리를 했을 것이다. 춘동이 본 김 준의 성격이라면 어머니가 화를 낸다고 호락호락 듣고만 있었을 것 같지도 않았으니, 아마 김 준도 몇 마디 대들었을 것이다. 이내 어머니의 꾸지람은 말싸움이 되었을 거고 모자의 말싸움은 점점 격해지고, 너무 싸움이 격해진 나머지 모자는 보행 신호가 끝난 것도 눈치 채지 못했을 것이다.

춘동은 구급차가 올 때까지 김 준이 자신의 어머니의 심폐소생술을 시도했다는 기록에 주목했다. 그때 김 준의 양손은 분명 자신의 어머니에게 닿아 있었을 것이다.

춘동이 숨긴 비밀까지 알아낸 김 준의 양손은 그때 도대체 무엇을 보았을까.

멍하니 생각을 이어가던 춘동은 이내 경위서를 덮고 자리에서 컴퓨터를 켰다. 그리고 한참 이리저리 키워드를 넣어 검색을 했다.

손으로 보는 능력.

이건 별다른 수확이 없다.

골똘히 생각하던 춘동은 초능력이란 키워드로 검색을 해

봤다. 그러자 별별 초능력들이 다 튀어나왔다. 춘동은 생전 생각도 못했던 능력들이 총 망라된 글을 꼼꼼히 읽었다. 얼마나 뒤졌을까. 드디어 춘동의 시선을 사로잡는 글을 찾아냈다.

〈사이코메트리Psychometry〉

첫 번째 글을 유심히 살펴보던 춘동은 검색 사이트에 사이코메트리를 넣어 보았다. 그러자 사이코메트리의 정의가 더 자세히 나왔다.

〈손으로 사람이나 물건을 만지면 그것에 관련된 기억이나 정보를 볼 수 있는 능력. 미국의 과학자 J.R 버케넌이 제창한 개념이다. 1964년 네덜란드의 제라르 크로와제는 이 능력으로 피해자의 외투만을 만져보고 피해자 의 시신이 있는 장소를 밝혀내어 유명해졌다.〉

컴퓨터 화면을 뚫어져라 보던 춘동은 심각하게 턱을 괴고 방금 전 덮었던 사건 경위서 위에 손을 얹었다. 그리고 미간을 잔뜩 찡그린 채 보인다! 보인다! 되뇌며 '보려고' 노력했다.

그렇게 한참을 눈을 감고 있는 춘동의 뒤로 슬그머니 고 반장이 다가왔다. 고 반장은 심각한 얼굴로 눈을 감은 춘동의 얼굴에 쯧쯧 혀를 차며 지나갔다. 고 반장이 자신을 한심하게 바라보고 사라졌다는 것을 눈치 채지 못한 춘동은 그렇게 한참 동안 눈을 감고 사이코메트리를 시도하다가 결국 한숨만 푹 내쉬고는 책상 위에 엎드려 버렸다.

'보이긴 개뿔.'

하긴 여태 안 보였던 게 갑자기 보일 리 없었다. 책상에 볼을 대고 엎드려있던 춘동은 아무것도 없는 자신의 맨손을 보며 생각했다. 손만 대면 생각지도 못한 게 보이는 것은 대체 어떤 느낌일까?

춘동은 준이 사는 건물 입구에 도착한 뒤, 한참을 그 주위를 뱅글뱅글 맴돌았다. 일단 오긴 왔는데 선불리 들어갈 용기가 나지 않았기 때문이다. 사실 춘동의 이성은 아직 준의 능력에 대해 반신반의하고 있었다. 그러나 춘동의 감은 그게 100% 진실이라 외쳤다. 다른 누군가에게 말한다면 미친놈이라 할지 모르겠지만 춘동은 준이 자신의 비밀을 안 것만으로도 그의 능력을 믿게 된 것이다.

"에라 모르겠다!"

춘동은 성큼성큼 건물 안으로 들어갔다. 일부러 발소리를 크게 내면서 들어가는 것은 자신이 켕기는 게 없다는 것을 보여주기 위함이었고, 동시에 혹시 김 준이 자신을 만나기

싫다면 알아서 도망치든지 피하라는 뜻이기도 했다.

삐걱.

춘동이 옥상 문을 열고 들어서자 마침 빨래를 걷고 있던 준이 보였다.

"여~."

춘동은 괜히 어색함을 감추려는 듯 한손을 들어 흔들었다.

"잘 있었냐?"

"내 집에서 꺼져."

친근한 춘동의 인사에 준은 싸늘하게 대꾸했다. 그러나 춘동은 화를 내기는커녕 어깨를 으쓱하며 태연하게 말했다.

"인사가 그게 뭐냐. 형님 안녕하세요, 형님 오셨어요, 정도는 해야지."

"누가 형님이야! 당장 꺼지란 말 안 들려!"

결국 준이 버럭 소리를 지르자 춘동은 오른쪽 새끼손가락으로 귀를 후비며 대꾸했다.

"아이고, 형님 귀 먹겠다. 왜 그렇게 소리를 지르고 그래. 그렇게 내가 반가워?"

준은 갑자기 뭘 잘못 처먹었는지 친근하게 구는 춘동의 태도에 어이가 없어졌다. 분명 그제 여기 왔을 때만 해도 준을 용의자 취급하더니 이젠 수십 년은 봐온 동네 동생을 대하는 태도였다.

"도대체 무슨 수작이야."

"아니 생각해보니까 어린놈의 새끼한테 진지하게 나간 내가 너무한 거 같아서. 너 완전 솜털 보송한 애새낀데 좀 버릇없이 굴어도 이 형이 받아줘야지, 안 그래? 같은 수준으로 펄펄 뛰어봐야 나만 급 떨어지고 말이야."

"지금……!"

"참, 양수가 안부 전해 주란다. 양수 알지, 양수? 니가 트럭 박살 낸 개. 그리고 궁금할 거 같아서 말해주는데 양수 머리는 안 깨졌어. 그냥 찢어졌지."

"……."

"근데 양수 트럭이 말이야 좀 많이 깨졌거든. 수리비만 80이라는데, 그거 어쩔래?"

"어, 어쩔래라니……?"

"양수가 니 탓이니까 너한테 받아내러 오겠다는데? 야, 양수 개 한다면 하는 애다. 한번 찐따같이 들러붙으면 완전 거머리라니까?"

춘동의 말에 준은 당황했다. 전혀 예상하지 못한 방향의 이야기도 당황스러웠지만 준이 '읽어낸' 양수라면 춘동의 말처럼 거머리 행세를 하고도 남는다는 걸 알기 때문이다.

"그걸 왜 나한테, 그건 네가……."

"그건 뭐? 내가 뭐? 이건 다 니가 벽화를 그리고, 무지~ 수상하게 군 탓에 벌어진 일인데? 그리고 형사인 내가 뭐 좀 묻겠다는데 불성실하게 나온 탓인데?"

오늘 춘동은 마치 혀에 버터라도 바른 듯 매끄러운 말솜씨를 뽐냈다. 준은 말문이 턱 막혀서 입만 벙긋거렸다. 춘동은 그런 준을 보며 빙그레 웃었다.

춘동의 웃는 얼굴을 본 준은 인상을 확 쓰고 위협하듯 으르렁거렸다.

“개수작 하지 말고 그만 꺼져!”

“야, 개수작이라면 듣는 형 섭하다? 그냥 누이 좋고 매부 좋은 일 하자는 건데.”

준은 춘동을 무시하고 걷은 빨래를 들고 그대로 옥탑방 안으로 들어가 버렸다. 그러나 준이 문을 닫기도 전에 춘동이 발을 끼워 넣어서 준은 문을 닫을 수 없었다.

“발 치우지 못해?”

“야, 상부상조 하자는데 뭐 이리 까칠해? 일단 들어보라고.”

“개소리…….”

“개소린지 닭소린지 들어 보라니까? 양수는 내가 막아줄게. 양수가 내 말이라면 또 껌뻑 죽거든? 그러니까 그 대신 넌 내가 묻는 거 몇 개만 대답해주는 거야. 어때? 충분히 남는 장사지?”

춘동의 말에 준의 얼굴이 일그러졌다.

“할 말 없다고 했을 텐데.”

“너, 진짜 할 말 없냐?”

"없다고 몇 번을……."

"사이코메트리."

춘동이 인터넷으로 찾은 단어를 툭 내뱉자 준이 멈칫했다. 춘동은 그 틈에 얼른 집 안으로 들어가 준의 퇴로를 차단하듯 문을 닫았다. 그리고 경계하듯 자신을 보는 준에게 말했다.

"그렇게 경계하지 마. 난 니가 무당인지 외계인인지 그런 건 관심 없으니까. 그렇지만 이건 안다. 니가 거짓말 하고 있지 않다는 거."

"……."

"도대체 왜 이러고 사는 거냐? 어머니 돌아가신 것 때문이야? 그거라면……."

"닥쳐."

어머니라는 말에 준이 민감하게 반응했다. 대번에 얼굴을 굳히고 으르렁거리는 준을 보면서도 춘동은 흔들리지 않는 어조로 말했다.

"너도 알잖아? 그건 그냥 사고였어. 트럭이 사람 못 보고 그냥 달려온 거지. 탓하려면 트럭을 탓하던가."

춘동의 말에 준의 눈빛이 매서워졌다.

"그럼 넌 동생이 물에 빠져 뒈졌으니 물 탓 하고 사냐?"

준의 거친 어투에 춘동이 잠시 발끈한 듯 인상을 썼지만 곧 크게 심호흡을 하고 고개를 끄덕이며 말했다.

"알았어, 알았어. 그건 내가 무신경했다. 그래도 김 준. 세상에 사연 없이 사는 사람이 어딨어? 엄마한테 미안할수록 더 꿋꿋하게 살아야지."

"엄마 얘기 하지 말라니까!"

준이 신경질적으로 외치자 춘동은 준의 꽉 쥔 주먹을 보며 말했다.

"너, 니 손이 저주같이 느껴지냐?"

준이 멈칫하자 춘동이 말했다.

"난 니 그 손, 저주라고 생각 안 한다. 능력이지! 남들 다 부러워하는 초능력! 난 그 손이 아니라 니 비뚤어진 마음이 널 그렇게 만든 건 아닌가 생각한다."

"닥쳐, 니가 뭘 알아!"

준의 신경질적인 외침에 춘동이 대꾸하려는 찰나, 쿵! 하는 묵직한 소리와 함께 준의 옥탑방이 흔들렸다. 마치 지진이라도 난 것 같은 소리에 잠시 당황한 듯 춘동과 준은 서로를 바라보았다. 그 사이 다시 쿵! 요란한 소리를 내며 집이 흔들렸다.

"뭐야……."

춘동과 준은 이내 누가 먼저라고 할 것도 없이 옥탑방 밖으로 뛰어나갔다.

집 밖으로 나선 준의 눈에 보인 것은 옥탑방을 둘러싼 사람들의 모습이었다. 저마다 해머를 들고 있는 체격이 좋은 남자들이 그 해머로 준의 옥탑방 벽을 두드리고 있었다. 태연하게 집 벽을 두드리는 그들의 모습에 준은 당황했다.

"뭐하는 거야?!

준은 당황해하며 주변을 둘러보았다. 그러자 인부들 사이에 서 있던 말쑥한 점퍼 차림의 남자가 한걸음 나서며 말했다.

남자는 언제나 준을 괴롭혀왔던 구청 직원이었다.

"어, 김 준 씨 오늘은 집에 계셨습니까?"

마치 몰랐다는 듯 태연하게 물은 남자는 옆구리에 끼고 있던 문서를 준의 앞에 들이밀어 보였다.

"오늘 날짜 다 된 거 아시죠?"

'철거예정일'이라고 쓰인 서류를 본 준의 얼굴이 일그러졌다.

"씨발, 보상금 필요 없다고 했잖아! 나 이 집에서 안 나간다고!"

준은 소리를 지르며 아직 벽을 두드리고 있는 용역들 앞을 막아섰다. 그리고 양 팔을 벌리고 소리를 질렀다.

"하려면 날 죽이고 해!"

준이 막아서자 용역들의 표정이 흉흉해졌다. 그것은 준에게 서류를 들이민 사람도 마찬가지였다. 용역들은 준을 꼬아보다 서류를 든 남자가 별다른 반응을 보이지 않자 준을 거칠게 밀쳤다.

"꺼져!"

준이 밀리지 않기 위해 버텼지만 여러 명의 건장한 남자들을 버텨 낼 재간은 없었다. 결국 준은 여러 용역들의 손에 의해 바닥에 패대기쳐졌다. 그런 와중에 몇몇 직원들은 준을 발로 걷어차기도 했다. 준이 정신없이 얻어맞는 사이 점퍼 차림의 남자가 용역들에게 말했다.

"이참에 김 준 씨 싸인이나 받아 가자고. 잡아."

점퍼 차림의 남자가 마치 조폭 똘마니처럼 턱짓을 하자 한 용역이 준의 팔을 꺾었다. 그리고 인주를 꺼내 준의 손가락에 대려는 순간, 뒤에서 상황을 지켜보던 춘동이 준의 팔을 꺾은 용역 직원을 뒤에서 걷어찼다.

"보자보자 하니까 못 하는 짓이 없네!"

여태 존재감 없이 가만히 있던 춘동이 갑자기 나서자 용역들은 인상을 쓰고 춘동을 보았다.

"새끼야, 넌 뭐야!"

"나? 니들이 방금 바닥에 패대기치고 걷어찬 저놈 형이다. 아주 일당 받자고 사람도 패고 니들 수고가 많다?"

빈정거리며 팔을 걷어붙이고 어깨를 윙윙 돌리며 위협적인 태도를 취하는 춘동을 보고 용역직원들이 주춤했다.

퍽!

그때 춘동이 바닥에 나가 떨어졌다. 뒤에 서 있던 용역 중 하나가 야구 배트로 춘동의 머리를 갈긴 것이다. 바닥에 쓰러졌던 춘동은 잠시 눈앞이 어지러워 눈을 끔뻑이다가 얻어맞은 뒤통수를 주물거리며 말했다.

"하, 그래. 양아치 새끼들은 선빵 좋아하지. 근데 나도 가만 당하고 있는 성격은 아니거든? 간다, 이 개새끼들아!"

춘동은 소리를 지른 동시에 용수철처럼 자리에서 튕겨 올라 자신의 뒤통수를 갈긴 용역의 턱을 걷어찼다.

빠악!

춘동은 턱을 맞은 용역이 비틀거리는 사이 주먹으로 배를 치고 무릎을 후려 쳤다. 깔끔하게 한 명을 쓰러트린 춘동이 뒤를 돌아본 순간, 뒤에서 또 다른 용역이 춘동에게 덤벼들었다.

퍽!

온몸으로 태클을 당한 춘동이 비틀거리자 용역은 그대로 춘동의 옆구리를 팔꿈치로 찍었다. 퍽퍽! 둔한 소리와 함께 춘동이 비틀거리자, 바닥을 뒹굴던 준이 춘동을 공격하는 용역의 한쪽 다리를 붙들었다.

"새끼야, 놔!"

용역이 그 손을 벗어나려 버둥거렸지만 준은 악착같이 다리에 매달려 있었다. 그 틈에 춘동은 자신을 공격하던 용역의 턱을 팔꿈치로 날려버리고, 아까 자신이 쓰러트렸던 용역이 다시 일어나 공격하려고 하자 그의 얼굴을 그대로 발로 걷어 차 버렸다.

"퉤!"

춘동은 피 섞인 침을 토해내고 점퍼 차림의 남자를 노려보았다. 이제 옥상에 서 있는 것은 춘동과 점퍼 차림의 구청직원 둘뿐이었다. 그는 순식간에 벌어진 일에 당황한 듯 눈만 굴리다가 춘동을 향해 소리를 질렀다.

"지, 지금 공무집행 방해하는 겁니까?"

"허참, 우리나라 공무원이 언제 이렇게 부지런해졌어?"

"경찰을 부를 겁니다!"

남자의 외침에 춘동은 피식 웃었다.

"그래? 그럼 불렀으니 가야지 별 수 있나, 자 여기 왔다 경찰. 무슨 일입니까, 이 좆만 한 새끼야?"

춘동이 성큼 다가가며 빈정거리자 남자가 움찔했다.

"경찰……?"

"그래, 이 몸이 마포서 강력반 형사니까 안심하고 말해보세요, 이 개새끼야. 경찰 폭행죄가 얼마나 중범죄인지 모르는 거 같아서 말해주는데, 특가법에, 너네 무기 들었으니 3조 1,2항에……. 여튼 니네 오늘 다 좆 된다는 건 확실하지."

줄줄이 형사법을 읊으며 건들대는 춘동의 모습에 남자의 얼굴은 점점 노랗게 변해갔다. 비틀거리며 일어난 용역들도 대충 돌아가는 상황을 보고는 더 이상 춘동에게 덤비지 못했다.

"공무원이 같은 공무원도 못 알아보고 참 세상 더럽다 그치? 근데 하긴 너랑 같은 공무원이면 내가 창피해서 못산다. 공무원이란 놈이 선량한 시민을 패지를 않나 경찰을 패질 않나. 그리고 쟤들은 또 뭐냐, 깡패야 응? 아, 안되겠다. 네 말대로 경찰 부르자. 딴 경찰."

그렇게 말하며 춘동이 주머니에서 핸드폰을 꺼내자 점퍼 남자가 춘동의 앞에서 무릎을 꿇었다.

"자, 잘못했습니다. 저희가 죽을죄를 졌습니다, 마음이 급하다보니 그만……."

"당연히 죽을죄지. 알긴 알아?"

"네, 그러니 경찰은 좀 봐주세요."

그야말로 사시나무 떨듯 떨면서 말하는 남자를 보고 춘동은 혀를 찼다. 아까까진 그렇게 기세등등하더니 역시 작은 권력을 믿고 까부는 놈들은 더 윗선이 나타나면 찍소리도 못하는 건가.

"내 한번만 봐줄 테니 앞으로 이 집엔 얼씬도 하지 마, 알았어?"

춘동이 눈을 부라리며 으름장을 놓자 남자는 크게 고개를 끄덕였다.

"그럼 어서 가. 연장들 다 챙기고. 가라니까? 어쭈? 말 안 들어? 10 셀 때까지 안 가면 진짜로 딴 경찰 부른다? 10. 9. 8. 7……."

춘동이 숫자를 세기 시작하자 남자를 위시로 모두들 쏜살

같이 옥상을 빠져나갔다. 춘동은 발소리가 멀어진 후에야 크게 콧방귀를 뀌며 준을 돌아보았다. 준은 그런 춘동을 멍하니 보고 있었다.

"별 좆만 한 새끼들이 다 그런다, 그치? 근데 너 괜찮냐?"

춘동의 물음에 바닥에 쓰러져있던 준이 정신을 차렸는지 비틀비틀 일어났다. 일어나는 모양새를 보니 얻어맞은 것에 비해 다행히 크게 다친 것 같지는 않았다.

"어, 괜찮……."

"새끼, 입은 걸더니 싸움도 못하고. 너 앞으로 어디 가서 쌈질 하지 마라. 쥐어터지기 딱 좋으니까. 뭐야, 왜 그렇게 쳐다 봐?"

춘동은 준의 시선이 묘하게 자신의 얼굴을 빗나가 있는 것을 깨닫고 의아한 듯 물었다.

"너, 너 이마……."

"이마?"

춘동이 이마? 라고 대답한 순간 주르륵, 춘동의 이마에서 피가 흘러내렸다. 흐르는 피에 준의 얼굴이 사색이 되었지만 춘동은 태연하게 웃었다.

"아~ 뭐 이 정도야 괜찮아. 내가 천하의 강력반 양춘……."

동이다, 라는 말은 끝까지 하지도 못한 채 춘동은 그 자리에서 풀썩 쓰러져버렸다. 그런 춘동을 보고 준이 다급하게 달려왔다. 손을 대기 전에 잠시 멈칫했지만 지금은 그런 걸 따질 상황이 아니었다.

"야, 야! 정신 차려!"

춘동의 어깨를 흔드는 동시에 쏟아져 들어온 영상들 때문에 준의 머리가 찡 하고 울렸다. 혼란스럽게 쏟아지는 영상들 속에서 준은 은지의 어머니를 보았다.

은지를 찾아달라며 춘동을 찾아온 모습, 그리고 죽어버린 은지를 보고 세상이 끝난 듯 오열하던 그녀의 모습. 그리고 종국엔 넋이 나간 듯 텅 비어버린 얼굴로 아무런 말도 하지 않는 그녀의 모습.

결국 쏟아지는 영상들을 견디지 못한 준은 춘동의 어깨에서 손을 뗐다. 춘동이 필사적이라는 것도 알고 있고 어째서 필사적인지도 알고 있었다. 그러나 '보는' 것과 아는 것은 달랐다.

준과 달리 피해자 가족을 직접 본 춘동이 느낀 감정은 준이 느낀 감정보다 더욱 격렬했다. 증오, 자책, 후회, 공포, 절박함, 다급함 등이 뒤섞인 춘동의 머릿속은 결국 없어진 아이를 은지처럼 잃지 않겠다는 집념만으로 가득했다.

"개새끼. 나보고 어쩌라고……."

준은 어쩔 수 없는 상황에 원망스런 얼굴로 춘동을 바라보았다.

8. 협력

눈을 뜬 춘동의 눈에 보인 것은 낯선 천정이었다. 멍하니 천정을 보던 춘동은 자신의 머리 위에 얹어진 젖은 수건을 보고서야 그곳이 어디인지 알 수 있었다.

"지금 몇 시냐?"

"시간 얼마 안 지났어. 머리는 괜찮아?"

준은 춘동의 안부를 묻는 게 어색한지 그의 시선을 외면한 채 물었다. 그런 준이 어새한 건 춘동도 마찬가지였다. 춘동은 눈을 끔뻑했다.

"너 뭐 잘못 먹었냐?"

"왜."

"갑자기 왜 순한 양이야? 내가 자는 사이에 혼자 뭘 주워 먹었기에 그래?"

잘 해주려고 해도 삐딱선을 타는 춘동의 태도에 준의 표정이 굳어졌다. 결국 준은 춘동을 외면해버렸다.

"아, 먹는 얘기해서 그런지 배고프다. 뭐 먹을 거 없냐?"

게다가 뻔뻔스레 먹을 것까지 요구하는 춘동이 어이없는 준이었다. 그래도 부상자라고 우기는 춘동을 무시하기는 어려웠기에 결국 준은 춘동에게 라면을 끓여주기로 했다. 춘동은 준이 내민 냄비 뚜껑을 열고는 감탄사를 연발했다.

"햐~! 너 라면 잘 끓인다! 완전 꼬들꼬들 맛있겠네!"

휙휙 젓가락으로 면을 휘젓던 춘동이 준을 보며 물었다.

"근데 넌 안 먹냐? 양이 왜 1인 분이야?"

"난 안 먹어."

"왜? 너 진짜로 나 자는 사이에 뭐 주워 먹었냐?"

결국 준은 고개를 홱 돌려버렸다.

"새끼 까칠하긴. 너 후회하지 마라. 우와, 맛있겠다~."

일부러 들으란 듯 큰 소리로 말한 춘동이 라면을 한 젓가락 크게 집었다.

"그러고 보니 누가 끓여준 라면은 오랜만이네."

후르륵 소리를 내며 라면을 먹기 시작한 춘동을 보는 준의 눈빛이 흔들리고 있었다. 준은 춘동을 보며 말했다.

"야."

"왜?"

"줘봐."

"새끼 치사하게……. 안 먹는다며."

라면을 달라는 소리로 이해한 춘동이 볼멘소리를 내자 준이 손바닥을 내밀며 말했다.

"그거 말고. 도와 달라며? 뭔지 몰라도 줘 보라고."

갑자기 너무 순순해진 준의 태도에 춘동은 라면을 입이 문 채 경직되었다. 그렇게 한동안 멍하게 면발을 물고 있던 춘동은 냄비에 면을 뱉으며 말했다.

"너 진짜 뭐 잘못 먹은 거지, 그치?"

"싫으면 관둬."

"농담이다, 농담! 잠깐만……!"

춘동은 얼른 주변을 두리번거리다 자신이 가져온 가방을 발견하고 거기에서 비닐봉투 하나를 꺼냈다. 거기엔 춘동이 행복아파트 지하에서 찾은 은지가 입었던 옷이 들어가 있었다. 준은 춘동이 꺼낸 옷을 가만히 보다 조용히 말했다.

"나도 다 볼 수 있는 건 아니야. 물건이나 사람이나 기억은 지워지게 마련이니까……. 다만 자극적인 기억은 오래 남아. 보고 나면 몸에 무리도 오고."

그렇게 말하는 그의 눈빛은 무척 어두웠다. 춘동은 고개를 끄덕이다 이내 의아한 듯 물었다.

"그런데 범행 현장은 어떻게 그린 거야? 뭘 만져보고 알았어?"

춘동의 물음에 준은 입가에 손을 가져대고 가볍게 휘파람을 불었다. 그러자 푸드득! 한 마리의 비둘기가 열린 문틈으로 옥탑방 안으로 날아들어 와 준의 손 위에 앉았다. 춘동은 마치 마술처럼 비둘기가 들어온 광경에 눈이 휘둥그레졌다.

"얘들을 만지고 본 거야. 얘들을 만지면 얘들이 본 걸 볼 수 있거든."

그제야 춘동은 승기의 말을 이해할 수 있었다. 위에서 내려다 본 그림. 새라면 위에서 내려다 본 각도가 나올 법도 했다. 그런 춘동을 뒤로 하고 준은 씁쓸하게 중얼거렸다.

"적어도 얘들 눈에는 좋은 것만 보일 줄 알았는데……."

그 씁쓸함이 묻어나는 말투에 춘동은 준이 왜 수많은 비둘기에게 모이를 주고 있는지 알 것만 같았다. 철저하게 사람을 멀리했지만 혼자를 견디지 못했기에 그래도 사람보단 좋은 것을 보고 살 것 같은 비둘기를 선택한 것이었다. 그러나 그 비둘기의 눈을 통해 본 세상도 그러했으니.

"그 비둘기 부르는 것도 초능력이냐?"

"아니, 이건 너도 할 수 있어."

별 생각 없이 물어본 거였는데 준의 의외의 대답에 춘봉의 눈이 반짝 빛났다.

"진짜?"

"한 4년 연습하면."

찬물을 끼얹는 준의 대답에 춘동은 흥이 팍 꺼진 표정으로 준을 흘겨보았다. 그러다가 비둘기의 머리를 쓰다듬고 있는 준을 보며 말했다.

"그런데 그런 걸 봤으면 경찰에 신고를 했어야지. 왜 안 했냐."

춘동의 말에 준은 피식 웃었다.

"신고해서 뭐라고 해? 비둘기가 봤다고 그래? 아님 초능력으로?"

준의 말에 춘동은 말문이 막혔다.

"뭐라고 한들 누가 내 말을 믿어 주겠어? 범인으로 몰리지나 않으면 다행이지."

준의 고뇌는 춘동의 생각보다 훨씬 깊은 것 같았다. 춘동은 물끄러미 준의 얼굴을 보았다. 아무 생각도 않는 냉혈한인 줄 알았더니 그래도 한 번은, 아니 몇 번은 경찰에 얘기할까 생각한 게 틀림없다.

"그럼 그 그림……. 그래서 그린 거야? 신고는 못 하지만 누군가는 봐줬으면 하고?"

"마음대로 생각해."

준은 시선을 외면하며 말했지만 춘동은 확신했다. 아마 준도 분명히 누군가에게 사건을 알리려 했을 거라고. 그렇게 생각하자 여태 싹수머리 없어 보이기만 했던 준이 조금은 달라보였다. 조금은 인간미가 느껴졌다고나 할까. 그렇게 춘동이 준을 바라보는 동안 준은 깊게 한숨을 쉬고는 자신 앞에 놓인 아이의 옷가지를 보았다.

"잠깐 나가 있어."

생각보다 순순히 자리를 비운 춘동 덕에 혼자 남은 준은 눈앞에 놓인 옷가지를 좀 더 찬찬히 살펴볼 수 있었다. 어린 아이라는 건 알고 있었지만 옷은 많이 작았다. 그리고, 그 작은 아이가 해를 입을 때 입었을 옷이라 생각하니 무엇이 남아있을지 두려움이 느껴졌다. 그러나 이미 하기로 한 일을 무를 수도 없거니와, 실종된 아이를 생각하면 반드시 해야 할 일이었다.

준은 천천히 아이의 옷가지에 손을 댔다. 순간, 준의 머릿속을 수많은 영상들이 스쳐 지나갔다.

검은 차를 타는 아이.

아파 보이는 강아지를 만지며 좋아하는 아이.

룸미러에 비친 남자의 눈.

아이를 바라보는 차가운 눈.

어두운 장소에 갇혀 울고 있는 아이.

버둥거리는 아이의 팔과 바닥을 구르는 고무공들.

버둥거리는 아이를 향한 휴대폰 카메라.

머리가 쪼개질 듯한 고통에도 준은 옷에서 손을 떼지 않고 참아냈다. 그러자 영상은 점점 더 참혹하게 변해갔고 준의 몸이 부들부들 떨리기 시작했다. 그렇게 한참을 부들부들 떨던 준의 귀에 낮은 소리가 들려왔다. 콧노래였다.

동요를 유쾌한 콧소리로 흥얼거리는 남자의 그림자가 어둠 속에서 괴물처럼 커졌다. 그리고 그 커다란 그림자는 준을 짓누르듯 닥쳐왔다.

"아악!"

끔찍한 공포감에 결국 준은 비명을 질렀다.

준에 의해 옥탑방 밖으로 밀려난 춘동은 빈둥거리며 하늘을 날아다니는 비둘기를 보던 중이었다. 준이 있을 땐 마치 옥상이 제집인 양 진을 치고 있더니 춘동만 있는 옥상엔 앉을 생각을 않는 비둘기들이 얄미웠다. 춘동은 준이 했던 것처럼 휘파람을 불어보았다. 그러나 새들은 마치 콧방귀를 뀌듯 춘동의 머리 위를 스쳐 지나갈 뿐이었다.

"에이, 필요 없어!"

춘동은 혀를 차며 옥상 밖의 풍경에 눈을 돌렸다. 재개발이 진행되는 황량하고 텅 빈 마을의 모습이 한눈에 보였다. 그래도 한때는 수많은 사람들이 모여 옹기종기 살았을 마을에선 이젠 황량함만이 감돌았다.

매일매일 이 풍경을 보면서 홀로 살아왔을 준을 생각하니 괜히 콧날이 시큰했다. 동정은 취미가 아니었지만 준의 상황에 마음이 흔들렸다. 자신만 알던 하나뿐인 피붙이를 눈앞에서 잃고 고아가 된 것도 불쌍한데 학창시절엔 괴물로 불리며 배척받고, 이젠 자신이 사람들을 배척하고 있는 준의 처지가 너무도 딱했다. 그때였다. 준의 비명소리가 들린 것은.

괜히 혼자 콧날을 비비던 춘동은 갑자기 들린 비명소리에 놀라 뒤를 돌아보았다. 비명은 준이 있는 옥탑방 안에서 들리고 있었다. 춘동은 다급하게 옥탑방 안으로 뛰어 들어갔다.

옥탑방 안에 들어간 춘동의 눈에 맨 처음 보인 것은 바닥에 쓰러져 대량의 피를 흘리고 있는 준의 모습이었다. 마치 감전된 것처럼 몸을 부들부들 떠는 준의 모습에 춘동은 깜짝 놀랐다,

"야, 야! 괜찮아?"

춘동은 준을 부축해 일으켜 세우려 했다. 하지만 준은 그런 춘동을 제지하며 옥탑방 한구석에 쌓여 있던 스케치북과 파스텔들을 가리켰다. 준의 의도를 단박에 파악한 춘동은 얼른 그것들을 준에게 건넸다.

쓱쓱 쓱.

준은 빠른 속도로 정신없이 그림을 그리기 시작했다. 그림들 사이로 툭툭 떨어지는 코피에도 준의 손은 멈추지 않았다. 그리고 마침내 그림을 모두 그린 준의 손이 스케치북에서 떨어졌다. 코에서 흐르던 피도 어느새 멎어 있었다.

"무슨 소리 같은 게 들려. 그리고 어떤 남자가 아이를 향해 핸드폰 카메라를 들이대고 있고, 주변엔 알록달록한 고무공들이 있어."

"어떤 거?"

"볼풀 같은데 들어있는 공들 말이야."

준에게서 받은 그림의 설명을 들은 춘동은 고개를 끄덕였다. 아리송한 내용들뿐이었지만 고무공이란 말에 번뜩 춘동의 머리를 스친 것이 있었다. 춘동은 준의 그림을 챙겨 넣으며 말했다.

"고맙다. 다음에 올 땐 맛있는 거 많이 사올게."

그렇게 말하고 옥탑방을 나서려던 춘동은 멈칫하고 준을 돌아보았다.

"참, 너 핸드폰."

"뭐?"

"잠깐만."

춘동이 제멋대로 준의 주머니에 손을 넣고 핸드폰을 꺼냈다. 그리고 준이 뭐라고 하기도 전에 핸드폰에 자신의 번호를 입력했다. 그리고 핸드폰을 돌려주며 말했다.

"무슨 일 있으면 이리로 바로 연락해라. 아니, 무슨 일 없어도 전화해. 하고 싶을 때 언제든. 너무 혼자 그러고 있지 말고."

춘동의 말에 준은 고개를 저었다.

"됐어. 다시는 나 찾지 마."

"뭐?"

"약속해. 다시는 나 찾지 마. 그리고 어디 가서 내 얘기도 하지 마."

처음 만났을 때만큼이나 단호하고 쌀쌀한 태도에 춘동은 말문이 막혔다. 그러나 준은 얘기 끝났다는 듯 춘동을 재촉했다.

"어서 가."

스스로 고독을 자처하는 준의 태도에 춘동은 순순히 발걸음이 떨어지지 않았다. 춘동은 준의 얼굴을 보다가 툭, 하고 입을 열었다.

"너 좀 긍정적으로 생각해보지 그래?"

"뭐?"

"내가 괴물입네 자학하지 말고 우매한 놈들이 못 가진 능력을 나만 가졌다, 난 위대하다 하하하하! 하고 생각해보는 거야. 어때? 멋지지 않냐?"

준은 마치 만화에 나오는 악역 같은 대사를 날리는 춘동을 한심한 듯 쳐다보았다.

"보면 만화나 영화의 악당들은 다 그러잖아. 나는 너희들에게 없는 능력을 가지고 있다! 나는 특별하다!"

"그래서 나보고 악당이라도 되라고?"

"아니, 그냥 그 긍정적인 마인드를 보고 배우라고."

"그냥 가. 쓸데없는 소리 하지 말고."

더 말해봐야 준에게 통하지 않을 것 같아 결국 춘동은 그대로 옥탑방을 나섰다. 끝끝내 사람과의 연결을 거부하고 죄책감에 휩싸여있는 준이 걸렸지만 춘동이 어떻게 할 수 있는 문제는 아니었다.

'새끼……. 축 늘어져선.'

춘동은 특별한 힘을 타고나면 좀 행복해질 줄 알았다. 그러나 정작 남들 모두가 가지지 않은 특별한 힘을 가진 준은 사회를 멀리한 채, 스스로 격리된 삶을 이어가고 있었다.

춘동은 동정으로 기울어가려는 자신의 마음을 다잡고 옥상 계단을 내려갔다. 얼마나 힘이 들었을까 상상하는 건 결국 춘동의 상상일 뿐이었고 준의 고통은 결코 춘동이 공감하기 힘든 영역에 있었다. 춘동이 할 수 있는 것은 그저 준이 언젠가는 저 옥탑방에서 벗어날 수 있기를 비는 것뿐이었다.

준은 옥상에서 춘동을 바라보고 있었다. 이내 춘동의 모습이 골목을 돌아 사라지자 준은 하늘을 날고 있는 비둘기들을 모았다. 오랜만에 사람과 필요 이상으로 가까워져 대화를 했다. 어머니가 죽은 이후로 준이 한 대화라곤 가게 점원과 나눈 대화나 구청에서 나온 직원과 나눈 대화가 전부였다. 그러다 춘동 같은 사람을 만나 이야기를 나누니 이상한 기분이 들었다. 아마 오늘 한 말이 지난 5년간 한 말보다 더 많았을 것이다.

'별종.'

준이 평소보다 많은 말을 한 것은 그에게 은혜를 입었단 생각이 있어서기도 했지만, 그가 자신을 이상하게 바라보지 않은 것도 이유 중 하나였다. 준은 분명 처음 춘동이 자신의 능력을 알았던 순간 엄청나게 공포를 느꼈다는 걸 안다. 누구라도 자신의 치부를 아는 사람은 싫어하게 마련이다. 더군다나 그 치부를 알게 된 것이 보통 사람이 가지지 못한 능력을 통한 것이라면. 두려움을 느끼는 것은 당연하다. 여태 대부분의 사람들이 그런 식으로 준의 곁을 떠났던 것처럼, 지극히 당연한 일이었다.

그러나 춘동은 겨우 이틀 만에 그 공포를 극복하고 준에게 왔다. 비록 범인을 잡겠다는 의지가 있어서 한 행동이었지만, 준에 대한 공포가 없는 춘동의 태도는 잔잔하던 준의 마음에 희미한 파문을 던졌다.

멍하니 춘동을 생각하던 준은 이내 고개를 저었다. 어쨌든 이젠 끝이다. 더는 춘동을 볼 일이 없어. 그리고 그대로 준이 옥탑방으로 들어서려는 순간, 손에 쥐고 있던 핸드폰에서 경쾌한 소리가 알림음이 울렸다. 생전 울릴 일 없던 전화가 울린 이유는 뻔했다. 그리고 문자를 본 준은 어이없는 표정을 지었다.

발신자 : 왕잘생긴형

수신내용 : 알았고…… 승기한테나 연락해봐. 완전 예쁘던데. 몸 사리면 내가 꼬신다-_-+

'왕잘생긴형'이라는 발신자 표시도 어이가 없었지만 어울리지 않게 이모티콘까지 쓴 춘동의 문자에 할 말이 없었다. 결국 준은 혀를 차고 그대로 옥탑방 안으로 들어갔다. 하지만 준의 입가엔 희미한 미소가 번지고 있었다.

9. 수색

전담팀은 모처럼 발견된 단서로 수사에 활기를 띠고 있었다. 은지의 등에서 발견한 흔적으로 용의자가 사용하고 있을 냉장고의 모델명이 추려졌기 때문이다. 현장에 나가있던 전담팀 형사들 전원이 프레젠테이션을 위해 서로 돌아왔다. 그들의 손에는 대형 업소용 냉장고 사진이 한 장씩 들려 있었다.

철현은 회의실에 모인 전담팀 형사들을 돌아보며 상황을 설명했다.

"현재 확인된 바로는 이 모델이 확실합니다. 이러한 냉장고를 사용하는 곳은 초중고교나 대형급식업체, 혹은 정육점

등을 들 수 있습니다. 그러니 여러분은 먼저 해당 업체들을 모두 탐문수사…….”

“어느 세월에 그거 다 뒤집니까? 지금 1분 1초가 급한 상황인데?”

그때 벌컥, 회의실 문이 열리며 춘동이 걸어 들어왔다. 철현의 얼굴은 한순간에 일그러졌고, 나머지 형사들의 표정도 그리 곱지는 않았다. 그러나 춘동은 개의치 않고 척척 회의실 안으로 걸어 들어왔다.

“야, 재 누가 들여보냈어?”

철현이 짜증스럽게 주변을 둘러보며 묻자 뒷자리에 서 있던 형사 중 하나가 춘동의 팔을 붙들었다. 춘동은 그 팔을 뿌리치며 철현이 선 회의실 앞으로 성큼 다가갔다.

“니가 낄 자리가 아니야. 나가.”

철현은 춘동의 가슴을 손바닥으로 밀어냈고 춘동은 한걸음 뒤로 물러서서 철현을 보더니 회의실 안의 형사들을 돌아보며 큰 소리로 말했다.

“제 생각엔 수사 범위를 어린이집으로 한정하는 게 어떨까 합니다!”

춘동의 말에 철현이 결국 버럭 소리를 질렀다.

“헛소리하지 말고 나가라고! 수사 방해하지 말고. 야! 뭐해, 끌어내!”

철현이 소리를 지르자 근처에 있던 형사 몇몇이 춘동의 팔을 붙들었다. 춘동은 그런 형사들의 손을 뿌리치며 저항했고 형사들은 춘동을 잡아 회의실 밖으로 밀어내려 했다.

"그만들 해! 형사끼리 이게 뭐 하는 짓이야!"

사태를 지켜보고 있던 고 반장이 버럭 고함을 지르며 앞으로 나섰다. 고 반장의 목소리에 춘동을 잡고 있던 형사들의 손에서 힘이 빠져나갔고, 춘동은 그 틈에 그들의 손을 뿌리치고 흐트러진 자신의 옷을 바로잡았다.

"양 춘동이, 너 방금 무슨 근거로 그런 소리를 한 거냐?"

"들을 것도 없습니다, 반장님. 알잖아요? 저 새끼……!"

철현이 춘동을 손가락질하며 말하자 춘동이 콧김을 풍풍 내쉬며 말했다.

"근거 없는 소리 하는 거 아니니까 일단 들어나 보시지? 내가 뭔 소릴 할 줄 알고 들을 것도 없다고 그래?"

"너 이 새끼!"

"철현아, 그만해라. 그래 양 춘동이 얘기해 봐라. 왜 어린 이집이야?"

고 반장의 말에 춘동은 회의실 안의 형사들을 휙 둘러보며 매고 있던 가방에서 은지의 옷을 꺼냈다.

"너 이 새끼 그건 언제……!"

철현이 흥분해 달려들자 춘동은 그런 철현을 한손으로 밀치며 다른 한손으로 은지의 옷을 들고 큰 소리로 말했다.

"방금 국과수에 들렀다 오는 길입니다. 그런데 분석해 본 결과 옷에 폴리카보네이트 성분이 다량 검출됐다고 합니다. 그런데 그 성분이 어디서 검출되는 거냐? 보십시오."

춘동은 주머니에서 준비해뒀던 빨간 고무공을 꺼내 보였다.

"놀이방에서 흔히 볼 수 있는 이 고무공에서 발견되는 성분이랍니다."

춘동의 말투는 단호했다. 평소 사고만 치던 춘동답지 않은 단호하고 확신에 찬 어조에 방금 전까지 불신을 드러내던 형사들 사이에 의아함이 흘렀다.

"저 새끼 왜 저래? 약 먹었나?"

수군거리는 소리가 춘동의 귀에도 들렸지만 춘동은 꿋꿋이 고개를 들고 있었다.

"애가 납치되기 전에, 놀이방에서 놀았을 수도 있잖아."

짜증 섞인 철현의 말에 춘동은 어이없다는 듯한 표정을 지으며 대꾸했다.

"천만에요. 애 엄마한테 물어보니 애가 아토피라 물도 플라스틱이 아닌 유리병에 넣어서 마시게 했답니다. 그러니까 분명 납치된 후에 그런 성분과 접촉한 거예요. 근데 한 형사는 제가 쓴 보고서 안 봤나 보네요? 보고서에 떡하니 써놨는데."

춘동의 말에 철현은 말문이 막힌 듯 입술을 꽉 다물었다. 고 반장은 침착하고 논리정연한 춘동의 대답에 적잖이 놀랐다. 지금의 춘동은 평소 그답지 않게 정말이지 믿음직한 형사처럼 보였기 때문이다.

"그러니까, 종합해 보면 범인은 업소용 냉장고를 소유하고 있고 놀이시설을 운영하는 인물입니다. 이 두 가지가 갖춰지는 곳은 아무래도 어린이집이죠. 그래서 저는 구내 어린이집을 중심으로 탐문해 보자고 말하고 싶은 겁니다."

"말도 안 되는 소리! 폴리카보네이트가 고무공에만 있는 것도 아닌데……."

"더불어 이런 타입의 아동 대상 범죄자들의 경우 범행 당시를 핸드폰으로 찍고 두고두고 추억할 가능성이 있습니다. 그러니 용의자를 잡으면 핸드폰을 꼭 훑어보시길 바랍니다."

"그거 완전 다 추측이잖아!"

철현이 물고 늘어졌지만 춘동은 확신에 찬 눈으로 고 반장을 보았다. 고 반장은 두 눈을 지그시 감고 깊은 생각에 빠져 있었다. 얼마나 시간이 지났을까. 마침내 눈을 뜬 고 반장이 조용히 춘동을 불렀다.

"춘동아."

그 심각한 목소리에 춘동은 일부러 더 태연하게 대답했다.

"기왕이면 이런 상황엔 양 형사라고 불러주십쇼."

춘동의 대답에 고 반장은 춘동의 얼굴을 물끄러미 바라보았다.

"자신 있냐?"

"네."

춘동은 한 치의 망설임도 없이 대답했다. 춘동의 눈을 가만히 보던 고 반장은 이내 마음을 정한 듯 형사들을 둘러보며 말했다.

"좋아, 양 형사 말대로 한 번 가보자고."

"반장님!"

"철현아, 이번 한 번은 그냥 네가 접어라. 아주 황당무계한 소리도 아니잖냐."

고 반장의 말에 철현은 말문이 막힌 듯 입만 벙긋거리다 춘동을 홱 노려보았다. 춘동은 어깨를 으쓱하며 말했다.

"뭘 쳐다봐? 반장님 말씀 못 들었어?"

이죽거리는 춘동의 태도를 참지 못한 철현은 춘동의 어깨를 밀치며 자리를 떴다. 그리고 뒤이어 회의실의 형사들이 하나둘씩 회의실을 나섰다. 춘동도 그런 형사들 틈에 섞여 회의실을 나서려 했다.

"양 형사야."

고 반장이 갑자기 춘동을 불러 세웠다.

"잡자 그 새끼."

신뢰가 담은 고 반장의 말에 춘동의 얼굴엔 미소가 번졌다. 이렇게 고 반장이 자신을 신뢰한 적이 있었던가. 춘동은 결의를 다지듯 주먹을 꽉 쥐고 크게 고개를 끄덕였다.

"네!"

춘동의 의견대로 전담팀을 비롯한 모든 형사들이 근처 어린이집들을 수색하기 시작했다. 대대적인 수색으로 거리 곳곳에는 경찰차와 형사들이 포진해 있었다. 춘동은 전담팀 소속이 아니었기에 처음엔 고 반장을 따라갈 예정이었지만, 철현의 반발로 무산되었다.

결국 춘동은 양수와 팀이 되어 수색을 하기로 했다. 물론 고 반장에겐 양수의 양자도 꺼내지 않았다. 만약 양수와 어울리는 걸 고 반장에게 정통으로 들키는 날이면 아무리 춘동에게 너그러운 고 반장이라도 불을 뿜을 게 뻔했기 때문이다.

처음엔 그래도 춘동과 함께 움직이는 걸 꺼렸던 양수지만 이젠 형사놀이에 재미가 들렸는지 춘동이 부르자 바로 부리나케 달려왔다. 그리곤 마치 제가 형사가 된 양 어린이집 곳곳을 수색하고 제법 형사처럼 직원들을 심문하고 했다. 그러나 하루 온종일 돌아도 용의자 비슷한 사람조차 나타나지 않자 양수의 표정도 점점 풀이 죽었다. 결국 열 번째 어린이집을 허탕 친 양수에게서 볼멘소리가 터져 나왔다.

"씨발, 이 동네 맞긴 해요? 다른 동네 아니에요?"

"아, 좀 조용히 해."

한동안 잘 참는다 싶었던 양수는 같은 말에 같은 상황이 반복되니 질린 모양이었다. 춘동도 이런 상황에 점점 마음이 조급해져갔다. 실종된 다희만 생각하면 제자리 뛰기라도 해야 할 것 같았다.

“에이 씨. 하루 종일 돌아다니고 뭐 소득도 없고. 형사도 할 짓 못되네.”

“그걸 이제 알았냐?”

“그냥 밥이나 먹고 해요, 배고파 죽겠네.”

“야! 지금 밥이 목구멍으로 넘어 가냐?”

춘동이 눈을 부라리자 양수가 대들었다.

“그럼 뭐 형사는 이슬만 먹고 살아? 뭘 먹어야 움직일 거 아냐.”

“이게 보자보자 했더니 니가 무슨 형사야? 너 경찰 사칭으로 오랜만에 콩밥 맛 좀 볼래?”

춘동이 윽박지르자 양수는 딴청을 피우며 얼른 어린이집 건너편에 있는 골목으로 뛰어갔다. 식당들이 즐비한 골목 앞에 선 양수는 마치 한글을 처음 뗀 아이처럼 큰 소리로 간판을 읽어 내려갔다.

“중화요리 만리장성. 한정식 안뜰. 추억의 왕돈가스. 황궁 해물탕……. 어?”

양수는 어리둥절한 표정으로 춘동을 돌아보았다. 춘동도 양수를 보며 눈을 동그랗게 뜨고 있었다. 춘동과 양수는 누가 먼저랄 것도 없이 동시에 해물탕 집으로 달려갔다. 그곳에는 아이들을 위한 작은 놀이터가 있었고 몇몇 아이들이 볼

풀 속에서 놀고 있었다.

"고무공, 냉장고……!"

춘동과 양수는 서로를 향해 고개를 끄덕였다.

"어서 오세요."

식당 안으로 들어선 그들을 반기는 싹싹한 여직원의 목소리가 들려왔다.

"몇 분이세요? 자리는 저 안쪽……."

여직원의 말이 채 끝나기도 전에 춘동은 성큼성큼 놀이터를 향해 걸어 들어갔다. 그리고 매서운 눈으로 놀이방을 훑었다. 춘동 대신 양수가 나서서 마치 경찰처럼 설명을 했다.

"식사 하러 온 게 아니라 경찰입니다. 탐문 수사 중에 확인할 게 있어서 들어왔어요."

양수는 경찰이란 말에 대뜸 놀란 듯 얼굴을 굳힌 여직원을 안심시키려는 듯 부드러운 어투로 말을 이어갔다. 그 사이 춘동은 놀이방을 자세히 살폈다. 여태 왜 이 생각을 못했지?

그때 양수가 춘동의 곁으로 쪼르르 다가와 목소리를 낮추고 말했다.

"주방에 있는 냉장고 양 형이 찾는 그 모델인데요?"

그새 주방을 살핀 모양이었다. 양수의 말에 춘동이 주방을 돌아보자, 과연 그 냉장고가 떡하니 자리를 차지하고 있었다. 춘동이 성큼성큼 주방으로 다가가자 여직원이 그를 막아서며 물었다.

"도대체 무슨 일이신데요?"

경찰이란 말에 한걸음 물러섰던 여직원이지만 아무래도 춘동이나 양수의 태도가 미심쩍어 보였던 모양이다. 그러나 춘동은 상황을 설명하는 대신 질문을 던졌다.

"여기 사장님 계십니까?"

"아직 안 나오셨는데, 무슨 일이신데요?"

"언제 나오십니까?"

"이제 곧 나오실 때……."

대답도 없이 질문만 하는 춘동의 태도에 여직원이 미간을 찡그리며 대답하려는 찰나, 식당 밖에서 주차하는 소리가 들렸다. 검은색 그랜저였다. 그리고 곧 그 그랜저에서 선글라스를 낀 남자가 내려 식당 안으로 걸어 들어왔다.

"사장님!"

남자를 부르는 소리였다. 춘동은 그를 향해 몸을 돌렸다. 호리호리한 체격에 인상이 좋아 보이는 30대 남자. 저 정도라면 아이들이 경계하지 않을 만했다.

춘동이 남자를 찬찬히 살펴보는 사이 여직원이 그 동안의 상황을 설명했다. 사장은 경찰이란 말에 잠시 당황하는 듯 보였지만 이내 붙임성 좋은 미소를 지으며 춘동에게 다가왔다.

"경찰이시라고요. 수고가 많으십니다. 그런데 어쩐 일로……."

"죄송한데 핸드폰 좀 봅시다."

밑도 끝도 없이 튀어나온 춘동의 말에 사장은 자연스럽게 자신의 주머니에 손을 밀어놓고 마치 핸드폰을 찾는 듯 주머니를 뒤지다 말했다.

"차에 놔뒀나 보네. 잠시만요."

분명 자연스러운데 뭔가 석연찮은 사장의 태도에 춘동은 사장을 따라 가게 밖으로 나갔다. 사장은 자연스레 차에 올라타더니, 얼른 주머니에서 핸드폰을 꺼냈다.

"어?"

그리고는 춘동이 보는 앞에서 차 안에 있는 생수를 핸드폰에 부으려 했다.

"어, 저 새끼!"

양수가 다급하게 소리를 지르며 차문을 잡아 당겼지만 차는 안에서 잠겼는지 요지부동이었다. 춘동은 주변을 둘러보다 마땅한 게 없자 결국 팔꿈치로 차창을 가격했다.

와장창! 요란한 소리를 내며 깨진 창문 틈 새로 춘동의 손이 쑥 들어갔다. 사장은 춘동이 유리창을 깰 거라고는 생각하지 못했는지 어리바리한 얼굴로 문이 열리는 모습을 바라보고 있었다.

아슬아슬하게 사장의 손을 후려친 춘동에 의해 핸드폰이 바닥으로 떨어졌다. 사장은 그제야 정신이 들었는지 허둥지둥 시동을 걸었다. 차는 춘동이 어쩔 새도 없이 앞으로 튕겨 나갔다. 그에 놀란 춘동은 사장의 머리끄덩이를 잡았고 그 와중에도 사장은 차를 세우는 대신 오히려 속력을 높이기 시작했다. 곧 춘동은 사장의 머리채를 붙든 채 차와 함께 달리는 신세가 되었다.

"멈춰!"

춘동에게 머리채를 붙들린 탓에 차는 무척 위태롭게 비틀거리며 거리를 질주했다. 빠앙! 빵빵대는 차들의 클랙슨 소리에 춘동은 정신을 못 차릴 지경이었다. 점점 더 빨라지는 속도에 이젠 질질 끌려가는 신세였지만 춘동은 끝까지 사장의 머리채를 놓지 않았다.

"멈추라고 새끼야!"

매달린 춘동이 온 힘으로 사장의 머리끄덩이를 잡아 흔들자 사장은 크게 휘청했다. 사장이 휘청대자 자동차는 순식간에 도로를 벗어나 인도의 가로수를 향해 돌진했다.

쿵! 생각보다 큰 충돌에 춘동은 사장의 머리를 놓치고 바닥으로 나동그라졌다. 눈앞에선 별이 번쩍거리고 충격을 고스란히 받아낸 등은 엄청나게 아팠다. 그러나 춘동은 자리에서 벌떡 일어났다.

사장은 다행히 큰 부상은 없어 보였다. 그러나 충돌 당시 뇌에 큰 손상을 받은 건지 운전석에 축 늘어진 채 꼼짝도 하지 않고 있었다. 춘동은 사장을 운전석에서 끌어내린 뒤 차

안 구석구석을 살폈다. 그러나 아무리 찾아도 핸드폰이 보이지 않았다. 혹시나 하는 마음에 사장의 주머니도 뒤져보았지만 핸드폰이 없었다.

"씨, 도대체 어디 간 거야."

분명 차가 출발하기 전까지만 해도 차 바닥에 굴러 떨어져 있던 핸드폰이 사라지다니! 참으로 귀신이 곡할 노릇이었다. 혹시 자신이 정신없는 사이에 사장이 차 밖으로 집어 던진 건 아닐까 하는 생각에 춘동은 도로 이쪽저쪽을 살펴보았다. 잠시 후 춘동의 눈에 멀찍이 떨어져 있는 핸드폰이 발견됐다.

춘동은 안도의 한숨을 쉬고 핸드폰을 주우러 도로로 다가갔다. 그때, 춘동은 멀리서 무서운 속도로 달려오는 트럭을 발견했다. 정확히 핸드폰을 아작 낼 것 같은 위치와 속도로 달려오는 트럭에 춘동의 입에서 욕설이 튀어나왔다.

"이런 씨발!"

일단 핸드폰을 향해 뛰었지만 차가 달려오는 속도를 이길 순 없었다. 결국 춘동이 핸드폰 근처에도 가기 전에 트럭이 핸드폰의 코앞까지 도착했다. 그리고 마침내 트럭 바퀴에 깔리려는 찰나!

어디선가 손이 쑥 튀어나오더니 도로에 뒹구는 핸드폰을 가로채 바닥을 굴렀다. 그리고 곧바로 아슬아슬한 시간을 두고 트럭이 그 위를 덮쳤다.

빠아앙! 뒤늦게 울리는 트럭의 클랙슨 소리를 들으며 춘동은 도로 맞은편으로 굴러간 사람을 보았다. 아슬아슬하게 트럭을 피하고 핸드폰을 잡아챈 사람은 바로 양수였다.

"미친 새끼!"

춘동은 목숨을 내걸고 핸드폰을 사수한 양수의 행동에 욕설을 내뱉으면서도 핸드폰을 지켜냈다는 환희를 숨기지 않았다. 춘동은 곧장 양수를 향해 달렸다.

"새끼야, 니가 진짜 경찰이냐? 왜 목숨을 걸고 지랄이야!"

춘동이 핀잔 아닌 핀잔을 주자 바닥에 구른 채로 숨을 할딱거리던 양수가 핸드폰을 흔들며 말했다.

"포상금……."

춘동은 양수의 머리통을 후려쳤다.

핑크색 팬티.

흰색 팬티.

노란색 팬티.

까만 팬티…….

팬티와 팬티의 향연 속에 춘동은 망연해졌다. 그리고 곁에 있던 고 반장도 얼빠진 사람처럼 입을 벌리고 있었다.

지금 고 반장과 춘동의 눈앞에 있는 모니터로 보이는 영상은 온통 여자들의 치마 속 모습이었다. 불안정하게 흔들리는 화면이나 예고 없이 끝나는 점으로 보아 도둑 촬영한 것이 분명해 보였다. 끝도 없이 이어질 것 같은 치마 속 모습이 화면 안에서 사라진 것은 그로부터 한참이 지나서였다.

"양 춘동이……."

멍하니 화면을 보던 춘동은 자신을 부르는 고 반장의 목소리에 흠칫해 옆을 보았다. 고 반장은 골치가 아프다는 듯 관자놀이를 꾹꾹 누르며 물었다.

"용의자라며?"

"………."

춘동은 말문이 막혔다. 고무공도 냉장고도 맞았다. 그리고 핸드폰을 고장 내려고 한 행동도 의심스럽고 경찰인 자신을 매달고 도주하기까지 했다. 그런데 정작 핸드폰에서 나온 영상은 지하철에서 여성들 치마 속을 도촬한 화면뿐이라니. 춘동이 잡은 식당 사장은 지하철 도촬범이었던 것이다.

영상을 다 본 고 반장은 철현의 맞은편 의자에 앉아 거의 울 것 같은 기세로 애원하는 사장을 물끄러미 보다 한숨을 쉬었다. 사장은 아까부터 반성의 말을 하며 애원하고 있었다.

"충분히 봤다, 더 이상 찍지 말자, 찍지 말자 하면서도 짧은 치마만 보면 저도 모르게 핸드폰으로 찍게 되더라고요. 잘못했습니다, 형사님. 그러니 제발 와이프랑 저희 애들한텐 비밀로 해주십시오. 제발, 형사님……."

더 들어봐야 나올 말은 뻔했다. 이놈은 범인이 아니었다.

고 반장은 한숨을 쉬고 철현에게 말했다.

"철현아, 그 놈 그냥 경범죄로 처리하고 풀어줘라."

이젠 레퍼토리까지 알 것 같은 사장의 애원에 고 반장은 설레설레 고개를 저었다. 철현은 고개를 끄덕이고 춘동을 흘긋 보며 피식 웃었다.

"양 춘동, 아쉬워서 어떻게 하냐? 어렵게 잡았는데."

철현의 빈정거림에도 춘동은 대꾸할 말이 없었다. 단단히 헛다리를 짚은 게 사실이었기 때문이다.

한참 동안 애원하던 사장은 고 반장의 풀어주란 말에 번쩍 고개를 들더니 춘동에게 슬그머니 다가왔다.

"저, 형사님. 제 핸드폰은……."

핸드폰을 돌려달라는 듯 손을 내민 사장을 보고 춘동은 부아가 치밀어 버럭 소리를 질렀다.

"뭐 새끼야? 보내주는 걸 감사히 여기고 새로 사!!"

괜한 화풀이를 하는 춘동의 모습에 사장은 찔끔했지만, 춘동 대신 근처에 서 있던 여경이 그에게 핸드폰을 건넸다. 마치 오물을 보는듯한 여경의 시선에 그는 고개를 푹 숙인 채 핸드폰을 들고 경찰서를 빠져나갔다. 춘동은 그런 사장의 뒤통수를 노려보다 혀를 찼다.

"에이, 버러지 같은 새끼, 할 짓거리가 없어서 여자들 치마 속이나 찍고 다녀? 더러운 새끼."

춘동이 씩씩거리자 방금 전까지 사장의 조서를 작성하던

철현이 자리에서 일어나며 말했다.

"괜히 엄한데 화풀이 하지 마라, 양 춘동. 헛짓거리 한 건 너니까."

"……."

할 말이 없던 춘동은 그저 인상만 구겼다. 평소라면 철현을 말릴 고 반장도 이번엔 철현의 말을 거들듯 춘동을 타박했다.

"이제 어쩔 거냐? 대포 쏴서 파리 잡는 것도 아니고. 중대 단위로 움직였는데 잡범 하나 잡았다고 위에다 말해야 하는데. 어쩔 거냐고."

고 반장의 말에 춘동은 입술을 삐죽하다가 슬그머니 말했다.

"그냥 구내 큰 식당 중심으로다가 다시 한 번……."

춘동의 눈치 없는 말에 고 반장의 눈꼬리가 올라갔다.

"뭘 다시 한 번이야 인마? 식당 다 돌고 없음 다음엔 어딘데? 청와대냐, 엉?"

"반장님 그러지 말고……."

"뭐 그러지 말고? 야, 이 새끼. 너 지금 얼마나 골치 아픈 상황인지 알기나 해? 그리고 말이야 너, 무슨 영화 찍냐? 도촬범 하나 잡자고 도로에서 그 난장을 폈으니 그건 또 누가 책임지는데? 만약 저 새끼가 너한테 민사소송이라도 걸면 그건 또 어쩌고?"

제대로 화가 났는지 줄줄 쏟아지는 고 반장의 잔소리에 결국 춘동은 입을 다물어 버렸다. 그렇게 한참을 쏟아낸 고 반장은 자신도 황당한지 결국 끙 소리를 자리에 주저앉았다. 다른 형사들도 그러면 그렇지, 라며 제각각 할 일을 찾아 흩어졌다.

바로 그때, 한 형사가 다급한 목소리로 고 반장을 불렀다.

"바, 반장님……!"

"무슨 일인데 안색이 노랗냐? 서장님이 또 부르기라도 해?"

고 반장이 인상을 쓰고 묻자 형사는 창백한 안색으로 외쳤다.

"은지 어머니가……."

춘동의 눈앞에 펼쳐진 모든 광경은 끊임없이 흔들리고 있었다. 불빛도 오락가락 힘없이 흔들거리고 그 불빛을 따라 커다란 그림자도 휘청휘청했다.

누군가의 안타까운 탄식에도 춘동은 입을 열 수 없었다. 다른 때라면 뭐라고 얄미운 말이라도 했을 철현도 춘동과 마찬가지로 아무런 말도 하지 못했다.

춘동은 창백한 얼굴로 형광등 줄에 목을 맨 여자의 얼굴을 그저 바라만 보고 있었다. 불과 얼마 전까지만 해도 아이의 죽음에 오열하던 그녀는 이제 자신의 아이를 찾아 먼 길을 떠나버렸다.

도대체 무엇이 문제였을까. 춘동은 생각했다. 아이가 죽어서였을까? 아니면 그 아이가 쓰레기봉투 안에서 발견되었기 때문일까. 그렇지 않으면 무능한 경찰이 아이의 범인을 잡지 못해서일까. 춘동은 답을 알 수 없었다. 확실한 건 그녀가 죽었다는 사실뿐이었다.

*　　　*　　　*

그는 거울을 보며 티셔츠를 끌어내리고 자신의 목을 확인했다. 그의 목에는 뭔가에 얻어맞은 듯한 푸르스름한 색깔의 멍이 희미하게 남아 있었다. 그는 혀를 차며 티셔츠의 목 부분을 한껏 올렸다. 이제 목에 남은 흔적은 감쪽같이 사라졌다. 그는 만족한 듯 웃으며 차림새를 정돈한 후 진료실을 나섰다.

그가 진료실을 나섰을 때, 병원 분위기는 무척 어수선했다.

"어머 웬일이래. 무슨 일이라도 났나?"

핑크색 유니폼을 입은 여직원들이 모두 유리창에 다닥다닥 달라붙어 창밖을 보며 수군거리고 있었다.

"무슨 일 있나요?"

그가 묻자 그 중 한 명이 뒤를 돌아보며 말했다.

“아니, 저기 무슨 일 났나 봐요. 경찰차들도 막 지나가고…….”

그는 창밖을 슬쩍 보았다. 그러나 이내 관심 없다는 표정으로 시선을 돌렸다. 그의 시선이 멈춘 곳은 한쪽 벽을 꽉 메운 동물케이지였다. 케이지에는 〈부영동물병원〉이라는 상호가 붙어 있었다.

남자는 케이지로 다가가 시추 한 마리에게 손을 뻗었다.

“우쭈쭈, 예쁘게 생겼네.”

다정한 목소리로 남자가 말을 건넸지만 시추는 남자를 경계하듯 으르렁댔다. 그러나 남자는 개의치 않고 손을 뻗었다. 그 순간 시추가 남자의 손을 거칠게 물어버렸다. 남자의 눈빛이 섬뜩하게 빛났다.

“어머! 선생님!”

남자의 모습을 지켜보던 직원이 깜짝 놀라며 달려왔다.

“선생님 괜찮으세요?”

그녀는 남자의 손을 살피고 남자의 얼굴을 바라보았다. 남자는 언제 그랬냐는 듯 다시 온화한 표정으로 돌아와 있었다.

“아, 네. 괜찮아요.”

남자는 강아지에게 물린 손을 한손으로 감싸며 말했다.

”그런데 안락사 시킨 사체들은 다 버렸나요?”

병원에는 거대한 냉장고가 하나 있었다. 보통 큰 식당에서 식자재를 담아두는 용도로 쓰는 냉장고였지만 이 병원에서는 동물 사체를 보관하는 용도로 사용하고 있었다. 그리고 그 냉장고는 춘동이 애타게 찾고 있는 냉장고와 같은 거였다.

"네, 아까 아침에 봉투에 넣어서 쓰레기차에 실어 보냈어요."

살아있을 땐 가족이니 아들이니 하던 애완동물이지만 죽고 나면 법대로 생활폐기물 종량제 봉투에 담아 버려야 한다. 물론 동물 사체를 모아서 한꺼번에 화장을 해준다거나 하는 곳도 있었지만 이곳에서 처리하는 동물들은 주로 유기견들이었고, 그런 유기견들에게 화장비용을 후원해주는 곳은 없었다. 죽은 동물은 쓰레기봉투에. 그것이 이 병원의 방침이었다.

직원의 대답을 들은 남자는 고개를 끄덕이다 벽에 걸린 시계를 보았다. 어느새 퇴근시간이 다 되어 있었다.

"그만들 가 보세요."

"네."

그녀들은 남자의 말에 군소리 없이 탈의실로 향했다. 남자는 그들이 모두 시야에서 사라지자 방금 전 자신을 문 시추에게 다가갔다. 여전히 자신을 향해 이를 드러낸 강아지를 보는 그의 얼굴엔 표정이 없었다. 그렇게 한동안 무표정한 얼굴로 강아지를 보던 그는 강아지의 목을 마치 물건처럼 낚아챘다.

캥!

강아지의 목에서 날카로운 소리가 들렸지만 그 소리를 들은 사람은 그 외엔 아무도 없었다. 그는 강아지 목을 움켜쥔 채 진료실로 걸어 들어갔다. 그리고 방문을 걸어 잠그고 테이블 위에 강아지를 팽개쳤다. 강아지를 팽개친 테이블에는 원장 조기우라는 명패가 놓여 있었다.

"자아, 어떻게 해 줄까."

강아지를 보는 그의 눈동자가 섬뜩하게 빛났다.

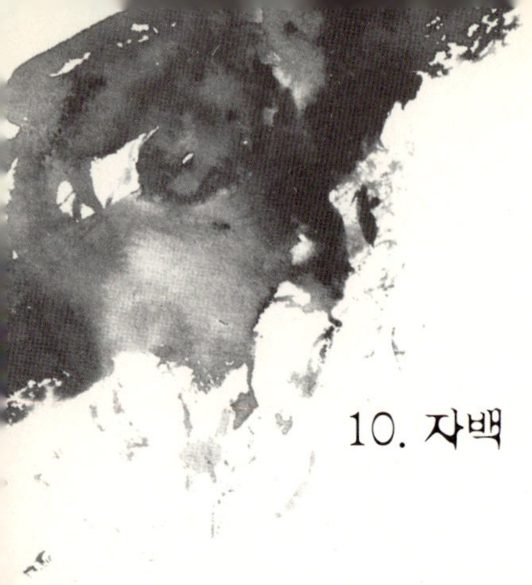

10. 자백

비극이 낳은 또 다른 참혹한 비극에 세상의 관심은 더욱 더 고조되었다. 지금 마포서는 처음 은지가 시체로 발견되었던 때보다 더한 혼란에 휩싸여 있었다. 전화는 항의전화로 마비가 될 정도였고 경찰서 밖에는 피켓을 들고 항의를 하러 온 사람들로 북적였다. 은지의 외삼촌은 이제 분노에 눈이 뒤집힌 듯 막말을 퍼부으며 경찰을 성토했다. 그야말로 공공의 적이 되어버린 마포서의 경찰들은 침통한 분위기에 휩싸였다.

그런 가운데 고 반장은 서장의 호출을 받고 서장실에 서 있었다. 그는 서장의 앞에서 뒷짐을 진 채 고개를 숙이고 있었다. 서장은 고 반장이 서장실에 들어온 이후로 단 한마디도 하지 않고 굳은 얼굴로 TV만 보고 있었다. 지금 서장실의 TV에선 은지의 얼굴사진과 경찰서의 풍경들이 번갈아가며 나오고 있었다.

〈김은지 어린이의 어머니마저 스스로 목숨을 끊는 사태가 벌어진 가운데, 경찰은 동일범에 의해 또 다시 유괴된 것으로 보이는 윤다희 어린이의 행방을 전혀 밝혀내지 못하고 있으며…….〉

경찰의 부실한 수사 운운하는 아나운서의 말에 서장은 TV를 끄고 고 반장을 보았다. 그리고 마침내 열린 서장의 입에서 나온 말에 고 반장은 아무런 말대답도 하지 못한 채 묵묵히 고개를 숙였다.

고 반장의 호출에 회의실로 불려간 춘동은 꿀꺽, 침을 삼키고 회의실 문을 열었다. 회의실 안에는 고 반장과 철현이 침통한 얼굴로 앉아 있었다. 춘동은 예상보다 심각해 보이는 그들의 표정에 덩달아 긴장해 자리에 앉으며 물었다.

"어떻게 됐습니까?"

고 반장은 춘동의 얼굴을 물끄러미 보았다. 그러다가 씁쓸한 한 마디를 툭 내뱉었다.

"직위 해제란다."

고 반장의 말에 춘동은 충격을 받았다. 물론 사태가 심각하다는 것은 춘동도 잘 알고 있다. 그리고 자신들이 손가락질을 받을 수 있다고도 생각했다. 그러나 직위해제라니. 잠시 충격에 말을 잃었던 춘동은 이내 힘겹게 입을 열었다.

"제가 빠지더라도……. 수색은 멈추면 안 됩니다. 고무공이랑 냉장고는 분명히……."

"아니, 우리 팀 전원 직위 해제야."

철현의 말에 춘동은 이번에야 말로 할 말을 잃었다. 팀 전원 직위 해제라니. 춘동이 충격을 받고 입을 다물자 실내에 싸늘한 침묵이 감돌았다.

"그래서 말인데, 양 형사."

한동안 충격에 정신을 못 차리고 있던 춘동을 철현이 불렀다.

"이번 사건에 대해서 나한테 뭐 숨기는 거 없어?"

갑작스러운 철현의 추궁에 춘동은 뜨끔했다. 잘못한 건 없지만 숨기는 게 있는 건 사실이기 때문이었다. 철현은 그런 춘동의 감정 변화를 제대로 읽어냈다.

"나 어제 국과수 갔다 왔다."

"……."

"내가 뭔 소리 하려는지 알겠냐? 확인해 보니 너 국과수에 뭐 맡긴 적 없다던데. 그거 어떻게 된 거냐?"

"아니, 그건……."

말이 궁해진 춘동이 버벅거리자 곁에 서 있던 고 반장이 춘동을 추궁하듯 철현의 말을 받았다.

"문제는, 철현이가 국과수에 의뢰해 분석해 보니 옷에서 진짜로 폴리카보네이트가 나왔다는 점이다. 너, 어떻게 국과수에 가 보지도 않고 안 거냐?"

"그게, 어디 사설 기관에 그냥……."

"춘동아."

철현은 평소엔 잘 부르지도 않던 이름으로 춘동을 불렀다.

"솔직히, 나도 좀 이상했다."

"뭐, 뭐가요."

"지금 와서 솔직히 고백하는데, 요전 행복아파트 지하실……. 나 그때 네가 신발도 벗겨진 채 어딘가를 뛰어가기에 뭔가 하고 들여다봤다가 발견한 거다."

"뭐?"

예상치 못한 철현의 양심고백에 춘동은 어이가 없어져 철현의 멱살을 잡았다.

"아으 씨! 거 봐! 그렇게 가로채 놓고 사람을 병신 만들어?"

당장에라도 철현을 한 대 칠 것처럼 펄펄 날뛰는 춘동을 고 반장이 가까스로 말렸다.

"됐어, 지나간 일이잖아! 그리고 지금 중요한 건 그게 아니지! 중요한 건 그걸 어떻게 양 형사가 안 거냐고!"

고 반장의 추궁에 춘동의 입이 다시 조개처럼 다물어졌다. 고 반장은 애가 타는지 춘동에게 말했다.

"춘동아, 이번에도 뭔가 확실한 정보가 있으니까 나서서 움직인 거지, 그렇지? 응? 그러니까 춘동아 말해. 어떻게 안 거야?"

고 반장의 말에 춘동의 눈빛이 흔들렸다. 차라리 윽박을 질렀으면 이리저리 빠져나가보겠는데 조용히 타이르듯 말을 하자 어찌할 바를 몰랐다.

"춘동아……. 지금 여러 사람 목이 간당간당하다. 난 쌍둥이 이번에 대학 가고 여기 한 형사는 결혼날짜 잡은 거 너도 알잖아. 말해 봐라. 그 정보 도대체 어떻게 안 거냐."

춘동도 말하고 싶은 마음은 굴뚝같았다. 그러나 아무에게도 자신의 이야기를 하지 말라는 준의 말을, 준과의 약속을 배신하고 싶지 않았다. 상처받고 사람을 배척하는 그를 괜히 이런 사건에 끌어들이고 싶지 않았다.

그러나 고 반장의 설득에 춘동의 마음은 조금씩 흔들렸다. 고 반장이라면 믿어주지 않을까?

이런 바보 같은 자신을 계속해 믿어준 고 반장이라면. 그때 고 반장이 결정타를 날렸다.

"춘동아. 양 춘동이 너. 니가 숨기는 그게 애 목숨보다 중요하냐?"

"……!"

춘동의 눈동자가 사정없이 흔들렸다. 고 반장은 그런 춘동의 어깨에 손을 올리며 타이르듯 다시 말했다.

"애 죽게 놔둘 거야? 우리는 형사잖아."

마침내 춘동은 어렵게 입을 뗐다.

"사실은……."

준은 옥상 난간에 앉은 비둘기의 머리를 쓰다듬으며 희미하게 웃었다.

"오늘은 좋은 것만 보고 다녔구나."

한동안 흉흉한 것만 보여주던 비둘기들은 오늘따라 온화하고 아름다운 것들을 준에게 보여 주었다.

멀리 끝없이 펼쳐진 탁 트인 하늘의 풍경.

동네 구석에서 옹기종기 모여 노는 아이들.

조잘거리며 등하교 하는 학생들.

바쁘게 물건을 나르고 웃음을 짓는 가게 점원들.

온화하고 아름다운 일상의 풍경에 준의 입가에는 저절로 미소가 피어올랐다. 이렇게 평온한 마음은 정말 오랜만이었다. 준은 비둘기를 쓰다듬는 자신의 손을 보았다. 어쩌면, 이 손이 처음으로 세상에 도움이 되었을지도 모른다. 그렇게 생각하자 저주처럼만 보이던 손이 오늘은 달라 보였다.

한동안 비둘기의 머리를 쓰다듬던 준은 저도 모르게 주머니에 손을 집어넣어 핸드폰을 꺼냈다. 그리고 핸드폰을 열어 춘동이 보낸 문자를 다시 확인했다. 몇 번이나 봤는데도 계속 시선이 갔다. 어쩌면 너무 오랜만에 느껴본 사람의 온기라 그런 것일지도 몰랐다. 춘동이란 사람이 가진 죄책감이 자신과 닮아있다는 데서 동질감을 느껴서 그런 걸 수도 있었다. 하여튼, 그리 싫은 기분은 아니었다.

준은 핸드폰을 주머니에 밀어 넣고 옥상 밖 풍경을 보았다. 그때, 갑자기 끼익 하는 소리를 내며 옥상의 문이 열렸다. 갑작스러운 소리에 놀란 준이 뒤를 돌아보자 옥상 입구에 한 여자가 서 있었다.

푸드득……!

준의 손 위에 있던 비둘기가 날갯짓을 하며 날아올랐다. 준은 멍하니 옥상 입구에 나타난 여자를 보았다. 긴 생머리와 하얀 피부 그리고 울 것 같은 얼굴. 오랫동안 그리워했던 그 얼굴이었다.

멍하니 승기를 보던 준은 이내 당황한 듯 허둥지둥 옥탑방으로 도망치려 했다. 그때 떨리는 눈으로 준을 보고 있던 승기가 외쳤다.

"김 준!"

그 한 마디에 준은 굳어 버렸다. 분명 다른 사람이었다면 무시하고 그대로 옥탑방 안으로 뛰어 들어가 버렸을 텐데 승기를 상대로는 그렇게 할 수 없었다.

승기는 옥탑방을 앞에 두고 굳어버린 준을 향해 성큼성큼 다가왔다. 그리고 망설임 없이 준의 뺨을 때렸다.

철썩!

날카로운 소리를 내며 준의 고개가 홱 돌아갔다. 그렇지만 준은 뭐라 말도 하지 못하고 그저 바닥만 볼 뿐이었다. 준은 정신이 아득해지는 기분이 들었다. 수치심, 미안함 그리고 죄책감. 자신이 이런 곳에 살고 있다는 것을 승기에게 들킨 것이 너무나 충격적이었다. 승기는 그런 준을 보며 이를 악물었다.

"나쁜 새끼……."

화가 난 듯 찡그려진 얼굴이었지만 승기의 눈동자 안에는 어느새 눈물이 가득 차 있었다.

"겨우 이렇게 숨어 지내려고 그때 그렇게 매몰차게 사라진 거야? 나쁜 새끼, 이 나쁜 새끼야. 내가 그 동안 얼마나 널 걱정했는지 알아?"

"……."

"왜 그렇게 사라져 버린 거야. 나 너한테 그 정도도 안 되는 존재였어? 이렇게 있을 거라면 적어도 한 번쯤은 나한테 기대도 됐잖아. 힘들다고 한 번쯤은 말할 수 있었잖아."

"어쩔 수 없었어."

"뭐가 어쩔 수 없어! 이러고 사는 걸 선택할 거라면 다 해봤어야 하는 거잖아!"

"지금 그거, 나한테 하는 말이야?"

"……."

"나한테, 보통 사람처럼 하라는 말이야? 어떻게? 내가 어떻게?"

"준아……."

"어떻게 내가 보통 사람처럼 그렇게 기댈 수 있어? 어떻게? 사람을, 좋아하는 사람을 만질 수도 없고 세상이 얼마나 어둡고 더러운지만 보이는데! 어떻게!"

준이 소리를 지르자 승기가 안타깝게 준을 보았다.

"견딜 수가 없었어. 너무 힘들었어. 넌 그게 얼마나 힘든 일인지 몰라. 절대로!"

바닥을 보고 있던 준의 눈가도 어느새 촉촉이 젖어 있었다. 승기는 그런 준을 가만히 보다 천천히 그에게 다가갔다. 준은 등줄기가 뻣뻣해지는 걸 느꼈다. 승기는 마치 본능처럼 자신마저 경계하는 준을 보며 안타깝게 말했다.

"그래, 난 몰라. 그리고 네 말대로 세상은 어둡고 더러운 곳일지도 몰라. 하지만 그런 세상도 누군가가 같이 있어 주면 조금은 덜 힘들다는 걸 왜 몰라……."

승기는 자신의 손을 준의 앞에 내밀었다.

"괜찮아."

학창시절 몇 번이나 준에게 했던 말을 승기는 오늘도 반복했다.

"괜찮아 준아. 그러니까 내 손 잡아."

"뭐?""도망치지 말고 내 손 잡아 달라고."

승기의 뺨에 주르륵 눈물이 흘러내렸다. 그 눈물을 바라보는 준의 눈빛이 흔들렸다. 정말 그래도 될까? 준의 눈빛처럼 그의 마음도 흔들렸다. 5년 전에는 그저 두려워 피했다. 승기도 자신을 괴물처럼 볼까봐, 자신을 두려워 할까봐 피해버렸다. 그러나 승기는 5년이 지난 지금도 자신을 향해 손을 내밀고 있었다. 자신의 이 손이 어떤 손인지 알면서 말이다.

준은 승기를 가만히 보았다. 승기도 준을 가만히 바라보고 있었다. 준은 주춤거리며 손을 들었다. 어쩌면, 어쩌면…….

조심조심 승기의 손에 준의 손이 닿으려는 찰나였다.

쿠당탕!

갑자기 요란한 소리를 내며 옥상 위로 큰 덩치의 남자들이 쏟아져 들어왔다. 그들은 옥상 위의 두 사람을 확인하더니 일제히 준에게 달려들었다. 그리고 준을 바닥에 패대기치고 양팔을 뒤로 뒤틀어 수갑을 채웠다. 모든 것은 눈 깜짝할 사이에 벌어진 일이었다.

"무슨 짓이에요!"

갑작스러운 사건에 승기가 비명을 질렀다. 준은 발버둥을 쳤다. 그러나 그런 준을 남자들은 무자비하게 주먹으로 때리고, 걷어찼다. 무자비한 폭력에 정신이 아찔해진 준의 귀에 들린 것은 청천 벽력같은 외침이었다.

"김 준, 납치 살인 혐의로 긴급 체포한다!"

춘동은 모니터 화면에 비춰진 취조실 풍경에 주먹을 꽉 쥐었다. 지금 취조실 안에는 준이 앉아 있었다. 화면 안의 준은 체포 도중에 입은 상처 때문에 생채기와 멍으로 얼굴이 엉망이었다. 춘동은 죄책감이 들었다.

춘동은 고 반장에게 열심히 상황을 설명했다. 그러나 고 반장은 춘동의 말을 쉽사리 믿지 않았고, 준을 용의자로 간주해 체포해 왔다. 이런 상황을 아예 예상하지 못한 건 아니었다. 자신도 처음엔 준이 무조건 범인이라고 생각하고 그를 추격했으니까. 하지만 용의자 취급을 받으며 취조실에 끌려온 준을 보니 마음이 아팠다.

춘동은 준의 마음이 어떨지 짐작했다. 철현의 말에 의하면 준이 체포되던 당시 준의 곁에는 김 승기가 있었다고 한다. 결국 오랜만의 재회는 최악의 악몽이 되어버린 셈이다.

춘동은 자리에서 일어났다. 이대로 보고만 있다고 일이 해결되는 것은 아니었다.

"제가 들어가겠습니다."

춘동의 말에 철현은 단호하게 대답했다.

"고집 피우지 마. 니 말대로라면 직접이든 간접이든 유일한 목격자야. 입 닫으면 사건은 다시 미궁으로 빠지는 거고. 내가 들어간다."

철현의 말에 춘동은 답답한 듯 가슴을 두드렸다.

"제발 좀! 일단 나한테 맡겨 달라구요!"

"야, 양 춘동! 너 만약에 저 자식이 다 죽여 놓고 쇼 하는 거면 어떻게 할 거야? 니가 다 밝혀 낼 거야?"

"반장님, 반장님도 뭐라고 말 좀 해 주세요."

두 사람의 실랑이를 바라보며 생각에 잠겼던 고 반장은 춘동에게 시선을 고정한 채 심각한 얼굴로 물었다.

"혼자서 잘 할 수 있겠어?"

"반장님! 이건 후배 기 살리고 말고 하는 문제가 아닙니다!"

철현이 소리를 질렀지만 고 반장은 춘동의 얼굴만 보고 있었다. 춘동이 대답 대신 고개를 끄덕이자 고 반장은 눈을 감으며 말했다.

"양 춘동. 더 이상 실망시키지 마라. 들어가 봐."

"예!"

취조실에 들어선 춘동은 가만히 준을 바라보았다. 수갑을 찬 채 고개를 숙이고 있었지만 위축되어 보이진 않았다. 그러나 무표정한 가운데 알 수 없는 어둠을 품고 번들거리는 눈동자가 준이 느끼는 감정을 대변하고 있었다.

춘동은 준에게 무슨 말부터 해야 할지 알 수 없었다.

"준아."

춘동이 준을 부르자 준의 고개가 천천히 올라왔다. 피멍이

든 얼굴이 아까보다 더 확실히 눈에 들어왔다.

춘동을 똑바로 바라보는 준의 눈동자는 분노로 타오르고 있었다. 그 눈동자에 춘동은 주저했지만 이내 결심한 듯 준의 눈동자를 직시하며 말했다.

"미안하게 됐다. 하지만 이래야 애를 살릴 수 있어."

그리고는 취조실에 가지고 들어온 물건들을 책상 위에 올려놓았다. 머리띠, 책가방, 시계 등 은지의 유류품이었다. 그것을 본 준의 눈동자가 놀라움에 크게 벌어졌다.

춘동은 그 중 책가방을 집어 준에게 내밀었다.

"만져봐라."

그러나 준은 그 책가방을 손으로 밀쳐 버렸다. 거칠게 내쳐진 책가방이 바닥에 떨어졌다. 준의 눈동자는 어느새 놀라움을 삼키고 적의로 가득 차 춘동을 노려보고 있었다. 춘동은 그런 준을 가만히 보다가 답답한 듯 말했다.

"이러지 마라. 지금 상황은 나도 어쩔 수 없어. 네가 여기서 나가려면 우리한테 더 많은 정보를 줘야 해. 그러니까 만져봐."

춘동은 이번에는 머리띠를 내밀었다. 준은 그런 춘동을 노려보기만 있었다. 이대로 영원히 춘동을 노려보고 있을 것만 같은 준의 태도에 춘동은 답답해졌다.

"제발, 제발 시키는 대로 좀 해 이 새끼야! 이대로는 너……!"

"이대로는 뭐?"

겨우 열린 준의 입에서는 싸늘한 냉소가 흘러나왔다. 춘동은 그 어떤 위협도 준에게 통하지 않는다는 게 답답했다.

"이러지마. 그냥 너 전에 하던 대로만 하면 된다니까."

"뭘 하라는 건데."

"뭐라니? 나한테 보여줬잖아."

춘동의 말에 준이 피식, 비웃음을 흘렸다.

"뭘? 내가 뭘 보여줬는데?"

그렇게 말한 준은 흘긋, 취조실 구석에 있는 카메라를 보았다. 그리고 다시 춘동을 보며 마치 아무것도 모른다는 표정을 지었다. 그런 준의 태도에 춘동은 왈칵 화가 치밀었다. 지금 상황에서 버티고 선 준의 태도가 도저히 이해가 가지 않았다.

"너 이 새끼, 정말 이럴 거야?!"

춘동은 그렇게 소리를 지르며 머리띠를 억지로 준의 손에 쥐어주려 했다.

"시간 없어 새끼야! 빨리 만지고 아는 걸 불어! 넌 할 수 있잖아!"

준은 춘동이 내민 머리띠를 쥐지 않고 주먹을 꽉 쥔 채 춘동을 보았다. 그러다 비웃듯 입가를 끌어 올리고 중얼거렸다.

"이걸 만지면 넌 뭘 알 수 있나 보지?"

"넌 나랑 다르잖아!"

춘동의 고함소리에 준의 입가에서 미소가 싹 사라졌다. 준은 형형하게 빛나는 눈으로 춘동을 바라보다 차갑게 물었다.

"어떻게 다른데?"

그 차가운 어조에 춘동은 움찔했다. 지금 상황에선 어떤 말을 해도 준의 마음에 상처가 될 수 있다는 것을 아는 탓이다. 춘동이 아무런 말도 하지 못하자 준이 속삭이듯 낮은 목소리로 말했다.

"왜 말을 못해? 대체 어떻게 다르냐고? 난 보통 사람하고 다른 괴물이라고?"

"!"

자조적인 미소로 속삭이는 준을 보며 춘동은 가슴이 철렁 내려앉았다. 준은 가만히 춘동을 바라보다 하, 하고 길게 숨을 쉬더니 슬며시 자신의 앞에 놓인 머리띠로 손을 뻗었다.

"그래 뭘 보여줄까." "?"

"이런 거?"

그렇게 말하며 준은 머리띠를 움켜쥐었다.

순간, 준의 몸이 마치 간질발작을 일으키듯 경련하기 시작했다. 눈의 초점이 없어지고 코에서는 피가 흐르기 시작했다. 춘동은 초조하게 그런 준을 지켜보고 있었다. 준의 몸은 점점 더 크게 경련했고 코에서 흐르는 피의 양도 점점 많아졌다.

벌컥!

그 심상치 않은 상황에 결국 밖에서 지켜보고 있던 고 반장과 철현이 취조실 안으로 들어왔다.

"야! 얘 왜 이래?"

당장이라도 준에게 달려가려는 고 반장을 춘동이 막아서며 말했다.

"놔둬요, 원래 이런 거예요!"

피를 흘리는 준이 걱정스럽긴 했지만 지난번에도 괜찮았으니 이번에도 그럴 것이라 춘동은 생각했다. 그런데 상황은 지난번과 전혀 다른 방향으로 흘러가고 있었다.

여전히 준의 코에서는 피가 흐르고 있었고, 이제는 눈에서도 피가 흘렀다. 무슨 일인지 준이 손에 쥔 머리띠도 타닥타닥 부분적으로 금이 가고 부서지고 있었다. 그 괴이한 광경에 모두 압도된 듯 말을 잃은 가운데 준의 입가에 기묘한 미소가 떠올랐다.

그제야 춘동은 뭔가 잘못되었다는 것을 깨달았다.

"너!"

춘동은 서둘러 준의 손에서 머리띠를 빼앗으려 했다.

"놔, 놔 이 미친 새끼야!"

그러나 준은 머리띠를 단단히 움켜쥔 채 놓지 않았다. 이제 준의 얼굴은 온통 피범벅이었다.

"놓으라고!"

춘동이 다시 소리를 친 순간, 준이 쥐고 있던 머리띠가 탁자 위를 굴렀다. 춘동은 준이 머리띠를 다시 집어 들까 얼른 머리띠를 잡아챘다. 그 사이 준의 몸은 계속해 경련을 일으켰다.

"김 준, 어이 김 준! 괜찮냐? 김 준!"

춘동이 애타게 준을 부르자 겨우 준의 눈꺼풀이 파르르 떨렸다. 겨우 떠진 눈꺼풀 사이로 드러난 준의 눈동자는 초점 없이 풀려 있었다. 춘동은 준의 상태가 심상치 않다 생각하고 그를 들춰 업으려 했다. 그러자 상황을 주시하고 있던 철현이 얼른 앞으로 나서며 춘동을 가로 막았다.

"뭐 하는 거야!"

"비켜요!"

그때 고 반장이 춘동의 팔을 잡았다.

"비켜봐."

갑자기 나선 고 반장을 보고 춘동이 머뭇거리자 고 반장이 춘동을 노려보며 단호하게 명령했다.

"비켜!"

고 반장의 날카로운 목소리에 결국 춘동은 어쩔 수 없이 뒤로 물러섰다. 춘동이 물러서자 고 반장은 철현에게 눈짓을 했다. 철현은 준의 어깨를 흔들었다.

"야, 내 목소리 들려?"

여전히 초점 없는 눈으로 늘어져 있는 준의 따귀를 철현이

쳤다. 그 거친 행동에 춘동이 다시 앞으로 나서려 했지만 고 반장이 춘동의 어깨를 잡았다. 그리고 철현과 자리를 맞바꾸듯 준의 곁에 섰다.

고 반장은 아직 숨을 색색 몰아쉬는 준을 내려다보며 차분하게 물었다.

"너 방금 뭐 봤냐?"

고 반장이 물음에 준은 힘겹게 입술을 달싹거렸다. 그러나 소리가 너무 작아 잘 들리지가 않았다.

"뭔데, 똑바로 말해봐."

고 반장이 재차 묻자 준의 입에서 또렷한 목소리가 흘러나왔다.

"순진하긴."

"뭐?"

"보이긴 뭐가 보여? 멍청하게 그런 말에 속고."

방금 전까지 당장 죽을 것처럼 늘어져 있었던 사람이라곤 믿을 수 없을 정도로 형형한 눈빛을 빛내는 준이 비웃들 말했다. 준의 말에 춘동은 충격을 받은 것처럼 굳었다. 고 반장은 준의 표정과 말에서 모멸감을 느꼈다. 그러나 그는 이를 악물고 분노를 참아냈다.

"하 참, 그래……. 우리 참 멍청하다 그치? 사이코메트리는 무슨……. 이럴 줄 알았어."

자조하던 고 반장은 눈을 번뜩이며 준을 보았다.

"그런데 말이다. 니가 춘동이가 말한 그런 능력이 없는 거면, 대체 어떻게 우리보다 범행현장을 먼저 알았냐, 응? 그리고 행복아파트에 애 옷가지가 있는 건 어떻게 알았고?"

고 반장의 물음에 준은 한 치의 망설임도 없이 대답했다.

"그야, 내가 했으니까."

그 말에 춘동은 화들짝 놀라 준을 보았다. 철현은 역시, 라는 표정으로 준을 보았고 고 반장은 그저 무서운 눈으로 준을 노려보았다.

준은 시선을 돌려 춘동을 노려본 채 또박또박, 한 자 한 자 끊어 말했다.

"내 가 죽 였 으 니 까."

"거, 거짓말 하지 마……."

쇼크로 말을 더듬거리는 춘동을 보고 준은 대답 대신 싸늘한 미소를 지었다. 냉철하고 비릿한 미소에 춘동은 순간적으로 치민 화를 참지 못하고 준에게 달려들었다.

"거짓말 마, 이 미친 새끼야! 갑자기 무슨 소리야!"

춘동이 준의 멱살을 잡자 이번에는 철현이 춘동을 막아섰다. 그러나 춘동은 계속해서 준에게 달려들면서 소리를 질러댔다.

"갑자기 너 미쳤어? 그게 무슨 소리야!"

춘동이 소리를 질렀지만 준은 꼼짝도 하지 않고 그저 차가운 미소만 짓고 있었다.

“양 춘동 그만해! 자백했잖아, 그만하라고!”

“아니라니까요, 저 새끼! 야, 김 준! 너 똑바로 말해! 김 준!”

“야, 누구든 들어와서 춘동이 이 새끼 좀 끌고 나가!”

춘동이 계속해 준에게 달려들려 하자 고 반장이 소리를 질렀고 곧 취조실로 강력반 형사들이 쏟아져 들어왔다. 형사들은 계속해 준에게 달려들려 하는 춘동의 양팔을 붙들고 그를 취조실에서 끌어냈다. 취조실에서 끌려나면서도 춘동은 계속해 소리를 질렀다.

“야, 김 준! 김 준!”

그러나 춘동이 취조실을 끌려 나가고 사라질 때까지 준은 그저 싸늘한 미소만 지은 채 침묵을 지키고 있을 뿐이었다.

11. 탈주

준이 기억하는 아버지는 늘 온화하게 웃는 사람이었다. 말하지 않아도 준의 모든 것을 이해하고 언제나 준을 따스하게 감싸주는 사람. 그게 준이 아는 아버지의 모습이었다.

준은 어린 시절부터 자연스럽게 능력을 사용했고, 그게 모든 사람에게 있는 능력이라고만 생각했다. 그래서 아무 거리낌 없이 능력으로 알게 된 사실을 주변에 이야기하곤 했는데 그럴 때마다 주변은 준을 이상한 눈빛으로 바라봤다.

준아 어떻게 알았어?

몇몇은 신기한 눈으로 준을 보았고, 몇몇은 기이한 눈으로 준을 보았다. 그리고 몇몇은 준을 두려워했다. 개중에는 어른에게 준이 이상하다고 말하는 아이도 있었지만 다행히 어린 아이의 말이라 어른들은 그것을 심각하게 받아들이지 않았다.

만약 그대로 준이 계속해서 능력의 이야기를 하고 다녔다면 일찍이 사회에서 배척 받을 수도 있었지만, 다행히 준에겐 그런 준을 감싸줄 사람이 있었다. 바로 준의 아버지였다. 준의 아버지는 준과 같은 능력을 가진 사람이지만 능력을 철저히 감춘 채 살아가고 있었다. 그는 자신이 가진 능력이 얼마나 사람들에게 경원되는 능력인지 누구보다 잘 알았기에 어린 아들이 그 능력으로 상처받는 것을 원치 않았다.

때문에 아버지는 어린 준이 이해할 수 있는 방법으로 준이 능력을 숨길 수 있게 가르쳤다.

"손을 대서 아는 건 남에게 말해선 안 된단다. 비밀이니까. 준이도 준이 비밀 누군가가 말하면 싫지?"

"그럼 다른 사람들도 다 알면서 모른 척 하는 거야?"

"그래, 알면서 모른 척 하는 거지. 그러니까 준이도 모르는 척 해야 해."

아버지의 말에 준은 고개를 끄덕였다. 모두가 알면서 모른 척 하는 것이니 자신도 모른 척 해야 한다. 어린 준은 아버지의 말대로 그 후로는 능력으로 알게 된 사실을 이야기하지 않았다.

시간이 지날수록 준은 자신과 아버지가 가진 능력이 보통

이 아니라는 것을 알게 되었다. 아버지가 설득하면서 말한 '모든 사람이 알면서 모른 척 한다'는 것도 거짓이라는 것을 알았다. 준이 아는 세상의 그 누구도 바닥에 떨어진 돌멩이를 쥐고 그 돌멩이가 원래는 어느 집 현관 장식이었다는 걸 읽어낼 수 없었다. 자신이 아는 상식과 세상의 상식이 대치되는 것을 어린 준은 견디기 힘이 들었다.

어느 날 준은 아버지에게 물었다.

"아빠, 왜 우리는 이런 힘을 가지고 있는 거야?"

준의 물음에 아버지는 곤란한 표정으로 대답했다.

"글쎄……. 그건 나도 잘 모르겠는데. 그래도 분명 세상에 도움이 되라고 하늘에서 준 능력일 거야, 준아."

아버지의 말에 준은 동의할 수 없었다. 준이 능력으로 본 진실들은 때론 준을 크게 실망시키는 것들이 많았다. 없어진 준의 지갑을 준의 가장 친한 친구가 훔쳐간 일을 알게 되었을 때, 준은 친구에게 따져 묻는 대신 이불을 뒤집어쓰고 많이 울었다. 차라리 몰랐으면 나았을 텐데. 처음으로 자신의 능력을 원망했다. 아버지는 그런 준을 말없이 토닥이고 있었을 뿐이었다.

어린 시절 준이 비뚤어지지 않은 것은 전적으로 그런 아버지의 영향이었다. 아버지는 준이 느끼는 갈등과 고통, 그 모든 것을 이해하고 받아들였다. 그리고 동시에 넌 혼자가 아니라는 말을 늘 준에게 건넸다. 아버지는 늘 준의 버팀목이었고, 사라지지 않을 후원자였다. 그랬기에 아버지가 돌연 자살을 선택했을 때 준이 받은 충격은 컸다.

준이 중학교를 들어가던 무렵, 아버지는 무슨 생각을 했는지 어머니에게 자신의 능력을 털어놓았다. 처음엔 아버지가 농담을 한다고 생각하던 어머니는 이내 아버지가 진실을 말한다는 것을 알았고, 대놓고 혐오감을 드러냈다.

"그럼 뭐야, 당신 여태, 내가 당신한테 거짓말한 거 다 알면서도 모른 척 한 거야?"

"난 신경 쓰지 않아, 그러니 지금 그런 건……."

"아니! 당신이 신경 안 써도 난 써! 그럼 난 당신 앞에서 발가벗은 거나 다름없었잖아!"

"준이 엄마……."

"말을 하지 그랬어! 말을 했으면, 말을 했으면 이런……."

"진정해, 진정하고……."

"손대지 마! 내 몸에 그 더러운 손대지 마!"

어머니의 째지는 비명소리가 울렸던 그 밤, 준은 베개에 얼굴을 묻고 있었다. 어머니의 말 모든 것이 준을 향한 것처럼 느껴졌다. 너무나 두려워 깨어 있다는 기척도 하지 못하고 양귀를 틀어막았다. 엄마는 밤새 소리를 질렀고 아버지는 말이 없었다. 준은 그 모든 것을 외면했다. 그리고 다음날, 준의 아버지는 자살했다.

* * *

준은 형사들의 손에 이끌려 멍하니 복도를 걸었다. 현실감이 없었다. 자신의 양손에 감긴 수갑의 무게도 잘 느껴지지 않았다. 그저 준이 아는 확실한 것은 지금 자신이 죄인으로 잡혀 있다는 것이었다.

단죄. 지금 자신은 단죄를 받으려 하고 있다.

준은 수갑에 묶인 자신의 양손을 보았다. 그때 아버지가 어째서 자살이라는 극단적인 방법을 선택했는지 아직도 준은 모른다. 혹시 아버지의 시체를 만졌다면 무언가를 알았을지도 모르지만 자신은 죽은 아버지의 시체를 끝까지 만져보지 못했다. 그렇지만 결국 아버지의 아들인 자신도 비슷한 선택을 하고 있으니 어쩌면 그때 아버지는 지금 준과 같은 심정을 느꼈는지도 모르겠다. 자신을 지워버리고 싶은 그런 마음.

일단 용의자가 자백을 했으니 고 반장은 위에 이 상황을 보고 했다. 보고를 받은 서장은 당장 언론에 용의자를 체포했다는 소식을 알렸고, 경찰서 밖은 또 다시 수많은 취재진으로 장사진을 이루었다.

"엇, 저기 나온다!"

찰칵 찰칵 찰칵!

경찰들에게 양팔을 잡힌 채 모자와 마스크로 얼굴을 가린 준이 경찰서를 나서자 기자들이 경쟁적으로 사진을 찍었다.

"지금 심경이 어떠십니까?"

"어째서 죽였습니까?"

"윤다희 어린이는 지금 어디 있습니까? 살아 있습니까?"

쏟아지는 기자들의 질문들 속에 간간히 죽어라! 악마 같은 새끼! 뒈져라! 같은 저주의 외침들이 들려왔다. 준은 고개를 들어 자신에게 욕설을 퍼부은 사람들이 있는 쪽을 보았다. 수많은 인파가 피켓을 들고 적의에 찬 눈으로 준을 노려보고 있었다. 그들의 얼굴에는 온통 분노와 혐오가 가득했다. 상황과 장소가 바뀌었을 뿐 준에게는 너무나 익숙한 눈빛이었다. 준은 마스크 아래서 조소를 지었다. 결국 자신의 종착역이 이것이라는 사실이 기가 막혔다.

형사들은 준을 끌고 인파 사이를 헤집었다. 멀었던 욕설이 가까이에서 들리고 수많은 사람들이 준을 향해 손을 뻗고 있었다. 경찰들이 필사적으로 제지하고 있었지만 사람들의 수가 여간 많은 게 아니었다.

그때 어떤 사람이 준의 모자를 홱 벗겨냈다.

"이 씨발, 쌍판떼기 좀 보자 이 새끼야!"

"물러나요!"

모자가 벗겨지고 준의 얼굴이 반쯤 드러나자 경쟁적으로 카메라 플래시가 터졌다. 형사들은 그런 사람들을 밀어내며 준을 승합차로 데려갔다. 그런 와중에 어딘가에서 날아온 주먹에 준이 얻어맞아 입가에서 피가 흘렀지만 형사들은 마치 짐짝 실어 나르듯 준을 승합차에 밀어 넣었다.

준은 뒤늦게 느껴지는 통증에 입가에 손을 댔다. 입가에 닿는 순간 혐오의 감정이 마치 물에 떨어트린 잉크처럼 퍼져 전신을 휘돌았다. 준에게 주먹을 날린 사람이 준에게 느낀 혐오였다.

괴물!

뒈져 버려!

더 이상 새로울 것도 없는 익숙한 저주에 준은 그저 눈을 감았다. 그는 너무 지쳐 있었다.

준은 철현과 또 다른 한 명의 형사 사이에 끼인 채 검찰청으로 이송되고 있었다. 좀 전까지만 해도 도시였던 주변의 풍경은 어느새 한적한 시골길로 변했고 좌우로는 너른 들판이 펼쳐져 있었다.

처음에 경찰서를 나서던 순간까지만 해도 철현은 기합이 팍 들어가 있었다. 사회를 떠들썩하게 한 아동연쇄납치 살해범의 이송이라는 막중한 임무를 맡았다고 잔뜩 무게를 잡고 있었다. 그러나 시간이 지나면서 철현의 자세는 점점 흐트러졌고, 이송 도중 걸려온 애인의 전화에 철현의 경계심은 아예 풀어져 평소와 다를 바 없는 태도로 변해 버렸다. 한마디로 지금 철현은 안하무인의 재수 없는 태도를 취하고 있었다.

"누가 잡았겠어, 내가 잡았지. 응, 응. 그래. 그렇다니까? 응, 지금 검찰 이송 중이야."

잔뜩 거드름을 피듯 말한 철현은 준을 흘긋 보며 씩 웃었다. 철현은 기분이 좋았다. 도중에 양 춘동이 이리 설치고 저리 설쳤지만 어쨌든 범인의 자백을 끌어낸 것은 자신이었다. 이 정도라면 자신의 미래를 위한 좋은 포석이 될 것이다.

"이제 일계급 특진에 포상 휴가야. 어디 여행이라도 갈까? 뭐? 아니, 옆에 있다니까? 얼굴? 새끼 생긴 건 엄청 멀쩡한 놈이야. 얄상하게 생겼어. 뭐? 인터넷에 사진 떴어? 하. 새끼, 너 만약 종신형 안 나와도 완전 끝이다 끝. 니 얼굴 다 떴단다."

철현이 툭툭 건드리며 말했지만 준은 반응이 없었다. 철현은 그런 준의 반응에 욱하는 표정을 지었지만 곧 전화 저편의 애인에게 다정한 목소리로 말을 건넸다.

"으응, 아니~ 걱정 안 해도 돼. 수갑도 제대로 차고 있어서 아무 문제없어. 뭐? 증거? 에이, 참……. 알았어. 찍어서 보낼게. 거참 별걸 다."

철현은 전화를 끊고 핸드폰을 그대로 옆의 경찰에게 건넸다. 그리고 준의 머리카락을 거칠게 움켜쥐고 포즈를 취했다.

"우리 애인한테 보낼 건데 한방 멋지게 찍어봐라."

철현의 핸드폰을 받은 형사는 잠시 눈치를 살폈지만 선배인 철현의 말을 어기긴 쉽지 않았던지 철현과 준에게 핸드폰을 들이밀었다.

"자, 찍습니다. 하나, 둘, 셋!"

쾅! 끼이익!

셋을 세는 소리가 날 때쯤, 승합차는 추돌사고를 일으키며 미끄러졌다.

춘동은 핸들을 쥐고 헉헉 숨을 몰아쉬었다.

춘동의 눈앞에는 준이 타고 있던 승합차가 연기를 뿜으며 멈춰 서 있었다. 춘동이 탄 경찰차가 승합차의 앞머리를 들이받고 길을 막아버렸기 때문이다.

처음에 경찰차를 타고 준의 뒤를 쫓았을 때만 해도 이럴 생각은 없었다. 하지만 점점 이건 아니란 생각이 들었다. 춘동은 준이 범인이 아니라는 걸 알고 있는데 세상이 준에게 살인자라고 말하는 것을 용납할 수 없었다.

춘동은 얼른 경찰차에서 뛰어내렸다. 충돌 순간 다리를 부딪친 것인지 발목이 심하게 아팠다. 하지만 춘동은 신음을 흘리면서도 절뚝절뚝 승합차를 향해 다가갔다.

뒤틀린 승합차 문은 잘 열리지가 않았다. 춘동은 안간힘을 쓰며 힘겹게 문을 열었다.

철컥. 문을 열고 고개를 들이민 순간, 춘동의 얼굴에 차가운 총구의 감촉이 느껴졌다.

"!"

춘동을 겨누고 있는 건 준이었다.

"너, 뭐 하는……."

춘동은 자신에게 총을 겨눈 준의 행동을 믿을 수 없었다. 그러나 준은 그대로 총구를 춘동에게 들이밀며 승합차 밖으로 나왔다. 차 안에는 철현과 또 한명의 형사가 제대로 몸도 가누지 못한 채 승합차 바닥에서 신음을 하고 있었다.

"준아, 그 총 내려놔."

춘동이 마른침을 꿀꺽 삼키며 말했지만 준은 총구를 내리지 않았다. 오히려 춘동을 노려보며 부들부들 떨리는 목소리로 입을 열었다.

"믿었는데……. 개새끼."

그 원망스러운 목소리에 춘동은 생각보다 준의 마음에 큰 상처를 만들었다는 것을 알았다. 하긴 그렇지 않겠는가. 그렇게 사람을 피하고 혼자 숨어살던 그가 춘동을 돕기 위해 그저 한 발짝 세상으로 나아갔을 뿐인데 이 지경이 되었으니. 춘동을 원망하는 게 당연했다.

그러나 춘동은 준이 저 총을 쏘지 않을 거라는 것을 직감적으로 알았다. 날카로운 가시로 무장하고 있었지만 준은 누구보다 여리고 속이 깊었다. 그것은 춘동을 겨눈 준의 총구가 부들부들 떨리는 것을 보면 확실했다.

"미안해……. 형이, 형이 잘못했다."

춘동이 사과하자 준의 창백한 빰으로 한줄기 눈물이 흘러내렸다. 마치 막혀있던 둑이 터진 듯 툭툭 흘러내리기 시작한 눈물에 춘동의 가슴이 먹먹해졌다.

"미안하다 준아. 이러려고 한 건 아니었는데……."

춘동의 변명에 준이 소리를 질렀다.

"닥쳐! 넌 처음부터 날 이용하다 버릴 생각이었어!"

"아냐, 정말 그런 거 아냐……. 믿어줘!"

"웃기지 마, 너도 똑같은 새끼야! 날 괴물 취급하는 놈들하고 똑같은 새끼라고!"

"준아……."

춘동이 고개를 저으며 필사적으로 부정했지만 한 번 새겨진 불신의 골은 깊었다.

"왜 괴롭혀! 늬들 눈에 안 띄게 조용히 살겠다는데! 왜 찾아서 괴물 취급하고 욕하고 손가락질하는 거냐고! 왜! 왜!"

거의 절규하듯 소리를 질러대는 준의 눈에선 끊임없이 눈물이 흘러나왔다. 그것은 오랜 시간 준이 세상에 대고 외치고 싶은 이야기였다. 춘동은 애끓는 준의 외침에 착잡한 표정을 감출 수 없었다. 준이 느낄 감정의 고통을 춘동은 반도 이해할 수 없었다. 그러나 하나 확실한 건 있었다. 자신이 준을 도와줄 수 있다는 것이었다.

"준아, 진정하고 그 총 내려놔라."

춘동이 조용히 설득하자 준은 크게 숨을 들이쉬더니 울먹이며 말했다.

"내 잘못 아니잖아, 내가 원한 것도 아닌데 왜 나한테 그래……."

"준아."

부들부들 춘동을 총구로 겨누고 있던 준은 이내 총을 든 자신의 손을 보았다. 그리고 자신의 다른 한 손에 총구를 대고 증오로 가득 찬 목소리로 중얼거렸다.

"그래, 이 손, 다 이 손 때문이야, 이 손만……."

순간적으로 준의 의도를 읽은 춘동은 준에게 달려들며 소리를 질렀다.

"그만둬!"

탕! 날카로운 총성이 울렸다. 그리고 준과 춘동이 한데 뒤엉켜 도로를 뒹굴었다.

"야! 괜찮아?"

바닥을 뒹굴던 춘동은 얼른 준의 손을 살폈다. 다행히 준의 손은 멀쩡했다. 춘동은 맥이 풀린 듯 크게 한숨을 쉬고 헉헉 숨을 몰아쉬었다.

"씨발, 미친 새끼. 너 때문에 내가, 미친 새끼……."

눈을 감고 있던 준은 아무런 통증이 없는 것에 의아해 하며 눈을 떴다. 그리고 자신의 곁에서 숨을 몰아쉬고 있는 춘동을 보고 깜짝 놀라 외쳤다.

"팔!"

준의 외침에 춘동은 뒤늦게 통증을 느끼고 미간을 찡그렸다. 춘동의 팔에선 피가 흐르고 있었다. 춘동은 자신을 바라보는 준의 눈빛을 느끼고 태연하게 자리에서 일어나며 말했다.

"그냥 좀 스친 거야. 괜찮아."

준은 그저 아무 말 없이 춘동을 바라보았다. 춘동은 거칠게 머리를 긁으며 준에게 말했다.

"그나저나 왜 그런 짓을 한 거야? 지금 니 얼굴 인터넷에 뜨고 난리난 거 아냐? 넌 이제 사람들한테 살인범으로 낙인 찍힌 거라고!"

춘동의 말에 준은 대답하지 않았다. 춘동은 그런 준의 태도가 답답했다.

"니가 한 짓 아니잖아, 그런데 씨발! 진짜 왜 자백 했어, 왜 거짓말 했냐고!"

춘동의 외침에 준은 힘없이 대답했다.

"이럴 바엔 차라리 감옥에 있는 게 나을 테니까."

춘동은 준의 대답에 눈살을 찌푸렸다. 준의 말이 이해가 가지 않았기 때문이다.

"사람 죽이는 손이잖아, 내 손……."

춘동은 이제야 겨우 준의 태도를 이해했다. 자폭하듯 모든 걸 체념하듯 하지도 않은 범죄를 저질렀다고 시인한 행동의 이유가 저것이었다. 그러나 이해했다고 납득한 것은 아니었다. 오히려 춘동은 준의 말에 화가 났다.

그런 춘동의 속을 알 리 없는 준이 고개를 숙인 채 말을 이었다.

"엄마도 이 손이 죽였어. 그러니까……!"

철썩! 춘동은 그의 뺨을 때렸다. 춘동에게 뺨을 얻어맞은 준은 잠시 멍하니 있다가 춘동을 보았다. 그리고 감정을 억누르려 이를 악물고 자신을 보는 춘동의 얼굴을 마주했다.

"니가 죽인 거 아니랬지. 그게 왜 니 탓이야! 한 번만 그딴 소리 더 지껄여봐. 내 손에 죽을 테니까."

춘동의 단호한 어투에 준은 멍해졌다. 어째서 춘동이 이렇게까지 말해주는지 이해가 가지 않았다. 그때 멀리서 사이렌 소리가 들렸다. 소리가 한두 대 정도가 울리는 소리가 아니었다. 점점 가까워지는 사이렌 소리에 춘동은 다급해졌다. 그러나 준은 오히려 그 소리에 체념한 듯 고개를 떨궜다.

"나, 그냥 내버려둬……. 이젠 어떻게 돼도 상관없어."

"그만 해!"

체념한 듯 이젠 독기까지 잃어버린 준이 힘없이 말하자 춘동은 준의 얼굴을 양손으로 움켜쥐고 준과 시선을 맞췄다. 그러나 준은 자꾸만 춘동의 시선을 피했다.

"나 똑바로 봐! 김 준!"

준은 힘없이 시선을 돌렸다.

"정신 차려, 니가 이런다고 뭐가 달라져?"

"어차피 난……."

"그 어차피 난 소리 좀 그만하라고 새끼야! 너, 살면서 죄 지은 적 있냐? 벽에 벽화 그리고 지랄 떤 거 말고 죄 지은 적 있냐고!!"

"엄마를……."

"니 엄마 일 사고라고 몇 번 말해! 너 임마, 죄도 짓지 않은 새끼가 왜 죄인처럼 굴어! 죄 지은 놈도 당당한 세상인데 니가 왜! 그리고 니가 이대로 잡혀 들어가면 난 뭐가 돼냐, 새끼야. 내가 죄책감 때문에 목매다는 꼴 볼래?"

춘동의 말에 준은 움찔했다. 춘동은 몰랐지만 그 말은 준의 트라우마를 건드렸다. 목을 매고 죽어버린 준의 아버지를 상기시키는 춘동의 말에 준의 눈동자가 흔들렸다.

"왜, 왜 나한테 그러는 건데. 나랑 아무 사이도 아니면서……."

준이 묻자 춘동은 생각했다. 왜냐고? 사실 이유는 춘동 자신도 모른다. 그저 이게 옳지 않다고 생각했을 뿐이다. 그리고 준을 내버려 둘 수 없다고 생각했을 뿐이다.

"시끄러, 나도 몰라. 형이 동생 챙기는 데 이유가 있냐, 씨발."

춘동의 말에 준의 눈동자가 흔들렸다.

"형 한 번 믿어봐라. 이 형, 절대로 너 두 번 다시 그냥 내버려두지 않는다."

준의 눈동자에 서서히 빛이 돌아왔다. 춘동은 자포자기했던 준의 눈빛이 돌아오는 것을 읽고 준을 끌어 자신이 타고 온 경찰차에 태우려 했다. 그때였다.

"거기서!"

고함소리에 춘동이 돌아보자, 아까까지만 해도 몸을 가누지 못하고 있던 철현이 승합차에 기대 비틀거리며 춘동과 준을 향해 권총을 겨누고 있는 모습이 보였다.

"양 춘동이, 이 새끼……. 씨발, 너 제대로 돌았구나."

머리가 아픈지 인상을 쓰면서도 춘동을 노려보는 철현의 눈동자는 형형했다. 그는 춘동의 행동에 분노한 듯 인상을 쓴 채 총구를 정확히 춘동을 겨냥했다. 그러는 사이 멀었던 사이렌 소리는 가까워지고 이내 수십 대의 경찰차가 몰려오는 모습이 한눈에도 보였다.

춘동은 준을 차에 태우는 것을 포기하고 준의 등을 밀었다. 너라도 도망가라는 듯한 춘동의 행동에 잠시 망설이듯 춘동과 철현을 번갈아 보던 준이 이내 도로 옆 들판을 향해 달리기 시작했다.

"김 준!"

갑작스런 준의 행동에 철현의 총구가 준을 향했다. 그 순간을 놓치지 않고 춘동은 철현의 팔을 잡아당겼다. 그리고 그 팔을 뿌리치려는 철현의 턱을 팔꿈치로 쳐 올리고 준을 향해 외쳤다.

“준아, 뛰어!”

춘동의 외침에 준은 달렸다. 춘동에게 턱을 얻어맞고 잠시 비틀거리던 철현은 곧 팔뚝으로 춘동의 목을 졸랐다. 큭! 목이 졸린 춘동은 양 다리를 펄쩍 들어 올려 힘차게 몸을 앞으로 굴렀다.

퍽!

딱딱한 도로 위에 철현이 등짝부터 세차게 부딪혀 떨어졌다. 아픔에 제대로 숨도 못 쉬고 꿈틀대는 철현의 가슴을 춘동이 무릎으로 찍어 눌렀다.

“양 춘동, 너……!”

“기왕이면 양 형사라고 좀 부르죠? 선배인 건 알겠는데 그래도 사회인이 반말 틱틱. 반장님까진 참아줘도 같은 형사끼리 이러면 곤란하지!”

“이 개새끼가!”

철현은 자신을 찍어 누른 춘동을 치워내려 안간힘을 썼지만 춘동은 이제 온몸으로 철현을 아스팔트 위에 찍어 누르고 있었다. 춘동의 사지에 눌린 철현은 한동안 버둥거리다 춘동의 머리채를 붙잡고 힘껏 박치기를 했다.

퍽! 비록 빗맞은 박치기였지만 효과는 있었다.

툭, 투툭, 툭. 철현의 머리에 코를 정통으로 얻어맞은 춘동의 코에서 코피가 줄줄 흐르기 시작했다. 통증에 춘동이 주춤하는 사이 경찰들이 달려와 두 사람을 에워쌌다. 그리고 순식간에 사방팔방에서 손이 뻗어와 춘동과 철현을 떼어놓았다. 그러나 춘동은 끝까지 철현에게 발길질을 하는 것을 멈추지 않았다.

"양 춘동이 너 미쳤어?!"

"그만해!"

끝까지 춘동이 발악하듯 주먹과 팔다리를 휘두르자 결국 주변을 둘러싼 경찰들이 춘동을 용의자 체포하듯 양 팔을 뒤로 잡아당기고 머리를 바닥에 찧었다. 춘동은 격하게 저항했지만 베테랑 형사들의 체포 수완을 경력 3년차 형사가 이기기는 쉽지 않았다.

그때 바닥에 눌린 춘동의 귀에 "저 새끼 잡아!"라는 고 반장의 외침이 들렸다. 춘동이 그 소리를 따라 고개를 돌리자 저 멀리 들판을 달려가는 준의 모습과, 그런 준을 뒤따라 들판으로 뛰어드는 경찰들의 모습이 보였다.

"우아악!"

춘동은 괴성을 지르며 자신을 누르고 있던 팔을 뿌리치고 들판을 향해 달려가는 경찰들에게 온몸으로 태클을 걸었다. 그리고 양팔로 경찰들의 바짓가랑이를 붙들고 온힘을 다해 그들을 막아섰다.

“못 가, 가지마! 놔!”

춘동이 고래고래 고함을 지르자 경찰들은 춘동을 떼어내려 안간힘을 쓰다 고 반장을 보았다. 아무래도 같은 형사다 보니 어떻게 해야 할지 난감했던 탓이다. 춘동이 발악하는 모습을 보고 있던 고 반장은 이내 어쩔 수 없다는 듯 무겁게 고개를 끄덕였다.

그게 신호였다. 그 순간부터 사방팔방에서 춘동을 향해 진압봉이 쏟아지기 시작했다. 사정없이 쏟아지는 몽둥이세례에 춘동은 정신을 제대로 차릴 수 없었다.

퍽! 퍽! 퍽! 퍽! 그러나 춘동은 끝끝내 자신이 붙든 경찰들의 바지를 놓치지 않았다. 그런 춘동의 기세에 경찰들이 질린 듯 소리를 질렀다.

“야, 놔! 놓으라고!”

“이런 미친……!”

춘동이 얻어맞는 소리와 경찰들의 요란한 외침은 멀리 달려가던 준에게도 들렸다. 그 소리를 들은 준은 걸음을 멈추고 춘동을 돌아보았다. 경찰들에게 얻어맞으면서도 필사적으로 저항하는 춘동의 모습에 준의 얼굴이 일그러졌다.

도대체 왜. 왜 저렇게까지 되어서도 날 도와주는 거야.

알량한 위선이라기에 춘동의 행동은 이미 도를 넘어섰다. 도대체 준이 무엇이기에 저런 일을 당하고도 도와주고 있는 거란 말인가. 아무리 세상 물정을 잘 모르는 준이라도 지금 춘동이 하는 일이 '형사'라는 춘동의 목을 얼마나 위험하게 하는 일인지 정도는 너무나 잘고 있었다.

춘동이 바라는 것은 분명 이대로 준이 도주하는 일이었다. 그러나 준은 춘동을 버려두고 갈수 없었다. 그렇게 준이 머뭇거리는 사이, 준의 주변에 대여섯 명의 경찰들이 다가왔다. 그들은 저마다 진압봉과 방패를 내세우면서 준을 옥죄어 왔다. 준은 선택해야 했다. 이대로 다시 철창 안의 신세가 될지 아니면 춘동이 바라는 대로 도망자의 신세가 될지.

망설이던 준은 자신을 포위한 경찰들이 아닌 멀리서 같은 동료 경찰들에게 얻어맞으면서도 필사적으로 그들의 다리를 붙들고 늘어지고 있는 춘동을 보았다. 저항해봤자 소용없을 이 상황에서조차 필사적인 그를 보며 준은 마음을 굳혔다.

그리고 그 사이, 준의 주변은 완벽히 경찰들로 둘러싸여졌다. 이제 준은 도망칠 구석이 없었다.

"김 준 이 새끼!"

그리고 포위망을 좁혀오던 경찰 중 하나가 진압봉을 크게 휘둘러 준을 공격하려 하자 준은 재빨리 손가락 두 개를 입에 물고 힘껏 휘파람을 불었다.

삐이익! 너른 들판에 준의 휘파람 소리가 마치 비명처럼 울려 퍼졌다. 듣기에도 불길하게 들리는 그 소리에 경찰들은 행동을 멈추고 주위를 둘러보았다. 그때였다. 휘파람 소리의

꼬리를 물고 푸드득거리는 거친 날갯짓이 하늘에서 들려오기 시작했다.

푸드득 푸드득! 갑자기 들려오기 시작한 낯선 소음에 준을 둘러쌌던 경찰들은 본능적인 위험을 느꼈다. 그때 한 경찰이 소리를 질렀다.

"저, 저기!"

다급한 외침에 사람들은 고개를 들어 그가 가리킨 곳을 보았다. 그리고 그곳을 본 사람들은 믿을 수 없는 광경에 모두 경악했다. 그가 가리킨 곳에는 하늘을 까맣게 메운 무언가가 살아있는 생물처럼 그들을 향해 덮쳐 오고 있었던 것이다.

아니, 그것은 생물이 맞았다. 다만 그 수가 엄청나게 많아 생물처럼 보이지 않았을 뿐이었다. 가까워진 그것은 수천, 수만 마리의 비둘기였다.

구룩 구룩! 구룩 구룩!

경찰을 덮친 비둘기는 도심을 한가롭게 가르던 그런 비둘기가 아니었다. 비둘기들은 사정없이 경찰의 머리를 쪼고 그들의 눈앞을 막아섰다. 아무리 떼어내려 해도 머리와 귀 그리고 팔과 목 등 드러난 피부 모두를 동시에 공격하는 비둘기 떼에 정신을 차릴 수 없었다.

"으악!"

사람들의 비명소리가 여기저기서 울렸다. 어떤 사람들은 진압봉을 휘둘러 비둘기들을 떨쳐내려 했지만 수가 너무 많다보니 역부족이었다. 경찰과 비둘기가 한 데 엉켜있는 모습은 아비규환 그 자체였다. 하지만 고 반장은 그런 상황에서도 행여 준을 놓칠까 소리를 질렀다.

"김 준 놓치지 마! 김 준 잡아!"

고 반장의 외침이 날갯짓 사이로 울려 퍼졌지만 사람들은 모두 비둘기들 때문에 정신을 차릴 수조차 없었다.

얼마나 지났을까. 악몽 같았던 푸드득거리는 소리가 잦아들었다. 그리고 남은 건 허연 새똥과 뒤엉킨 비둘기 깃털 그리고 깨지고 부서진 경찰차와 상처 입은 사람들뿐이었다.

고 반장은 겨우 정신을 수습하고 주변을 둘러봤다. 하지만 이미 춘동과 준의 모습은 어디에도 없었다.

혼란을 틈타 처음 타고 왔던 경찰차를 타고 도망쳐 나온 춘동은 크게 한숨을 쉬었다. 그리고 방금 전의 광경을 떠올린 듯 부르르 등을 떨며 준에게 물었다.

"너, 정말 저게 초능력이 아니라고?"

직접 눈으로 봤지만 믿기지 않는 광경이었다. 사람을 습격하는 새떼는 히치콕의 영화처럼 사람의 본능적인 공포를 자아냈다. 준은 그런 춘동의 물음에 아무렇지 않다는 듯 대꾸했다.

"말했잖아. 훈련시키면 누구든 할 수 있다고."

"아이 씨. 어쩐지 환경부가 갑자기 유해동물로 지정하더라니. 다 이유가 있다니까. 잘 훈련시키면 사람도 죽일 수 있겠더라."

"난 개들한텐 그런 거 안 시켜."

준은 춘동의 말에 발끈했다.

"누가 니가 그렇게 한댔냐. 나쁜 맘먹는 놈들은 그럴 수도 있다는 거지."

춘동의 대답에 준은 고개를 홱 돌렸다.

"이제 어쩔 거야?"

준이 물었다.

"뭘 어째. 유괴범 새끼 잡아야지."

춘동의 대답에 준이 눈살을 찌푸렸다. 도망자 신세인 지금 그게 가능할 것 같지 않았기 때문이다. 마침 그때 춘동의 핸드폰이 울렸다.

"전화 왔어."

"놔 둬."

고 반장이었다. 준은 그제야 불안한 목소리로 춘동에게 물었다.

"정말 이래도 되는 거야?"

"나도 일을 이렇게 크게 만들 생각은 없었지만 이미 벌어진 일을 어쩔 거야."

춘동의 핸드폰은 한참 동안 울었다. 그리고 마침내 조용해진 핸드폰엔 '부재중전화 1통'이라는 글귀가 떴다. 준은 어쩔 수 없다는 듯 다시 고개를 돌려 창밖의 풍경을 보았다.

“포기하지 마라.”

“뭐?”

“포기하지 말라고. 그렇게 죄책감 느끼지도 말고, 그거 다 네 잘못 아니니까.”

“알지도 못하면서…….”

“그래, 난 몰라. 하지만 준아. 사실은 너도 알고 있지? 그거 니 잘못 아니야. 그리고 내 동생이 죽은 것도 내 잘못 아니야. 그냥 그건 사고였어.”

춘동의 말에 준은 말문이 막혔다.

준이 춘동의 동생의 일을 그토록 쉽게 읽어낸 것은 춘동이 누구보다 그 일에 크게 죄책감을 느끼고 있었기 때문이다. 춘동은 오래도록 그 일에 죄책감을 가지고 살아왔다.

그것은 타인인 준의 눈으로 보면 확실히 ‘사고’였다. 춘동은 어렸고 물살은 너무 거셌다. 만약 춘동이 동생을 살리려 물에 들어갔다면 춘동 또한 동생과 함께 목숨을 잃을 그런 사고. 하지만 춘동은 그 일을 이날 이때까지 마음에 품고 있었다. 자신의 탓이라고, 형인 자신이 동생을 살려야 했다고.

“네 잘못 아니야.”

누구의 어떤 말보다 무게감 있는 춘동의 말에 준은 아무런 말도 하지 못하고 그저 창밖을 보았다. 묘한 침묵이 차 안을 감돌았다.

"너, 네 엄마가 널 원망하고 있다고 생각하냐?"

한참 동안 침묵이 흐른 뒤 나온 춘동의 물음이었다. 준의 눈이 크게 벌어졌다. 그것은 준이 가장 두려워하던 이야기였다.

괴물!

자신을 손가락질하는 어머니의 목소리가 들리는 것 같아 준은 고개를 숙였다. 춘동은 그런 준을 확인하고 다시 물었다.

"너, 그때 뭐가 보였냐?"

"그때?"

"너, 그 사고 때 네 손으로 응급처치 했잖아. 그럼 손 댔을 거고 뭐든 봤을 거 아냐."

춘동의 말에 준은 덜컹 심장이 내려앉는 것 같았다.

"잘 기억 안 나."

"아니, 너 분명히 기억할거다. 네가 스스로 말했지? 강렬한 건 남아 있다고. 너도 사람이니 분명 기억할거야, 지금도. 그때 뭐가 보였어?"

춘동의 물음에 준의 눈동자가 아련해졌다.

뭐가 보였냐고? 준은 고개를 저었다.

춘동은 확신하고 있었다. 분명 준은 그때 무언가를 보았다. 그리고 그것 때문에 더욱 죄책감을 가지고 있다. 그러나 춘동은 준을 더 추궁하는 대신 자신의 이야기로 말문을 열었다.

“준아, 난 말이다…….”

툭, 입을 열었지만 마음속이 복잡했다. 춘동도 무작정 덮어놓고만 있었던 과거였다. 남 앞에서 단 한 번도 이야기한 적 없는 그런 과거. 그렇지만 춘동은 지금이 아니면 영영 이야기 할 기회가 없다는 걸 알고 있었다. 그리고 이 이야기는 준에게 분명히 도움이 될 것이다.

“여태 동생이 사고를 당한 현장에 내가 있었던 걸 아무에게도 말하지 않았다. 단 한 번도. 부모님에게도.”

준은 천천히 춘동을 보았다. 춘동은 앞을 보면서 담담하게 말했다.

“고백할 기회는 몇 번이나 있었어. 그렇지만 난 쭉 입을 다물고 있었지. 결국 부모님은 돌아가시던 그 순간까지 동생이 혼자 물놀이를 갔다가 사고를 당했다고 믿고 돌아가셨어. 그런 나를 혐오도 하고 후회도 했지만, 준아. 하나 확실한 건 뭔 줄 아냐?”

준은 춘동을 물끄러미 바라보았다.

“어차피 과거는 지나가 버렸다는 거야. 아무리 발버둥치고 후회해도 돌이킬 수 없다는 거. 아무리 내가 지금 후회하고 가슴을 쳐봐야 동생도 부모님도 이미 죽었어. 그러니 내게 남은 건, 앞으로 후회할 일을 만들지 않는 거뿐이야.”

담담한 춘동의 고백은 준의 가슴에 작은 파문을 일으켰다.

"그러니까 준아. 너도 후회할 일 만들지 마. 인생 그거 생각보다 별거 아니니까."

춘동의 말에 준은 자신의 양손을 내려다보았다.

그리고 그들은 오랫동안 말이 없었다. 그 사이 춘동의 핸드폰에 남은 부재중 전화는 18통이 되어버렸고, 그들이 탄 차는 서울 시내로 진입하고 있었다.

그리고 막 차가 서울 시내로 들어설 찰나 춘동의 핸드폰이 다시 울리기 시작했다. 여태는 단 한통의 전화도 받지 않은 춘동이었지만 액정에 뜬 '양수'라는 이름에 냉큼 전화를 받았다.

"어, 양수야. 뭣 좀 건졌냐? 고물상? 그런데는 왜……. 알았다. 금방 갈게. 거기서 기다려."

"고물상에는 왜?"

춘동은 준의 물음에 가타부타 대답 없이 차를 돌렸다. 앞을 주시하는 춘동의 얼굴은 무척이나 진지했다. 결국 준은 대답을 포기하고 창밖을 보았다. 방금 전까지 경찰과 쫓고 쫓기는 추격전을 벌인 게 믿을 수 없을 만큼 주변의 풍경은 평온해 보였다.

"왜 이렇게 늦었어요! 어? 근데 차가 왜 이 꼴이에요?"

"많이 알면 다친다."

헤드라이트가 부서진 경찰차를 가리키는 양수에게 춘동은

대충 둘러댄 후 주변을 살펴보았다. 양수가 춘동을 부른 곳은 변두리에 있는 커다란 고물상이었다. 도심에 있는 작은 고물상과 달리 대형 철자재 같은 것이 잔뜩 쌓여있는 고물상은 대낮인데도 을씨년스러운 분위기를 풍겼다.

"근데 재는 왜 데리고 왔어요?"

양수는 춘동을 따라 경찰차에서 내린 준을 보고 주춤주춤 괜히 뒤로 몸을 뺐다. 그런 양수의 태도에 춘동이 은근히 눈을 부라렸다.

"신경 꺼라. 그보다 여기 문은 열려 있냐?"

"주인한테 사건 수사로 잠시 살펴보겠다고 말해뒀어요."

양수는 열쇠가 주렁주렁 매달리 고리를 손으로 흔들어 보였다. 춘동은 그런 양수가 어이가 없었다.

"야, 니가 형사냐?"

"에이, 어차피 하는 일은 비슷하잖아요. 그리고 지금 그런 거 따질 시간 없잖아요."

양수의 말이 맞았다. 춘동은 어이없다는 듯 양수를 보다 고개를 설레설레 젓고는 이내 심각한 표정으로 말했다.

"열어라."

춘동의 말에 양수는 냉큼 고물상 창고 문에 꽁꽁 매여 있던 쇠사슬을 빼고 문을 열었다. 춘동은 양수를 따라 고물상 안으로 들어서며 물었다.

"그런데 어떻게 여길 올 생각을 다 했냐?"

"아니 어제 밥을 먹다가 식당 아줌마한테 들었는데요. 업소용 대형 냉장고 수명이 그렇게 길지 않다네요? 그래서 혹시나 싶어서 여기로 와봤죠. 여기가 이 근방 매물이 다 모이는 곳이라더고요."

"새끼 웬일로 머리 잘 굴렸다? 근데……."

"좀 많긴 하죠?"

양수의 말마따나 고물상 한 구석에는 대형 냉장고가 즐비하게 진열되어 있었다. 춘동이 찾고 있던 모델도 양쪽으로 가지런히 진열되어 복도 같은 모양을 만들고 서 있었다.

"이 많은 걸 언제 일일이 다 확인하나 싶긴 한데, 해볼 가치는 있지 싶어서요."

"그렇긴 한데……."

보기만 해도 기가 죽을 숫자에 춘동은 엄두가 나지 않았다. 그때 뒤에서 보고만 있던 준이 앞으로 나섰다.

"준아."

준은 자신을 부르는 춘동에게 그저 고개만 끄덕여 보이고는 냉장고를 보았다. 희끄무레한 먼지가 낀 냉장고 표면에 준의 얼굴이 희미하게 비쳐보였다. 준은 냉장고에 비친 자신의 얼굴을 쓰다듬으려는 듯 냉장고에 손을 대려 했다.

그 순간, 춘동이 준의 팔을 잡아챘다.

"준아."

준이 춘동을 바라보자, 춘동은 준을 똑바로 바라보며 말했다.

"그거 알아라. 이 손, 이제 사람 살리는 손이다."

양수는 뭔가 알 수 없는 분위기가 흐르는 두 사람을 기묘하게 바라봤다. 양수가 준을 마지막으로 봤을 때만 해도 준을 못 잡아먹어서 안달이던 춘동이 저렇게 부드럽게 말하는 게 이상해 보였기 때문이다.

준은 천천히 앞으로 걸어 나갔다. 그리고 크게 심호흡을 하고 양팔을 크게 벌려 양쪽으로 늘어선 냉장고를 양손으로 건드리며 걷기 시작했다. 마치 담을 따라 걷는 아이처럼 보였지만 한 걸음씩 옮길 때마다 준의 얼굴은 점차 고통으로 일그러져 갔다.

갈고리에 걸린 고기.

무표정하게 커다란 고깃덩이를 집는 아주머니의 모습.

고기를 써는 날카로운 칼.

썩은 고기 주변을 뛰어가는 작은 쥐들.

온갖 영상들이 준의 머릿속에 떠올랐다 사라졌다 했다. 마치 눈앞에 보이는 듯한 강렬한 영상들의 연속에 준의 코에서는 서서히 피가 흘러나오기 시작했다. 준은 발밑이 휘청거렸지만 멈추지 않고 걸었다.

시끄러운 소음.

비닐봉투에 담긴 고깃덩이들.

그리고 썩어버린 식자재들이 넘치도록 냉장고에 담겼다.

냉장고 바닥에 터진 비닐에서 흐른 피가 고였다.

고깃덩이들, 고깃덩이들. 수없이 많은 고깃덩이들.

마치 그 냄새까지 느껴질 정도로 선명한 색채에 준의 무릎이 꺾였다.

"준아!"

춘동이 소리치며 자신의 곁으로 온 걸 알았지만 준은 여전히 현기증 때문에 정신을 차릴 수 없었다. 눈앞에는 여전히 현실이 아닌 영상들이 나타났다 사라지고 있었다.

"괜찮냐, 준아?"

춘동이 손을 뻗어 자신을 만지려는 것을 느낀 준은 한손을 들어 괜찮다는 듯 그를 제지했다. 지금 춘동과 접촉했다간 자칫하면 자신이 필요한 것을 읽어내기도 전에 과부하에 걸려 버릴지도 모른다고 생각했기 때문이다.

준은 비틀거리며 곁에 있는 냉장고를 지지대 삼아 자리에서 일어났다.

순간, 준의 눈앞에서 플래시가 터지듯 확연한 영상이 떠올랐다.

어둠 속에서 공포에 질린 여자아이가 냉장고로 들어가는 모습이었다.

준의 눈이 번쩍 떠졌다. 동공은 이미 한껏 확장된 상태였다. 준은 양손으로 그 냉장고를 짚었다. 순간, 우직! 소리를 내며 단단한 냉장고 표면이 우그러지기 시작했다. 그러나 준은 멈추지 않았다. 준의 입으로 쿨럭, 피가 솟구쳤다.

그 모습에 놀란 춘동이 준의 어깨를 흔들었다.

"그만해!"

춘동이 억지로 준을 냉장고에서 떼어내자 준은 바닥에 주저앉은 채 거칠게 숨을 몰아쉬었다. 양수는 가만히 있다가 코피를 흘리고 피까지 토한 준의 모습에 겁을 먹었는지 준의 곁에 다가가지 않고 한걸음 뒤에서 주춤거리고 있었다.

"괜찮냐?"

춘동이 걱정스레 묻자 준은 고개를 끄덕였다. 그리고 자신을 걱정스럽게 바라보는 춘동을 보고 말했다.

"찾았……어."

"정말 괜찮냐?"

"응."

춘동은 아직도 회복이 덜 된 준이 걱정스러웠다.

양수가 돌아왔다. 주인에게 문제의 냉장고에 대해 물어보러 갔던 참이었다.

"쓰던 사람이 더 큰 냉장고 들어왔다고 팔았대요."

"주소는?"

"여기."

양수가 내민 쪽지를 춘동은 소리내어 읽었다.

"마포구 성산동 주상복합타운 레이크뷰……. 호수는?"

"그거까진 모른대요."

양수의 대답에 춘동은 골똘히 생각에 잠겼다. 주상복합타운쯤 되면 한두 세대가 아니기에 그 집 모두를 일일이 수색하는 건 무리란 생각이 들었기 때문이다.

'지원만 있으면 금방 찾을 텐데……. 씨발, 지금 상황에서 지원은 개뿔.'

춘동은 양수를 만난 이후엔 핸드폰을 아예 꺼 버렸다. 아마 고 반장은 지금도 춘동에게 전화를 걸고 있을 것이다. 준을 빼돌린 이상 춘동은 범인을 잡기 전까진 경찰과 마주칠 수 없었다.

무리든 뭐든, 이젠 발로 뛰는 수밖에.

춘동은 양수와 준을 번갈아 보며 단호한 어조로 말했다.

"가자."

12. 기우

기우는 어렸을 때부터 혼자였다. 철들 무렵부터 기우의 부모님은 '어른스러운' 기우에겐 어른의 손길이 필요하지 않다며 기우를 방치했고 또래 친구들은 기우가 어딘지 이상하다고 말하며 기우를 피했다. 친구가 생겨도 잠시, 대부분은 기우를 떠나며 말했다.

'이상해.'

'왜 그런 말을 하는 거야? 기우야, 너 이상해.'

'나…… 니가 무서워.'

기우는 오히려 그들이 이상해 보였다.

마치 그들은 누가 짜준 대본이라도 있는 것처럼 하나같이 기우를 경원시하며 그의 곁을 떠나갔, 결국 기우 곁에 남은 것은 동물들뿐이었다. 동물들은 그들처럼 기우에게 이상하단 말을 하지 않았다. 그리고 기우를 손가락질하지도 않았고 마음대로 기우를 떠나지도 않았다.

그래서 기우는 어렸을 때부터 여러 동물들을 키웠다. 작고 보송한 몸, 순진한 눈동자, 애교스러운 몸짓. 개, 고양이, 토끼, 기니피그……. 애완동물로 거론되는 동물 거의 모든 것을 키워본 기우였지만, 애완동물을 키우면서 늘 불만이 있었다.

그것은 애완동물이 금세 자라 어른이 되어버린다는 점이었다. 새끼 때는 그렇게 귀엽던 강아지도 어른이 되어버리면 귀엽지가 않았다. 그리고 행동도 점점 얄미워졌다. 짖지 말았으면 할 때 짖는 개나 함부로 가구를 긁는 고양이, 그리고 아무 곳에나 똥을 싸는 토끼 등. 몇 번을 혼내도 동물들은 기우의 뜻을 어기기만 했고, 결국 그 애완동물들은 기우의 손에 의해 처분되었다. 기우는 그게 당연한 일이라 생각했다. 그러나 그런 기우의 행동에 주변 사람들은 더욱 기우를 손가락질했다. 종국엔 부모님마저 기우를 비난했다.

"기우야, 넌 보통이 아니야."

보통이란 무엇일까. 기우는 생각했다. 자신이 생각하기에 자신은 지극히 이성적이고 보통이었다. 그렇다면 오히려 문제는 세상인 것 아닐까.

그렇지만 점차 커가면서 기우는 세상이 자신의 생각과 많이 다르다는 것을 알았다. 그리고 자신 같은 솔직한 사람을 세상이 어떻게 보는지도 알았다. 그래서 기우는 점점 자신의 솔직한 속내를 드러내지 않는 것에 익숙해졌다. 가면을 쓰고 웃는 것만으로 사람들은 기우에게 손가락질을 하지 않았다. 부모님도 기우를 잘 키운 아들이라며 자랑을 했다. 기우는 자연스럽게 사회에 스며들었다.

그러나 그렇게 가면을 쓸수록 기우는 스트레스를 받아갔다. 기우가 솔직해질 수 있는 것은 동물들 앞뿐이었다. 동물들 앞에서는 화가 나면 나는 대로, 기분이 좋으면 좋은 대로 그대로 표출할 수 있었다. 그래서 기우는 점점 동물들에게 빠져들었다. 그리고 세월이 흘러 자연스럽게 수의사가 되었다.

그저 동물을 접하고 싶어 시작한 일이지만 수의사 일은 의외로 기우의 적성에 맞았다. 특히 수술을 위해 마취된 동물들을 기우는 좋아했다. 기우의 손에 모든 걸 맡긴 동물들의 모든 것을 지배하는 기분은 확실히 쾌감이었다. 삶도 죽음도 기우의 손안에 있었다.

그러나 시일이 지날수록 기우는 점차 병원에서 만나는 동물들만으로 만족을 할 수 없어졌다. 무엇보다 동물에겐 표정이 없고 말이 없었다. 기우는 생글생글 귀엽게 웃는 얼굴과 순종적인 태도와 말을 원했다. 기우는 그제야 자신이 바래왔던 애완동물이 '어린아이'라는 사실을 깨달았다.

그래서 처음에는 입양을 생각했다. 그러나 혼자 사는 독신남인 기우에게 입양은 쉽지 않은 일이었다. 하루 종일 집을 비워두는 직업으로는 아이를 돌볼 수 없다며 기우에겐 기회조차 주지 않았다. 기우는 불합리한 상황에 분노했다. 도무지 사회는 기우를 위해 좋은 일이라곤 한 적이 없었다.

원하는 애완동물을 얻지 못한 기우는 나날이 분노했다. 그러나 사회는 기우의 그런 분노조차 표출할 기회를 주지 않았다.

불합리하다.

불합리하다.

불합리하다!

그렇게 분노를 키워가던 기우는 문득 이런 생각이 들었다. 사회가 주지 않는다면 내가 직접 구해오면 되잖아? 그러면 아무도 모르는 기우만의 비밀의 애완동물이 될 수 있을 것이다.

상상만으로도 기우는 기분이 좋아졌다. 기우는 곧 계획을 세웠다. 동물만큼이나 단순한 머리를 가진 어린아이가 걸려들 계획을 만드는 것은 그리 어렵지 않았다. 그저 마취제로 재운 강아지 한 마리면 모든 준비는 끝났다.

그 후 기우는 꾸준히 주변을 돌아다니며 목표를 찾았다. 자신에게 잘 어울릴 귀여운 애완동물, 순종적인 애완동물이 되어 줄 아이를. 그러는 사이 기우의 집에는 애완동물을 위한 멋진 우리도 마련되었다.

그리고 우리가 완성된 그날, 기우는 운명을 만났다.

'아니, 운명은 아니었지.'

기우는 불쾌한 듯 인상을 썼다. 기우가 데려온 아이는 처음에는 귀여웠다. 마치 어린 강아지처럼 순수한 눈동자가 마음에 들었고 토실한 볼과 미소가 마음에 들었다. 그러나 아이는 기우에게 자꾸 못난 얼굴을 보여주었다.

보통 어미와 떨어진 지 얼마 되지 않는 새끼들이 그러하듯 계속 낑낑거리며 제 어미를 찾았다. 그래서 기우는 부드럽게 상황을 설명했다. 그렇지만 애완동물은 기우의 말에 울며 악을 쓰기 시작했다.

기우는 실망했다. 완벽하다고 생각한 애완동물이 이상을 빗나가자 실망은 분노로 변질되었다. 결국 기우는 그 애완동물을 '처리'했다. 여태 다른 동물들을 처리해왔듯이 그렇게. 주사액이 몸에 들어가자 버둥거리던 사지가 힘없이 늘어지고 악을 쓰던 얼굴이 다시 고운 얼굴로 변했다.

'아아, 완벽하다.'

기우는 만족했다. 역시 순종적인 애완동물이 최고였다. 그러나 한번 '처리'한 애완동물은 전처럼 기우와 함께 놀 수 없었다. 기우는 그게 불만이었다. 애완동물과의 추억을 곱씹어도 기우는 점점 쓸쓸해졌다. 이제 슬슬 새 애완동물을 들여야 하는 걸까. 기우가 빈 철창을 보며 생각했을 즈음 세상이 미쳐 돌아가기 시작했다.

한때 기우의 애완동물이었던 것의 사진이 뉴스에 나오기 시작했다. 그 어미가 보기 흉하게 울부짖는 모습이 화면 가득 나오고, 기우를 알지도 못하는 것들이 기우를 향해 냉혈한이니 살인마니 떠들어댔다.

겨우 애완동물 한 마리, 수백, 수천만 중의 하나가 죽었을 뿐인데도 언론은 기우가 마치 사상 최악의 악마라도 되는 양 묘사했다. 기우의 인간적인 배려에도 아랑곳 않았다. 언론은 연일 기우가 얼마나 사악한지, 죽은 애완동물이 얼마나 가여운지를 떠들어댔다.

'가엽다니. 감히, 가엽다니.'

기우는 그들의 태도에 화가 났다. 자신이 그 애완동물을 얼마나 예뻐했는지도 모르는 것들이 감히 함부로 말을 한다 싶었다. 마음 같아선 애완동물과 자신의 즐거운 한때를 모두에게 보여주며 자신이 얼마나 다정하게 애완동물을 대해줬는지 증명하고 싶었다.

그러나 미친 사회의 법은 기우의 애정을 인정하지 않을 것이다. 기우를 우리에 가두고 제멋대로 재판하고 손가락질을 할 것이다. 유년의 경험으로 그것을 터득한 기우는 부글부글 끓는 속을 가라앉혔다. 대신 기우는 자신에게 위안이 되어줄 다른 애완동물을 찾아 거리를 헤맸다. 그리고 마침내 새 애완동물을 찾아냈다.

새로운 애완동물을 떠올리자 기우는 기분이 좋아졌다. 숨바꼭질을 좋아하는지 처음 만났을 때부터 장난을 치는 애완동물의 생기발랄한 모습에 기우는 완전히 반해 버렸다. 지금 그 애완동물은 얌전히 우리에서 기우의 귀가를 기다리고 있을 것이다.

새 애완동물은 지난번 애완동물처럼 악을 쓰지도 않고 조용했다. 가끔 훌쩍거리긴 했지만 원래 어미와 떨어진 어린 것들은 한동안 낑낑거리며 어미를 찾게 마련이다. 기우는 그 정도는 너그러운 마음으로 이해해 줄 수 있었다. 고무공을 굴려주면 주춤거리며 공을 굴리는 애완동물의 태도는 귀엽기 그지없었다. 덕분에 최근 기우의 기분은 늘 상승세였다.

기우는 애완동물이 좀 더 상황에 익숙해지고 얌전해지면 우리 밖으로 꺼내 줄 생각이었다. 그럼 언젠가는 애완동물을 데리고 산책도 할 수 있을 테고, 또 언젠가는 애완동물을 데리고 유원지에 갈수 도 있을 것이다. 커다란 놀이공원을 뱅글뱅글 뛰어다닐 애완동물의 모습을 생각하니 기우는 절로 기분이 좋아졌다.

"기다렸지?"

기우는 애완동물이 있는 케이지 앞에 서서 빙긋 웃었다. 혼자 있는 애완동물이 심심할까 싶어 케이지 안에 장난감과 고무공을 사방에 뿌려놓았다. 애완동물은 아직 환경에 적응하지 못했는지 공을 가지고 노는 모습을 보여주지 않았지만, 조만간 분명 공을 가지고 귀엽게 노는 모습을 볼 수 있을 것이다. 기우는 기대로 두근거리는 마음을 숨기지 않았다.

기우는 문을 잠가뒀던 사슬을 풀어 케이지 문을 열었다. 그리고 준비해온 도시락을 애완동물에게 내밀었다. 직접 도시락 뚜껑을 열고 젓가락까지 내밀었지만 애완동물은 반응이 없었다.

"배고프지 않아? 먹어."

기우가 친절하게 말했지만 애완동물은 주춤거리는 눈으로 기우를 보고 있을 뿐이었다. 도대체 뭐가 문제인 걸까? 이 애완동물이 싫어하는 음식이라도 섞여 있는 걸까? 기우가 의아해하며 도시락을 보는 사이 갑자기 애완동물이 기우의 손목을 깨물었다.

"악!"

살을 찢을 만큼 사정없이 손목을 물어뜯은 애완동물의 행동에 기우는 비명을 질렀다. 그 틈에 애완동물은 열린 케이지 너머로 달려 나갔다. 그리고 기우가 채 말리기도 전에 방문을 열고 밖으로 뛰어나갔다.

기우는 거친 숨을 몰아쉬며 감정을 억누르려 했다. 그러나 피가 흐르는 손목과 엉망이 되어 바닥을 뒹구는 도시락을 보니 도저히 진정이 되지 않았다.

'어째서? 내가 이렇게 잘 해줬는데 어째서?'

기우는 피가 흐르는 손목을 누르며 천천히 자리에서 일어났다. 그리고 뛰쳐나간 애완동물을 따라 방을 나섰다.

좁은 방을 벗어나자 탁 트인 전망을 자랑하는 호화로운 거실이 나타났다. 기우의 집, 기우의 요새, 기우만의 공간이었다. 아직 애완동물이 마음대로 걸어 다니도록 허락할 마음이 없는 기우만의 공간을 애완동물이 버릇없이 뛰어다니고 있었다.

이리저리 정신없이 뛰던 애완동물은 방에서 나온 기우를 보더니 깜짝 놀라 주변을 두리번거렸다. 그리곤 현관을 향해 달려갔다. 기우는 성큼성큼 애완동물이 있는 방향으로 다가갔다. 애완동물은 탈출을 노리는지 현관문에 매달려 손가락을 꼼지락거리고 있었다. 그러나 기우는 서두르지 않았다. 현관엔 자물쇠가 다섯 개나 있고, 그 중 두 개는 애완동물이 아무리 손을 뻗어도 닿지 않는 곳에 있기 때문이다.

마침내 기우는 애완동물의 등 뒤에 섰다.

"마음대로 나오면 안 되잖아."

일단 기우는 화를 억누르며 부드럽게 애완동물을 타일렀다. 만약 애완동물이 용서를 구하면 관대한 마음으로 받아들여 줄 생각이었다. 그러나 기우를 본 애완동물은 새파랗게 변한 얼굴로 이내 엉엉 울음을 터트렸다.

"지, 집에 보내주세요……. 집에 보내주세요……."

"여기가 네 집인데 그게 무슨 소리야."

"집에 보내주세요, 집에 보내주세요, 집에 갈래요……."

애완동물의 울음소리는 기우의 기분을 상하게 할 만큼 날카롭고 거칠었다. 언제나 조용하기 만한 거실에 애완동물의 역겨운 울음이 가득차자 결국 기우는 참지 못하고 애완동물의 머리채를 붙들었다.

"말도 안 듣고 짖기만 하고……! 도대체 왜 그러는 거야!"

머리채를 잡아당기자 애완동물은 겁에 질린 듯 입을 다물어버렸다. 역시 폭력을 써야 조용해지는구나. 기우는 실망했다. 이 애완동물도 개와 다름이 없다. 짐승이다. 자신이 원했던 그런 애완동물이 아니라, 그저 시끄럽고 은혜도 모르는 짐승이었다.

"널 그렇게 예뻐해 줬는데 어떻게 나한테 이럴 수 있어?"

기우가 머리채를 흔들자 애완동물이 기우의 손을 손톱으로 마구 긁었다. 손목을 물고 마음대로 우리를 나가더니 이젠 손톱까지 세운다.

최악이다. 이 애완동물은 최악이다!

기우는 애완동물의 가느다란 목을 틀어쥐었다. 겁에 질려 콧물까지 흘리는 추악한 애완동물을 빤히 보며 기우는 어쩔 수 없다는 듯 속삭였다.

"난 이러고 싶지 않았는데 어쩔 수 없지. 말 안 듣는 애완동물은 필요 없거든."

"아 뭐가 이리 높냐. 목 빠지겠네."

올려보는 것만으로도 목이 뻐근해질 것 같은 고층 아파트를 본 양수의 소감이었다. 지금 춘동 일행은 레이크 뷰 아파트 앞에 서 있었다.

"하나 둘 셋……. 이게 다 몇 층이래. 이거 다 언제 뒤진대요?"

양수가 질린 듯 말하자 춘동은 대충 눈으로 아파트를 훑다 어쩔 수 없다는 듯 양수의 등을 두드렸다.

"일단 양수 네가 10층까지 맡아. 그 위로 나머진 내가 맡을 테니까. 한 집 한 집 빠트리지 말고 초인종 눌러보고. 냄새나는 데 있음 바로 콜 해."

그리고 춘동은 준을 돌아보았다. 고물상에서 지나치게 힘을 쓴 탓인지 준은 아직 창백한 얼굴로 휘청이고 있는 상태였다.

"준이 넌 여기서 기다려."

"나도……."

"안 돼, 어차피 너 지금 제대로 걷지도 못하잖아. 그러니까 여기서 기다려. 기다리다가 30분 지나도 우리가 안 나오면 경찰에 신고해라. 알았어?"

춘동의 말에 결국 준은 못내 고개를 끄덕였다. 준이 고개를 끄덕이자 춘동은 양수의 어깨를 두드렸다.

"자, 얼른 움직이자!"

춘동과 양수가 아파트를 향해 멀어져 가자 준은 하늘을 올려보았다. 구름이 많아서 어둑어둑한 하늘엔 금방이라도 비가 올 것처럼 잔뜩 찌푸려 있었다.

기우는 거울 안의 자신을 보며 흐트러진 머리를 단정하게 정리했다. 너무 흥분했는지 머리카락이 여기저기로 빠져나와 있었다. 이런 모습으로 길거리를 걸어가다니, 안 될 일이다. 깔끔하게 머리를 정돈한 기우는 스스로 붕대를 감은 손목을 보며 혀를 찼다. 손등이야 개나 고양이에게 긁혔다 하고 넘어갈 수 있는 상처지만 손목의 상처는 치열형태가 동물과 달라서 숨길 수밖에 없었다.

따지고 보면 이게 다 잘못된 애완동물을 고른 자신의 탓이었다. 애완동물의 성질이 고약했던 것도 문제였지만 혈통서도 확인 안 하고 귀엽다고 덥석 데려온 자신에게도 문제는 있었다. 기우는 충동적이었던 자신을 반성했다.

'다음엔 좀 더 신중하게 데려 와야겠어.'

다음엔 사내아이가 좋을지도 모르겠다. 여태는 여자아이만 데려왔기에 그렇게 째지는 목소리로 기우를 귀찮게 했는지도 몰랐다.

'그렇지만 사내아이는 곧 보기 싫어질 것 같은데……. 하긴, 누가 애완동물을 그렇게 길게 키우겠어? 키우다 귀찮으면 안락사 시키면 되지 뭐.'

기우는 태연하게 마음먹고 자리에서 일어났다.

춘동은 몇 번째인지 모를 집의 벨을 누르고 있었다. 고급 아파트다 보니 문을 열게 만드는 것 자체가 곤욕이었지만 하지 않을 수 없는 일이었다. 다행히 문만 열리면 안이 보여서 냉장고를 확인하는 건 어렵지 않았다. 문제는 문을 열게 하는 일이었다. 경찰이란 것을 말해도 절대 문을 안 열어주는 사람, 경찰을 부르겠다는 사람, 욕을 하는 사람 등 반응은 다양했다. 춘동은 그저 허리를 굽혀 문을 열어주십사 애원하는 수밖에 없었다.

한참을 뒤져도 춘동이 찾는 집은 나타나지 않았다. 무엇보다 대부분이 가족이 거주하는 아파트다보니 혼자 사는 독신 남성이라는 프로파일에 맞지 않았다. 시간이 갈수록 춘동은 점점 초조해졌다. 이러는 사이에도 다희에게 무슨 일이 생기고 있는 건 아닌지 불안했다. 마음 같아선 고 반장에게 전화해서 이 아파트 안에 용의자가 있다고 말하고 싶었지만 지금 상황에서 고 반장에게 말했다간 용의자를 잡기는커녕 춘동과 준이 잡혀갈 게 뻔했다. 결국 춘동은 다시 열심히 아파트 벨을 누를 수밖에 없었다.

"저기요, 이상한 사람 아니에요! 문 좀 열어보시라고요!"

애타는 춘동의 목소리가 복도에 쩌렁쩌렁 울렸다.

한편 혼자 남겨진 준은 아파트 주변을 서성거리다 힐끔 아파트를 올려보았다. 그러나 아무리 보아도 저 큰 아파트를 춘동과 양수 둘이서 모두 뒤진다는 건 무리일 듯했다. 그리고 혹시나, 춘동과 양수 두 사람 중 한 사람이 범인을 맞닥뜨리게 되면 위험한 일이 생길지도 모른다는 불안도 있었다. 결국 준은 아파트 안으로 들어가 엘리베이터 앞에 섰다.

준에게 사람을 만난다는 건 여전히 두려운 일이었다. 그렇지만 가만히 손을 놓고 있는 건 말이 되지 않았다. 춘동이 말하지 않았던가. 포기하지 말라고. 준은 다시 한 번 춘동을 믿어보고 싶었다.

엘리베이터는 지하주차장에서부터 올라오고 있었다. 딩동. 가벼운 벨소리를 내며 엘리베이터 문이 열렸다. 준이 엘리베이터에 올라 탄 그때 등 뒤에서 잠시만요! 하는 소리가 들렸다. 준은 얼른 엘리베이터 벽 쪽으로 물러났다.

엘리베이터에 올라탄 것은 깔끔한 인상의 젊은 남자였다. 30대, 혹은 40대 초반. 뿔테 안경을 써 지적으로 보이는 남자는 20층 버튼을 누른 후 주머니에서 핸드폰을 꺼내 무언가를 보고 있었다.

준은 이상하게 이 남자의 얼굴이 낯익었다. 어디서 봤던 사람일까 생각해봐도 잘 생각이 나지 않았다. 준은 남자가 눈치 채지 못할 만큼 힐끔힐끔 남자의 얼굴을 뜯어봤다.

그때 남자가 고개를 돌렸다. 남자의 옆모습을 본 준은 두 눈을 한계까지 크게 뜨고 남자를 보았다. 바로 준이 읽어낸 그 남자였다!

눈매와 콧날뿐이었지만 준은 그가 자신이 읽어낸 기억 속의 남자라는 것을 확신했다. 그것을 인지한 순간 준의 호흡이 저절로 가빠졌다. 심장이 쿵 쿵 요란하게 뛰기 시작했다. 숨조차 제대로 쉴 수가 없었다. 계속 핸드폰만 보고 있던 남자가 준을 흘긋 쳐다보았다. 그리곤 마침 생각났다는 듯 물었다.

“몇 층 가세요?”

남자의 질문에 준은 층 버튼을 보았다. 20층 버튼만 눌러져 있고 아무것도 눌러지지 않은 버튼을 보면 남자의 질문은 당연했다.

“아, 저도 20층 가요.”

겨우 태연함을 유지한 준이 대답하자 남자가 준을 슬쩍 훑어보았다. 그리고는 다시 태연하게 자신의 핸드폰을 바라보기 시작했다. 이내 엘리베이터가 올라가기 시작했다.

좁은 공간에 범인과 단 둘이라는 심리적 압박에 준의 숨은 자꾸만 거칠어졌다. 이미 준의 등은 식은땀으로 푹 젖어 있었고 이마에도 땀이 송골송골 맺혀 있었다. 그런데 갑자기 잘 올라가던 엘리베이터가 덜컹! 요란한 소리를 내며 흔들렸다. 순간 준은 균형을 잃고 곁에 서 있던 남자의 팔을 손으로 잡았다. 그 순간 준의 동공이 확장되면서 읽고 싶지 않은 것들이 준의 머릿속에 파고들었다.

피. 죽음. 시체. 즐거움. 주사기. 메스. 개가 짖는 소리. 철창. 그리고 아이의 우는 얼굴, 얼굴, 얼굴!

준은 저도 모르게 남자를 뿌리치며 뒤로 물러섰다. 그러다 이내 자신의 행동이 수상해 보일 것이란 것을 걱정해 애써 미소를 지으며 말했다.

"아, 저 죄송합니다."

"네, 괜찮아요. 놀라셨죠? 이 건물이 가끔 이래요."

준이 읽어낸 끔찍한 영상과 어울리지 않게 남자는 선량하게 웃었다. 그게 준을 더욱 소름끼치게 했다. 남자는 준에게서 시선을 거두고 다시 엘리베이터 전광판을 보았다. 그 사이, 준은 남자의 시선을 피해 주머니에서 핸드폰을 꺼내 부들부들 떨리는 손으로 춘동에게 문자를 보냈다.

'20층.'

겨우 문자를 전송한 준은 남자의 눈치를 살피며 작게 심호흡을 했다. 엘리베이터의 전광판 숫자는 이제 점점 20층에 가까워지고 있었다.

그때 남자가 불쑥 물었다.

"20층이 댁이세요? 처음 뵙는 분 같은데?"

"아니요, 친구 집에 좀……."

남자의 물음에 준은 애써 태연하게 대답했다. 남자는 알았다는 듯 고개를 끄덕였다. 마침내 전광판이 20이라는 숫자를 가리키고 엘리베이터 문이 열렸다. 그러자 남자는 자연스럽게 엘리베이터에서 내리려는 것처럼 한걸음 앞으로 나섰다.

그러나 남자는 엘리베이터에서 내리지 않았다. 대신 닫힘 버튼을 누르고 엘리베이터 문을 등진 채 준을 돌아보았다.

스르륵.

남자의 등 뒤로 열렸던 문이 닫히면서 준은 다시 남자와 좁은 공간에 단 둘이 있게 되었다. 남자는 긴장으로 굳어버린 준의 얼굴을 보며 나지막한 소리로 입을 열었다.

“그런데 20층엔 저희 집 밖에 없는데.”

남자의 말에 준의 얼굴에 숨길 수 없는 당혹감이 스쳐 지나갔고, 그런 준을 보며 남자가 부드럽게 미소를 지었다.

“너 누구니?”

기우는 자신의 눈앞에서 경직된 준을 보며 빙긋 웃었다.

“착각했나 봐요. 21층…….”

“21층은 3개월 전부터 비어 있어. 그리고 전에 살던 사람은 노부부고.”

기우는 마치 발악하듯 회피하는 준을 재미있다는 듯 보았다. 이건 또 특이한 종자였다. 마치 기우가 누구인지 처음부터 안 것 같은 태도. 주인을 겁내는 개와 같은 태도. 보통 사람이라면 절대 모를 자신의 본질을 눈치 챈 듯한 그의 태도에 기우는 흥미가 일었다.

“왜 그래? 왜 그렇게 겁을 먹었어. 응?”

기우의 질문에 준은 저도 모르게 한걸음 뒤로 물러섰다.

그러나 좁은 엘리베이터 안에서 기우의 시선을 벗어날 곳은 없었다. 결국 준은 물러서는 대신 눈앞의 기우에게 달려들었다. 준의 주먹이 기우의 얼굴을 향해 휘둘러졌다. 그러나 준의 주먹은 허무하게 허공을 갈랐고, 기우는 달려드는 준의 팔을 잡고 너무나 쉽게 그를 바닥에 패대기쳤다. 애초에 힘을 지나치게 사용해 녹초가 된 준이 건장한 기우를 상대한다는 게 무리였다.

"이런, 버릇없는 애완동물이네."

기우는 쓰러진 준의 머리채를 잡았다.

"놔! 놓으라고!"

"마침 애완동물이 없어져서 심심하긴 했지만 난 다 큰 동물은 싫어하거든?"

기우는 버둥거리는 준을 억누른 채로 주머니에서 액체가 가득 든 주사기를 하나 꺼냈다. 그리고 이빨로 주사기의 캡을 벗겨내고 그대로 준의 팔에 찔러 넣었다. 준이 저항하기도 전에 주사기의 내용물은 모두 준의 몸에 주사되었다.

"무슨 짓……."

"버릇없는 개는 일단 '기다려'부터 배워야지?"

마치 조롱하듯 흘러나온 기우의 말에 준은 무어라 대꾸를 하려 했다. 그러나 주사기에 든 액체가 무엇이었는지, 몸을 억누른 기우의 손이 멀어졌음에도 준은 꼼짝도 할 수 없었다. 기우는 바닥에 쓰러져 움찔거리는 준을 내려다보며 유쾌하게 웃었다.

"역시 개는 바닥을 기는 게 제일 잘 어울려. 그렇지?"

바닥에 쓰러진 준의 눈에 기우의 구두가 가까워졌다. 기우가 손을 뻗어 바닥에 떨어진 준의 핸드폰을 집는 게 보였다. 안 돼! 준은 소리를 지르고 싶었지만 이미 혀까지 마비된 듯 제대로 소리도 낼 수 없었다.

"왕멋진형……? 누굴까 왕멋진형이. 그리고 왜 20층이라고 문자를 보낸 거야, 응?"

준은 대답하지 않았다. 대답할 마음도 없었지만 혀가 제대로 움직이지 않아 대답할 수도 없었다. 기우는 바닥을 꿈틀거리는 준을 가만히 내려다 보다 엘리베이터 문을 열었다. 그리고 엘리베이터를 내린 후, 쓰러진 준을 향해 장난처럼 손을 흔들었다.

춘동이 준의 문자를 확인한 것은 준이 문자를 보낸 지 5분 정도가 지나서였다. 진동으로 해 둬서 문자가 온 것을 눈치 채지 못한 춘동은, 뒤늦게 20층이란 짧은 문자를 확인하고 허겁지겁 엘리베이터 버튼을 눌렀다. 그러나 엘리베이터가 도착하는 것을 기다릴 수 없어진 춘동은 이내 계단을 뛰어 오르기 시작했다.

"이 새끼, 밖에서 기다리라니까 왜!"

계단을 뛰어오르는 춘동의 얼굴은 준에 대한 걱정으로 잔뜩 일그러져 있었다.

겨우겨우 계단을 뛰어올라 20층에 도착한 춘동은 2001호 앞에 멈춰 섰다.

헉헉.

몇 층이나 뛰어올랐는지 제대로 숨조차 쉴 수 없었다. 어쨌든 준이 말한 곳은 이곳이 맞았다. 춘동은 거친 숨 그대로 벨을 눌렀다. 그러나 기다리는 시간조차 안타까운지, 이내 초조함을 감추지 못하고 문을 두드리기 시작했다.

"저기요! 계세요? 저기요! 문 좀 열어 보세요!"

그러나 아무리 문을 두드려도 안에서는 대답이 없었다. 혹시나 하는 마음에 문고리를 잡아 당겨 보았지만 역시 문은 잠긴 상태였다.

"씨발. 준이가 헛소리할 리도 없고."

춘동은 안절부절못하며 문 앞을 서성이다 이내 복도에 놓인 비상용 소화기를 손에 들었다. 결심한 듯 문 앞에 선 춘동은 소화기로 힘껏 문고리를 내려쳤다.

쩍! 쩡! 쩡! 마치 도끼질을 하듯 부지런히 문을 내려치자 곧 문고리가 너덜너덜 떨어져 나갔다. 춘동은 떨어진 문고리 안으로 손을 밀어 넣어 문을 열고 얼른 아파트 안으로 뛰어 들어갔다.

"다희야! 다희야, 여기 있니?"

춘동이 소리를 지르며 아파트 안으로 뛰어 들어갔지만 아파트 안에는 인기척라곤 없었다. 춘동은 서둘러 주변을 돌아보다 주방에 주목했다. 그러나 주방에 있는 것은 춘동이 생각했던 업소용 냉장고가 아니라 평범한 가정용 냉장고였다. 이럴 리가 없는데 라고 생각하면서도 춘동은 집안 곳곳을 살펴보기 시작했다. 그러나 아무리 보아도 이곳은 그저 평범한 집이었고, 어디에도 아이의 흔적은 보이지 않았다.

그때, 굳게 닫힌 문 하나가 눈에 띄었다. 문고리에 군데군데 흠집이 나 있는 모습이 정갈하기만 한 이 집에 어울리지 않았다. 춘동은 천천히 문고리를 잡고 문을 열었다.

"!"

춘동은 경악했다. 그곳은 공장부지의 창고처럼 황량한 모습을 하고 있었다. 내부에서 나는 소리를 차단하려는 듯한 두꺼운 벽돌벽이 주변을 감싸고 있었고 방 안에는 커다란 철제 우리가 있었다. 마치 짐승이라도 사육하려는 곳 같았지만 바닥에 떨어져있는 도시락으로 보아 이곳에 있는 것은 분명 사람이었다. 도시락 주변을 굴러다니는 고무공을 보면 더욱 확실했다.

비록 우리 안은 텅 비어 있었지만 춘동은 이곳이 준이 말했던 장소라는 것을 확신했다. 문제는, 다희가 이 장소에 없다는 점이었다.

그때 춘동의 핸드폰이 울리기 시작했다. '김 준'이라고 떠오른 이름에 춘동은 얼른 전화를 받았다.

“어, 준아. 도대체 너 어디야? 준아?”

그러나 전화기 너머 준은 말이 없었다. 춘동이 의아해하며 전화기 액정을 확인하려 한 순간, 전화기에서 낯선 목소리가 들렸다.

“여기서 뭐 하세요?”

그 목소리는 전화기뿐 아니라 실제 목소리와 겹쳐 들렸다. 바로 곁에서 들린 목소리에 춘동이 천천히 뒤로 고개를 돌리자, 멀끔한 모습의 남자가 준의 구형 핸드폰을 귀에 대고 서 있는 모습이 보였다. 그리고 그 남자의 손에는 식칼이 들려져 있었다.

춘동은 재빨리 권총을 뽑아들고 남자를 겨눴다.

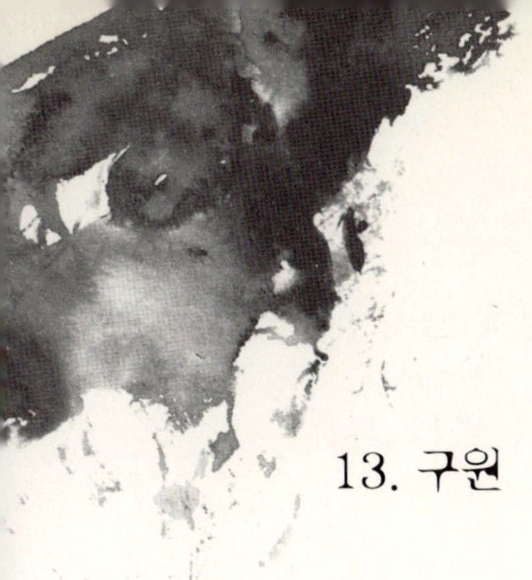

13. 구원

탕!

준은 번뜩 고개를 들었다. 멀리서 들린 소리였지만 준은 단번에 그것이 총성임을 알았다. 그리고 지금 이곳에서 총성이 울릴 이유는 단 하나, 춘동이 범인과 대치한 게 틀림없었다.

준은 필사적으로 자리에서 일어나려 했다. 그러나 아무리 움직이려 해도 몸이 제대로 움직여지지 않았다. 힘껏 꿈틀거리면 몸을 조금 움찔거릴 수 있었지만 그것이 전부였다. 준은 마치 태어나 처음 걷는 네발짐승처럼 온 몸에 힘을 주고 일어나려 애썼다.

'제발, 제발!'

준은 말을 듣지 않는 자신의 몸에 애원하듯 필사적으로 몸을 뒤틀었다.

'제발 움직여!'

춘동이 쏜 총알은 남자를 빗나가 그대로 거실의 통유리에 꽂혔다. 강한 압력에 견디도록 만들어진 고층빌딩의 통유리라 방탄유리에 가까운 기능을 하는지, 총알은 유리를 관통하지 못하고 커다란 거미줄을 만들며 유리에 박혀 버렸다.

코앞에 둔 남자를 춘동이 맞추지 못한 이유는 춘동이 형편없는 사수(射手)라서가 아니었다. 바로, 춘동의 어깨에 박힌 식칼 때문이었다. 춘동이 권총을 쏘려하자 벼락같이 덮쳐든 남자가 휘두른 칼에 춘동은 속수무책으로 어깨를 찔리고 말았다.

철크럭! 춘동의 손에서 떨어진 권총이 바닥으로 떨어졌다. 남자는 춘동의 무기가 사라진 것을 확인하고는 눈을 빛냈다. 그리고 춘동의 어깨를 찔렀던 식칼을 뽑아 들고 이번엔 춘동의 배를 노렸다. 그러나 춘동도 호락호락 당하고 있진 않았다. 춘동은 자신의 배를 찌르려는 남자의 손목을 주먹으로 내려쳤다.

퍽! 뗑그렁! 제대로 손목이 꺾이는 부분을 내려치자 식칼이 속절없이 마룻바닥을 굴러갔다. 남자는 구른 식칼을 줍기 위해 몸을 날렸다. 그러나 춘동이 그보다 더 빨랐다. 춘동은 식칼을 줍기 위해 몸을 구부린 남자의 머리를 무릎으로 쳐올렸다.

빡! 관자놀이와 턱 부근을 정통으로 얻어맞은 남자가 컥 소리를 내며 휘청거리자 춘동은 그대로 남자의 머리채를 잡고 바닥에 내려 찧었다.

쿵! 쿵! 쿵! 무거운 대리석 바닥에 사정없이 내려찧은 남자의 이마가 찢어지고 피가 튀었다. 이내 남자의 몸이 힘없이 축 늘어지자 춘동이 엎드리고 있던 남자를 벌렁 마룻바닥에 뒤집어 눕혔다. 그리고 남자의 멱살을 잡고 사납게 으르렁거렸다.

"개새끼가! 어디서 연장질이야!"

춘동의 외침에 남자는 정신이 없는 듯 눈을 껌뻑 껌뻑거렸다.

"애 어디 있어 이 개새끼야! 어디 있는지 대답해!"

"애?"

남자가 힘없는 목소리로 춘동의 물음에 대답했다. 춘동은 남자의 목을 조를 기세로 멱살을 틀어잡았다.

"겨우 이 정도에 나가떨어진 시늉하지 말고 애 어디 있는지 말하라고!"

춘동이 소리를 지르자 남자의 입술이 달싹거리며 움직였다. 그 움직임에 춘동이 눈살을 찌푸리고 귀를 기울였지만 소리가 너무 작아서 춘동에겐 들리지 않았다. 결국 춘동은 남자의 소리를 잘 듣기 위해 남자의 입가에 귀를 댔다.

그 순간, 남자가 작게 속삭였다.

“닥쳐.”

그 말에 춘동은 어이없는 표정으로 남자를 홱 돌아보았다. 그리고 그 순간, 남자가 춘동의 목을 물어뜯었다.

우드득!

“아악!”

남자는 사정없이 춘동의 목을 물어뜯었다. 마치 육식동물이 초식동물을 사냥하듯 목덜미를 물어뜯는 남자의 행동에 춘동은 통증 이전에 본능적인 공포를 느꼈다.

미친놈!

춘동은 발로 남자의 몸을 세차게 걷어찼다.

퍽! 남자가 다시 바닥에 미끄러졌다. 춘동은 피가 줄줄 흐르는 자신의 목을 감쌌다. 어지간히도 깊이 물어뜯었는지 귀 주변과 턱 주변에서 피가 줄줄 흘러내렸다.

그때였다. 바닥에 쓰러져있던 남자가 갑자기 벌떡 일어나 소리를 지르며 춘동을 향해 덮쳐왔다. 입 주변이 춘동의 피로 얼룩진 남자의 모습은 마치 좀비 영화에 나오는 좀비처럼 기괴하고 소름이 끼쳤다. 춘동이 본능적 혐오감으로 주춤거린 사이 남자는 온몸으로 춘동을 가격했다. 춘동과 남자는 함께 바닥에 나뒹굴었다.

쿵! 순간적으로 바닥에 밀리며 뒷머리를 세게 찧은 춘동의 눈앞에 별이 번쩍했다. 그리고 그 별이 사라졌을 때 즈음 춘동의 배 위에는 입가를 피로 적신 남자가 앉아 있었다. 춘동이 그런 남자를 향해 손을 뻗으려 한 순간, 남자는 거실 테이블 위에 놓인 무선 전화기 거치대를 잡고 춘동의 머리를 내려찍었다. 빠각! 한방에 단단한 플라스틱 거치대가 박살났다.

퍽! 퍽! 퍽! 퍽! 남자는 춘동이 그랬던 것처럼 사정없이 춘동의 머리를 후려쳤다. 춘동은 제대로 반항조차 못하고 속수무책으로 남자의 공격에 당했다. 그렇게 한참 거치대로 춘동을 두들기던 남자는, 거치대가 부서져 제대로 휘두를 수 없게 되자 전화선을 잡아당겨 춘동의 목에 감았다. 그리고 춘동의 목을 조르기 시작했다.

목이 졸린 춘동이 발버둥치자 남자는 악랄한 웃음을 흘렸다. 춘동은 목이 졸리는 가운데서도 더듬더듬 바닥을 더듬었다. 그런 춘동의 손에 딱딱한 것이 잡혔다. 둥글고 움푹 패인 부분 그리고 꺼끌꺼끌한 부분과 불쑥 솟아 있는 날카로운 것. 춘동이 떨어트린 권총이었다.

춘동은 필사적으로 권총을 집어었다. 그리고 자신의 목을 조른 남자에게서 최대한 멀어지도록 자신의 머리를 앞으로 잡아당겼다. 목이 더욱 졸린 춘동의 얼굴은 이제 붉다 못해 검붉은 지경이었지만 춘동은 최대한 몸을 당겼고, 남자는 그런 춘동의 어리석음을 비웃었다.

그리고 마침내 춘동이 마치 잔뜩 웅크렸던 스프링이 튀어 나가듯, 앞으로 잔뜩 웅크렸던 머리를 빠른 속도로 뒤로 튕겨냈다.

퍽! 춘동의 머리에 정통으로 명치를 얻어맞은 남자의 손에서 힘이 풀린 사이, 춘동은 서둘러 목을 감은 전화선을 풀어내고 바닥을 뒹굴었다. 그리고 바닥에 뒹군 자세 그대로 남자를 겨눴다.

"꼼짝 마!"

콜록, 콜록. 춘동은 기침을 하면서도 남자를 똑바로 노려보았다. 검은 총구에 정조준 된 남자는 마치 그 자리에서 얼어붙어버린 듯 동작을 멈췄다.

"움직이면, 콜록, 쏜다!"

춘동의 말에 남자는 잠시 그 자리에서 가만히 서 있었다. 그러나 이내 그는 천천히 자신의 입가를 소매로 닦아내기 시작했다. 이제야 입에 묻은 춘동의 피를 알아챈 것처럼 말이다. 그리고 남자는 비뚤어진 자신의 뿔테안경을 고쳐 쓰고 흐트러진 머리카락도 정리했다. 춘동은 눈앞에서 권총을 겨누고 있는 자신을 아랑곳하지 않는 남자의 태도에 어이가 없었다.

"꼼짝 말라고 했을 텐데!"

춘동이 다시 위협적으로 외치자 남자는 멀뚱멀뚱 춘동을

보다가 발걸음을 뗐다.

철컥. 춘동은 안전장치를 풀었다.

"경고는 마지막이다, 다음엔 진짜로 쏜다!"

춘동의 말에 남자가 피식 웃었다.

"쏴 봐."

"뭐?"

"쏘라고."

남자는 춘동을 무시하고 부엌으로 다가갔다. 그리고 냉장고 문을 열어 음료수 하나를 꺼내 느긋하게 마셨다. 시원한 음료수를 마시는 남자의 모습에 춘동의 목울대가 저도 모르게 울었다. 그러나 춘동은 이내 정신을 다잡고 남자를 노려보았다.

"개새끼, 무슨 꿍꿍이야……!"

"꿍꿍이 같은 건 없어. 쏘고 싶으면 쏘라고. 그럴 수 있으면 말이지."

"?"

"날 쏘면 니가 찾는 그 애, 영영 못 찾을 텐데?"

남자의 말에 춘동의 눈동자가 흔들렸다.

"그러니 쏘고 싶으면 쏴. 난 상관없으니까."

"너, 총 맞는 게 장난인 줄 알아?""당연히 장난이 아닌 걸 알지. 난 의사니까. 잘못 맞으면 한방에 내장이 파괴되거나 출혈과다로 죽을 수 있다는 거, 누구보다 잘 알지."

자신이 의사라는 남자의 말에 춘동의 눈동자가 크게 벌어졌다. 이내 춘동의 입에서 빠드득, 이 가는 소리가 울렸다.

"배울 만큼 배운 새끼가……."

춘동의 말에 남자는 다시 피식 웃음을 터트렸다. 남자는 부엌을 나와 춘동에게 천천히 다가왔다.

"오지 마! 오면 쏜다!"

"그러니까 쏘라니까. 난 아쉬운 거 없어. 물론 넌 아쉬운 거 많겠지만, 그건 나랑 상관없는 문제지."

허풍이라고 생각하기에 남자의 태도는 너무나 자연스러웠다. 그리고 춘동의 목을 물어뜯는 행동이며 춘동을 공격하는 광기어린 행동을 생각하면 남자를 보통 사람의 기준에서 생각한다는 건 무리인 것 같았다.

그러나 춘동은 권총으로 남자를 겨누는 것을 멈출 수 없었다. 이 총구가 이미 남자에게 위협이 아니라는 것을 알아도 치울 수 없었다. 그것은 짐승과 같은 싸움을 하는 남자를 대응하기 위한 '인간'으로서의 방어선이었다. 그러나 그 방어선조차 남자의 행동에 의해 무너지기 직전이었다.

"왜 안 쏴?"

남자는 마치 춘동이 쏘길 바라는 것처럼 춘동에게 한 걸음 한 걸음 다가왔다. 사실 은지만 생각하면 쏘고 싶은 마음이 굴뚝같았지만 아직 다희가 남아있다. 차라리 아까 전처럼 엎치락뒤치락 하던 사이에 쏴 버렸다면 이런 고민은 없을 텐데.

결국 방아쇠에 걸린 춘동의 손가락은 움직이지 않았고 춘동은 이를 갈며 남자를 보았다. 남자는 그럴 줄 알았다는 듯 춘동을 보았다. 그리고 춘동의 코앞에 멈춰선 채 말했다.

"후회하겠지?"

"?"

"아마 후회할 거야."

자신을 쏘면 후회할 거란 말인가? 춘동이 눈살을 찌푸린 순간, 춘동의 코앞에 서 있던 남자가 갑자기 그 자리에서 절을 하듯 몸을 비틀어 바닥에 있는 춘동을 향해 오른팔을 휘둘러왔다.

그런 남자의 손에는 짧은 톱니나이프가 들려 있었다.

푸욱! 아까 식칼에 어깨를 찔린 것과는 차원이 다른 통증에 춘동의 눈앞이 노래졌다. 고작 10cm 남짓한 과일용 작은 톱니나이프였지만, 춘동의 배를 뚫고 들어가 내장을 찌르는 것은 그 정도로도 충분했다.

컥, 크억! 춘동이 발버둥치며 남자를 밀어내자 남자는 칼을 쥔 손에 더욱 힘을 주고 춘동을 짓눌렀다. 그리고 한손으로는 춘동의 손에 들려있던 권총을 후려친 뒤 춘동의 몸에서 나이프를 뽑아냈다.

쿨럭! 구멍 뚫린 춘동의 배에서 대량의 피가 쏟아지기 시작했다. 그 피를 황홀하게 바라보던 남자는 미친 듯이 웃으며 말했다.

"하하하, 그래서 후회할 거라고 했지? 이 새끼를 쏴버릴 걸 후회할 거라고 말했잖아!"

그 말에 춘동이 눈을 까뒤집고 남자에게 덤벼들려 했지만, 이내 지독한 고통이 밀려왔다. 남자는 그런 춘동을 보며 클클 혀를 찼다.

"움직이지 마, 찢어진 창자에 공기 들어가면 더럽게 아프니까."

마치 이 상황이 재미있어 죽겠다는 듯한 남자의 말에 춘동은 이를 갈았다. 그러나 현실적으로 춘동은 통증에 지배되어 꼼짝도 하지 못하는 신세였다. 끔찍한 통증은 이런 걸 말하는 구나, 춘동은 이제야 통증에도 급이 있다는 걸 알았다. 여태 조무래기 조폭들이 휘두르는 연장에 손등 정도 스치는 건 상처도 아니었구나 하는 생각이 들었다. 남자에게 찔린 어깨도, 물린 목도 배의 통증에 비하니 아무것도 아니었다.

그러나 통증도 어느 정도 시간이 지나면 익숙해지는 법. 춘동은 식은땀을 흘리며 고개를 들었다. 겨우 정신을 제대로 차린 춘동은 몸을 일으키려 애썼지만 출혈 때문인지 쉽지 않았다. 결국 춘동은 바닥에 쓰러진 채로 고개만 들어 남자를 노려보았다.

아까까지는 즐겁게 웃고 있었던 남자는 마치 생물이 아니라 무기물을 보는 듯 무심하게 춘동을 내려다보았다. 춘동이 그런 남자에게 힘겹게 물었다.

"애, 애 어딨……냐."

"애?"

"다희……."

힘겨운 춘동의 목소리에 남자는 겨우 생각났다는 듯 손바닥을 탁 쳤다.

"아아, 우리 다희? 배 엄청나게 아플 텐데 아직 다희 생각이 나? 대단하네."

우리 다희 라는 말에 춘동은 숨이 턱 막혔다. 우리 다희?

"누가 우 리 다 희 야……. 다희 지금 어 딨어……. 어딨냐고 이 개새끼야!"

춘동이 소리를 지르자 남자는 어이없다는 듯 춘동을 보며 대답했다.

"버렸는데?"

"뭐?"

"말도 안 듣고 짜증나서 버렸다고. 쓰레기봉투에 넣어서 말이야."

쓰레기봉투! 춘동의 눈에서 불똥이 튀었다.

"이 개새끼……! 애한테 무슨 짓을 한 거야!"

그리고 초인적인 힘으로 몸을 일으키고 남자에게 덤비려 했지만, 이내 한걸음도 떼지 못하고 춘동은 그 자리에서 꼬꾸라지고 말았다.

“쯧. 그러게 움직이지 말라니까?”

그리곤 춘동의 피로 더러워진 거실을 흘긋 보고 거실 한 구석에 놓인 장식장으로 다가갔다. 장식장 위에는 여러 동물과 강아지를 찍은 사진들과 아이들을 찍은 사진들이 쭉 진열되어 있었다. 남자는 춘동의 피로 얼룩진 손으로 그 사진들을 스윽 천천히 어루만졌다. 남자의 손이 닿는 사진 하나하나가 춘동의 피로 얼룩덜룩 붉어져갔다. 분명 진열해 놓은 것을 보면 아끼는 사진일 텐데, 남자는 춘동의 피로 그 사진들을 적시는 데 쾌감을 느끼기라도 하는 듯 일부러 사진에 피를 바르고 있었다.

그 남자의 행동에 춘동은 단번에 그 사진들이 남자의 ‘트로피’라는 사실을 깨달았다. 얼치기지만 강력반 형사인 춘동도 주워들은 풍월이 있어 알고 있었다. 연쇄살인마들은 살인을 떠올릴만한 ‘트로피’를 수집한다는 것을. 어쩌면 이 미친놈의 희생자는 은지가 처음이 아닐지도 모른다는 사실에 춘동은 눈앞이 아득해졌다.

“이 악마같은 새끼! 왜 죄 없는 애들을!”

춘동의 외침에 액자를 어루만지던 남자의 손이 멎었다. 남자는 천천히 춘동을 돌아보았다. 그의 얼굴에 미소가 사라진 뒤였다.

“왜 애들이 죄가 없다고 생각해?”

남자는 마치 훈계하듯 말했다.

"사랑 받으면 그 사랑에 감사할 줄 알아야지. 징징대고 찡그리는 것들은 벌을 줘야 마땅한 거 아니야?"

"이 미친 또라이 새끼……."

춘동의 말에 남자는 슬쩍 인상을 쓰다 벽에 걸린 사진으로 시선을 돌렸다. 춘동의 시선도 남자를 따라 벽으로 향했다. 벽에는 겁에 질린 듯 움츠러든 은지가 찍힌 사진이 보였다. 마치 그림을 장식하듯 태연하게 장식된 은지의 사진에 춘동은 기가 막혔다. 남자는 은지의 사진을 어루만지며 말했다.

"귀엽다고 다 용서 되는 건 아냐. 사랑에 감사할 줄 알아야지. 사랑에 감사할 줄 모르는 것들은 버려야 해. 안락사 시켜서 쓰레기봉투에 버려야 한다고. 더러운 유기견들처럼 말이야."

미친놈.

춘동은 아이를 사람으로 보지 않고 마치 자신의 애완동물이라도 되는 양 말하는 그의 태도에 구역질이 났다. 춘동은 남자가 은지의 사진에서 시선을 떼지 못하고 있는 사이 권총이 떨어진 곳을 향해 천천히 힘겨운 몸을 움직였다.

"어떤 동물이든 새끼 때가 제일 예쁜데 말이야. 문제는 그 아름다움을 오래 간직 못한다는 거지. 하찮은 본성 때문에. 싱싱한 과일이 눈에 보이지 않는 곰팡이에 썩듯이 커가면서 썩어 들어간다고. 쓰레기가 되어버리는 거지."

남자의 말에 춘동은 경악했다.

"설마 그래서 애들을?"

남자는 이제 알았냐는 듯 태연하게 대꾸했다.

"그래, 찡그린 애들은 싫거든. 예쁘지 않아. 사랑스럽지도 않고. 그러니 미소 짓게 주사를 놔서 얼려야 해. 오래오래 썩지 않고 활짝 웃을 수 있게."

남자는 자신의 일이 자랑스러운 듯 말했다. 춘동은 이를 악물고 계속 바닥을 기어 권총 가까이 다가갔다. 그리고 남자가 방심한 때를 놓치지 않고 벼락같이 몸을 날려 권총을 집었다.

"개새끼! 지옥에나 가 버려!"

그러나 남자는 그런 춘동의 행동을 미리 알고 있었던 것처럼 아무렇지도 않게 장식장 위에 있던 화병으로 춘동의 머리를 내려쳤다.

퍽.

의식이 날아갈 만큼 강력한 충격에 춘동은 다시 꼬꾸라지고 말았다. 남자는 이제 춘동이 귀찮아졌다. 남자는 춘동이 놓친 권총을 쥐고 천천히 춘동의 눈앞에서 춘동의 머리를 겨눴다.

"그거 알아? 사람도 동물도 죽을 때 제일 기분이 좋아. 머릿속에서 엔돌핀이 막 뿜어져 나오거든."

남자는 이죽거리며 방아쇠 위로 손가락을 올렸다. 남자가 막 방아쇠를 당기려는 순간, 덜컹! 현관문 여는 소리와 함께 준의 모습이 나타났다.

'상황이 웃기게 돌아가네.'

기우는 자신의 눈앞에 다시 나타난 준을 보고 미소를 지었다. 자신의 집에 들이닥친 난입자 둘. 충분히 불쾌한 상황이었지만 이쯤 되니 기우는 웃음이 나왔다. 이 상황이 마치 기우를 위해 준비된 쇼 같았기 때문이다.

적당한 긴장과 재미 그리고 적당한 분노와 볼거리. 자신의 집에 난입자가 있다는 것을 알았을 때 기우는 매우 긴장했다. 그리고 제멋대로 자신과 애완동물의 보금자리에 난입한 그를 보았을 때 기우는 분노를 느꼈다. 그리고 난입자의 배를 식칼로 찌르고 그 난입자를 바닥에 구르게 하는 것은 제법 재미있었다. 바닥에 흩뿌려진 붉은 피도 제법 봐줄만 했다. 다 큰 어른에게 관심은 없지만 크기가 크다보니 어린 것보다는 뿌리는 피의 양이 많아도 아직 튼튼하게 버틴다는 점은 마음에 들었다.

기우의 눈앞에 나타난 준은 바닥에 쓰러져 피를 흘리는 춘동을 보고 홱 기우를 노려보았다. 반항적인 눈매에 기우는 흥이 팍 꺾였다. 처음 엘리베이터에선 마치 기우를 주인으로 우러르듯 공포에 질려 있더니 지금은 범 무서운 줄 모르는 하룻강아지처럼 당돌하기 짝이 없는 게 볼썽사나웠다. 역시 이런 개는 마취제에 취해 있는 게 제일 좋은데.

'약발이 덜 들었나보네.'

기우가 안타까운 듯 중얼거렸고, 준은 오히려 분노로 눈을 빛나고 있었다. 그 눈동자에 기우는 준을 애완동물로 삼으려던 계획을 접었다. 역시 다 큰 동물은 재미가 없다. 어리지 않으면, 귀엽지 않으면, 나약하지 않으면 재미가 없다.그때 준이 기우를 향해 성큼성큼 다가갔다. 기우는 자연스럽게 총구를 준에게 돌렸다. 한발 한발 다가온 그가 마침내 기우의 앞에 섰다. 그리고 총구는 정확히 준의 머리에 들이밀어져 있었다.

찰칵. 총알이 장전되는 소리, 차가운 총구가 준의 이마에 닿았다. 준은 이제 기우의 코앞에 멈춰 서 있었다. 준은 기우의 눈을 노려보며 씹어뱉듯 말했다.

"쏴 봐."

기우는 준의 말에 피식 비틀린 웃음을 지었다. 우연인 것인지 준이 한 말이 불과 몇 분 전 자신이 춘동에게 한 말과 같았던 탓이다.

"하, 재미있네."

그러나 그 사실을 알 리 없는 준은 태연자약한 기우의 태도에 이를 악물었다.

준은 기우를 똑바로 바라봤다. 기우는 어쩐지 그 흔들림 없는 곧은 눈동자가 기분이 나빴다. 마치 자신을 해부할 듯한 형형한 눈동자가 기우의 속까지 들여다볼 것처럼 번들거리는 게 짜증스러웠다.

기우는 총구를 미간 대신 준의 한쪽 눈으로 옮겼다. 어느 쪽이든 쏘면 상대는 거의 90% 확률로 죽는다. 그렇다면 이 기분 나쁜 눈알을 박살내는 것도 나쁘지 않았다. 기우가 그렇게 생각한 찰나, 아무 말 없이 기우를 보던 준이 그의 손목을 덥석 붙잡았다. 그리고 순간 기우는 보았다.

기우의 눈앞에 서 있던 준의 동공이 마치 생물처럼 크게 퍼졌다.

정상적인 인간이라면 결코 보일 리 없는 확장반응을 보인 준을 기우는 기이한 듯 바라보았다.

이상하다.

이상하다.

이상하다……!

기우가 의아함을 숨기지 않고 바라보는 사이, 이내 두 눈이 '정상'으로 돌아온 준은 태연하게 기우에게 단언했다.

"넌 괴물이야."

괴물. 여태 자신에게 감히 괴물이라 말하는 사람은 없었다. 아니, 많지 않았다. 아주 없진 않았다. 초등학교 시절엔 반에 한두 명, 중학 시절엔 반에 1명, 고등학교 시절엔 아무도 없었다. 그때쯤은 이미 기우의 과거를 아는 이가 없었기에 당연한 거였지만, 기우는 그것이 자신의 철저한 위장덕이라고 제멋대로 생각하고 있었다. 그 아래 자신이 암약한 것은 깡그리 지워버린 채 기우는 그저 자신이 잘해 왔다고 믿고 있었다.

"넌 아픔도 슬픔도 못 느끼지? 흉내밖에 못 내지?"

준은 속삭이듯 기우를 보며 말했다.

"언제나 외로웠을 거야. 네 주변 사람들은 언제나 다 널 떠났으니까. 결국 네게 남은 건 그저 동물들뿐이었지. 말로는 말 못하는 짐승이 좋다지만 넌 언제나 사람이 고팠어. 외로웠어. 넌, 죽도록 외로웠어. 그래서 아이를 유괴한 거야. 애완동물이라고 말하면서 말이야."

담담하게 읊어지는 기우의 속내에 기우는 혼란스러웠다. 어째서 이놈이 그런 걸 알고 있는 거지?

"다 닥쳐!"

준은 여전히 기우의 손을 잡고 있었다.

"왜? 왜 닥치라는 거야? 이게 진실인데? 말을 안 할 뿐, 이게 진실이야. 넌 세상이 미쳤다고 생각하지. 하지만 틀렸어. 미친 건 너야. 너밖에 미치지 않았고 세상은 멀쩡해. 그러니까 이제 인정하라고."

"무, 무엇을?""니가 끔찍한 괴물이라는 거!"

외침과 동시에 준은 온몸으로 기우를 유리창으로 밀어붙였다. 그리고 기우가 채 빠져나오기 전에 온몸의 힘을 다해 기우를 총알이 박혀 갈라진 유리쪽으로 밀어붙였다.

퍽. 기우의 몸이 유리에 부딪히는 소리가 울리고 이내 쩌적, 쩌적 소리를 내며 유리창이 깨지기 시작했다. 준은 기세를 몰아 조금 더 기우를 밀어붙였다.

"으아아!"

마침내, 쩍! 하는 소리와 함께 유리창이 찢어지듯 터져나갔다. 거센 바람이 거실에 몰아쳤다. 깨진 창의 유리들이 너덜너덜 찢긴 종잇조각처럼 얇은 필름에 붙어 바람에 휘날렸다. 동시에 지지대를 잃은 기우의 몸은 그대로 균형을 잃고 거실 밖으로 튕겨나 버렸다.

준은 눈을 부릅뜨고 눈앞의 남자를 보았다. 그것은 마치 영원 같기도, 찰나 같기도 했다.

준이 읽었던 '기억' 속의 끔찍한 살인마. 자기연민에 빠진 괴물. 그리고 아이를 비롯한 수명의 사람들을 무참히 살해한 살인자. 자신의 부모마저 무참히 찔러 죽인 살인마. 그러나 지금 그 얼굴에 떠오른 것은 20층 아래로 추락할 것에 대한 공포와 경악밖에 없었다.

이대로 죽어버려!

준의 마음이 외쳤다. 상대는 죽어 마땅한 살인마다. 그러나 준의 외침과는 별개로, 준의 몸은 본능적으로 움직이고 있었다. 준은 손을 뻗었다. 그 손끝에는 살인범이 분명한 남자의 손이 있었다.

엄청난 무게가 준의 어깨를 뽑아버릴 듯 덮쳐왔다. 그러나 준은 남자의 손을 단단히 잡고 놓지 않았다. 준은 한손으로 남자의 몸을 지탱했다.

지직. 그러나 남자의 무게에 중력까지 더해지자 준은 속절없이 남자를 따라 창밖으로 질질 끌려갔다. 이대로는 둘 다 떨어질 것 같았다. 준은 다른 한손으로 통유리창 밖에 설치되어 있던 철제 난간을 붙들었다.

"크……."

준은 신음을 흘렸다. 철제 난간을 겨우겨우 붙들긴 했지만 성인 남성의 무게를 혼자서 지지하는 것은 무리였다. 더군다나 상대가 의식을 잃고 있어 스스로 올라올 수 없는 상황에서는 더더욱.

설상가상으로 준이 붙든 철제 난간은 원래 외벽지지 기능이 아닌 철저하게 장식용으로 만들어진 것이라 견고함이 현저하게 떨어졌다. 난간은 성인 남자 두 명의 무게를 이기지 못해 힘겹게 삐걱댔다. 하지만 준은 남자의 손을 놓을 수 없었다. 아직 알아야 할 게 있었다.

"그런 새끼 그냥 놔!"

언제 정신을 차린 것인지 피투성이로 바닥에 엎드린 채 고개를 든 춘동이 준을 보며 외치고 있었다.

"그런 새끼, 그냥 놓으라고!"

춘동의 말에 준은 대답 대신 남자의 손을 잡은 손바닥에 더욱 힘을 주었다. 그러면서 흘러들어오던 정보는 점점 격한 흐름을 이루어 이제 준의 머릿속에는 정상적인 사고가 이루어질 틈이 없었다. 나타나고 사라지는 수많은 광경 속에서 준은 다희를 '보았다.'

다희가 골목길에서 쫓기고 있다.

그 뒤를 남자가 뒤쫓고 있다.

헉헉, 남자의 숨소리가 준의 귓가를 쩌렁쩌렁 울렸다.

가쁜 숨소리와 달리 남자는 웃고 있다.

남자를 붙든 준의 검은자위가 점점 확장되고 마침내 흰자위를 모두 덮어 버렸다. 그리고 코로 흐르던 피는 이제 눈과 귀에서도 흐르고 있었다. 취조실에서 그러했던 것처럼 대량의 피를 쏟아내는 준의 모습에 춘동은 바닥을 기어 준에게 다가가려 했다. 그러나 얼마 못 가 힘이 빠져 풀썩 바닥에 늘어졌다.

"준아, 놓으라고……. 그러다 너까지 떨어져!"

춘동의 말에도 준은 남자의 손을 놓지 않았다. 그러는 동안에도 남자의 손으로부터 전해지는 정보들에 준은 마치 전기고문이라도 당하는 사람처럼 경련하며 얼굴을 일그러트렸다.

쩌적.

결국 철제 난간이 이어져있는 벽의 콘크리트에 금이 가기 시작했다. 난간을 쥐고 있던 준의 몸도 흔들렸다. 춘동은 준에게 필사적으로 소리치며 기어갔다.

"제발 놓으라고 이 새끼야!"

거의 절규가 된 춘동의 외침에 준은 춘동을 바라보았다. 그리고 피눈물을 흘리며 고개를 저었다. 그러는 사이 준의 영상은 다시 다희의 모습으로 변했다.

남자가 다희에게 약물을 주사하고 있다.

다희의 하얀 다리가 버둥거리다 이내 힘없이 멈췄다.

종국에는 다희의 작은 몸이 마치 망가진 인형처럼 쓰레기 봉투에 담겼다.

투둑, 투둑, 투둑, 투둑.

이제 철제 난간은 언제 콘크리트에서 뽑혀 떨어져도 이상하지 않을 만큼 아슬아슬한 상태였다. 그 모습을 본 춘동은 다급해졌다.

"너 죽는다고! 야! 김 준!"

춘동의 울부짖음에 준은 단호하게 고개를 저었다.

"아직이야, 아직……."

매우 어두웠다.

냉장고가 보였다.

다희가 들어있는 쓰레기봉투가 그 냉장고 안으로 들어간다.

희미하게 쓰레기봉투 사이로 다희의 눈동자가 보인다.

아직 살아있는 눈동자는 초점 없이 흔들거리고 있다.

냉장고 문이 닫혔다.

냉장고 옆으로 동물들이 가득 들어찬 케이지.

그리고 케이지 뒤 부영동물병원이라는 상호.

"됐어!"

준은 번쩍 눈을 뜨며 외쳤다. 준의 눈에서 점점 흰자위 부분이 돌아오더니 확장되었던 동공이 원래 대로 돌아가기 시작했다. 그 순간.

우지끈.

요란한 소리를 내며 철제 난간이 벽면에서 떨어져 나가버렸다. 그리고 난간을 붙잡고 있던 준과 그 아래 연결되어 있던 남자의 몸도 바닥으로 꼬꾸라지듯 떨어지기 시작했다. 순간의 부유감과 아찔함에 준은 눈을 감았다.

그것은 마치 악몽의 재현 같았다.

천천히 균형을 잃은 준의 몸이, 마치 무게추가 달린 낚시찌가 물속으로 빨려 들어가듯 시커멓게 입을 벌린 허공으로 떨어지고 있었다. 수도 없이 꾸었던 악몽 속에서 동생이 거품 속으로 사라지던 것처럼 준이 춘동의 눈앞에서 사라지고 있었다. 춘동은 여전히 그 자리에서 꼼짝도 할 수 없었다.

준이 사라진다. 사라져간다. 사라져간다. 춘동의 눈앞에서 또 다시 사라져간다!

"안 돼!"

그 순간 춘동은 아픔을 잊고 있었다. 자신이 어깨를 찔린 것도, 배를 찔린 것도, 목을 물린 것도, 온몸이 피투성이인 것도 모두 잊었다. 기는 것도 할 수 없었던 춘동은 준에게 달려갔다. 그리고 떨어지려는 준의 손을 붙들었다.

안 돼!

안 돼!

닿을 듯 닿지 않을 듯 아슬아슬한 거리에 있는 준의 손을 보며 춘동은 힘껏 발버둥 쳤다.

안 돼!

그리고 춘동의 손은 기적처럼 준의 손을 붙들었다. 어깨가, 아니 상반신이 뽑혀 나갈듯한 엄청난 무게감에 춘동은 급격히 현실감을 되찾았다. 그리고 끔찍한 통증을 느꼈다. 뱃속이 불타는 듯 뜨거웠다. 춘동의 몸이 곧 그 무게감을 따라 질질 창밖으로 끌려갔다. 그러나 춘동은 온몸에 힘을 주고 준의 손을 꼭 붙든 채 그 자리에서 버텼다.

내가, 내가 살려줄게! 내가 살려줄게!

춘동은 이를 악물고 준을 끌어 당겼다.

"으아악!"

몸이 뒤틀리고 구멍이 뚫린 배에서 피가 튀어 올랐다. 그러나 춘동은 멈추지 않았다.

살릴 거야! 내가 살릴 거야!

그 순간 춘동 쪽으로 기울어 밖으로 튕겨져 나갔던 준의 몸이 거짓말처럼 끌려 올라오더니 아파트 안쪽으로 쓰러지듯 넘어졌다. 바닥으로 쓰러진 춘동은 통증에 벌벌 떨면서도 준과 남자를 확인했다. 다행히 준이 쥐고 있던 남자도 제대로 바닥에 끌어 올려 있었다. 아무래도 추락의 쇼크로 기절한 듯했다. 춘동은 알 수 없는 전율을 느꼈다.

"괜찮냐?"

춘동은 마지막을 힘을 짜내 힘겹게 물었다. 하지만 준은 대답이 없었다. 오르락내리락 하는 가슴을 보면 그는 분명 살아 있었다.

살아 있었다.

그때 코와 입, 귀와 눈으로 피를 쏟아내던 준이 중얼거렸다.

"동물 병 원."

"뭐?"

"부영…… 동물병원, 냉장고……."

"!"

춘동은 준이 말하고자 하는 바를 알아챘다. 준은 울컥 한 움큼의 피를 토해냈다.

"살아있어……."

놓으라고 그렇게 소리쳐도 놓지 않더니, 그걸 읽으려 놓지 않았던 모양이다. 준은 춘동을 마주보며 힘없이 웃었다. 그리고 자신의 오른손을 들어 보이며 말했다.

"사람 살리는 손이라며……."

준의 미소에 춘동은 알 수 없는 감정에 울컥한 자신을 참기 위해 입술을 깨물었다.

"미친 새끼."

춘동은 준을 바라보다 곧 크게 한숨을 쉬고 아파트 안을 돌아보았다. 아파트 안은 완전 전쟁터가 따로없었다. 남자와 춘동의 격투 중에 깨지고 부서진 집기들이 엉망진창 어지러이 널린 가운데 곳곳에 흩뿌려진 춘동의 피는 섬뜩함을 북돋았다.

멍하니 실내를 둘러보던 춘동은 아직 피가 줄줄 흐르는 자신의 배를 한손으로 누른 채 바닥을 기어갔다. 그리고 아까 남자와 싸우며 놓쳤던 핸드폰을 들고, 이제 35통째 부재중 통화를 남긴 고 반장에게 전화를 걸었다.

"반장님……."

"양 춘동 너 어디야! 지금 어딨어?"

고 반장의 애타는 목소리에 춘동은 대답 대신 자신이 할말을, 해야 할 말을 했다.

"애, 지금 부영동물병원에 있습니다. 거기 냉장고, 윽, 냉장고 안에 있어요."

"갑자기 그게 무슨 소리야?"

"범인…… 잡았어요."

커억.

춘동은 점점 더해오는 통증 때문에 말을 하는 것조차 힘들었다.

"범인이라니? 김 준? 김 준은 니가……."

"준이, 범인 아닙니다. 범인 따로 있어요. 여기는 마포구 레이크뷰……. 범인 잡으러 오는 김에 구급차 좀 보내주세요……."

춘동은 제대로 말을 끝내지 못하고 툭, 핸드폰을 떨궜다. 더는 핸드폰을 쥐고 있을 힘도 없었다. 춘동이 떨군 핸드폰 너머로 춘동을 부르는 고 반장의 애타는 목소리가 울렸지만 춘동은 대답할 수 없었다.

춘동은 자신처럼 바닥에 쓰러져 있는 준을 보았다. 준의 그 오르락내리락 하는 가슴을 보았다.

준이 살아있다.

자신이 준을 구했다.

그 사실만으로도 춘동은 구원을 얻은 것 같았다.

준은 멍하니 아파트 천정을 올려보며 거친 숨을 몰아쉬고 있었다. 피를 너무 쏟아내서 그런지 머리가 멍했다. 깨진 유리창 너머로 몰아치는 바람소리가 날카로웠다. 그러나 자신의 숨소리가 더욱 커 준은 귀가 멀어버릴 것 같았다.

자신의 거친 숨소리를 들으며 부들부들 떨리는 팔을 힘겹게 들어 자신의 손을 눈앞에 들어보았다. 문득 여기 오기 전 춘동이 물은 게 생각났다.

그때 뭐가 보였어?

확신한 듯한 춘동의 물음에 자신은 말했다.

아니, 아무 것도 못 봤어.

그러나 그건 거짓말이었다. 자신은 그때 보았다. 일부러 보지 못 했다고 묻어두고 잊어버리려 했지만, 자신은 분명 '보았다.'

그때, 준의 주변은 소음으로 가득 차 있었다. 누군가의 째질 듯한 비명소리. 누군가는 구급차를 부르라고 소리쳤다. 클랙슨이 울렸고 차들은 쓰러진 어머니와 준을 피해 씽씽 달려갔다. 도로에 퍼지는 피는 걷잡을 수 없을 만큼 넓게 퍼졌다.

"엄마아!"

준은 비명을 질렀다. 그런 준의 눈앞에서 어머니의 입이 벌어졌다.

뻐끔 뻐끔. 벌어진 입이 피를 토했다.

준아. 입모양으로 준을 부른 어머니를 본 준은 비명을 지르며 어머니의 곁으로 다가갔다. 그리고 손을 잡은 순간, 준은 '보았다.'

"엄마……."

엄마를 부르는 준의 눈에서 주르륵 눈물을 흘러내렸다. 그때 준이 본 것은 바로 준 자신의 모습이었다.

준이 태어났을 때, 처음으로 기었을 때, 걸었을 때, 다쳤을 때, 아팠을 때, 학교에 들어갔을 때, 웃고 있을 때……. 엄마에게서 준이 읽은 것은 자신뿐이었다.

엄마는 너 하나 보고 사는데!

엄마의 그 말은 진심이었다. 비뚤어지고 제멋대로인 준이었지만 엄마는 누구보다 준을 사랑했다. 그런데도 자신은 그런 엄마를 믿지 않았다. 진실이 드러나면 미움 받을 거라고 미리 벽을 만들고 엄마를 악당으로 만들어버렸다.

사실 엄마는 그저 보통 사람이었을 뿐이다. 어쩌면 아버지가 그런 최악의 선택을 하기 전에 엄마에게 조금이라도 받아들일 시간을 줬다면 엄마는 분명 아버지를 받아들였을 것이다. 그러나 아버지의 고백은 갑작스러웠고 죽음은 그보다 더 갑작스러웠다. 아버지가 그렇게 자살해서 누구보다 고통스러웠을 것은 엄마인데도, 준은 엄마를 원망했다. 그러나 엄마는 준을 원망하지 않았다. 숨을 거두기 직전까지 엄마에게는 준뿐이었다.

준아.

준아.

미안.

준아.

준아.

준아…….

소리도 되지 않는 사과는 엄마가 숨이 끊어지던 그 순간까지 이어졌다. 준은 엄마에게 사과하지 못했다. 사과 할 기회조차 없었다. 엄마가 아버지에게 그랬던 것처럼, 준도 그랬다. 사과하고 싶지 않은 게 아니라, 사과할 자격이 없다고 생각했다.

그렇지만 준은 이제 자신을 용서하기로 했다. 엄마라면 분명 자신이 잘 살길 바랄 거라고 그렇게 믿고 싶었다. 그래서 준은 사과했다.

"엄마 미안, 미안해……."

5년이나 늦은 준의 사과에 엄마의 대답은 없었다. 그러나 준은 분명 엄마의 대답을 들었다.

'괜찮아, 준아.'

준은 눈물을 흘리며 눈을 감았다.

14. 결말

춘동은 눈을 떴다. 깜빡 깜빡. 눈앞에 불빛이 오락가락했다. 그리고 그 불빛 주변으로 고 반장의 얼굴이 얼핏 스쳐 지나갔다.

"다희, 다희 찾았어요?"

비몽사몽간에 춘동이 묻자 고 반장이 춘동의 손을 꽉 잡으며 말했다.

"찾았다."

"다행이다……."

춘동의 눈꺼풀이 다시 내려갔다. 멀리서 고 반장이 춘동아! 하고 외치는 소리가 들렸다.

*　　*　　*

"양 춘동이 이 새끼, 너 한번만 더 그러면 이번엔 내 손에 죽을 줄 알아!"

춘동이 다시 눈을 뜨자마자 들은 것은 고 반장의 저주에 가까운 위협이었다. 병원에 실려 간 춘동은 3시간이나 수술을 받아야 했다. 춘동은 그냥 찔린 게 아니라 톱니나이프로 내장이 너덜너덜해지도록 찔린 상태였다. 그리고 3시간의 수술 결과 춘동의 장이 20cm나 짧아졌지만, 그 정도도 천만다행이라는 게 의사의 소견이었다.

보통 사람이라면 찔려서 그 정도로 피를 흘리면 쇼크사 했을 거고, 그렇게 찔리고 격한 운동을 하는 것 자체가 자살행위란 의사의 말을 들은 고 반장은 펄펄 뛰었다.

"아이구, 멍청한 새끼야! 넌 목숨 집에 세 개쯤 킵해 놓고 다니냐? 새끼가 왜 갑자기 정의감에 넘쳐서 목숨을 걸고 지랄이야, 지랄이!"

"아, 범인 잡았으니 됐잖아요. 왜 누워 있는 사람한테 자꾸 욕을 해요. 우리 춘동이 잘했다, 잘했다, 우쭈쭈 해도 모자랄 판에!"

"뭘 잘했어, 이 새끼야! 범인 알았으면 나한테 도와달라고 말을 하던가! 혼자 가서 칼 찔리고·이게 뭐냐고!"

"내가 전화하면 바로 준이 잡아갈 생각이었으면서!"

"그럼 새끼야, '내가 범인입니다' 자백한 놈을 잡지 그럼 안 잡냐?"

"와, 그게 왜 준이 탓이에요! 안 믿어준 반장님 탓이지! 그러니까 애가 열 받아서 자폭했잖아요!"

"이 새끼는 꼬박꼬박 말끝마다 김 준 역성들고 지랄이야. 니가 무슨 김 준 대변인이야? 엉? 아니면 닥쳐, 임마!"

"대변인은 아니지만 그 비슷한 거라고요!"

"니가 뭔 자격으로?"

"그, 준이 형…… 자격으로?"

춘동이 괜히 시선을 외면하며 말하자 고 반장은 어이없는 듯 춘동을 보다 머리를 탁 두드렸다.

"개소리 버라이어티 하게 해라. 걔가 양 준이냐? 아니면 니가 김 춘동이야?"

"아, 씨! 그런 거 있잖아요! 피로 맺어진 의형제, 뭐 그런 거!"

"새끼 니가 조폭이냐? 조폭이야?!"

"아우 나 환자라니까!! 때리지 맙시다, 좀!"

그렇게 고 반장과 춘동이 툭탁거리는 사이, 흠흠 하는 소리가 병실 밖에서 들렸다. 춘동과 고 반장이 동시에 돌아보자 한 손에 음료수 병을 든 철현이 문 앞에 서 있는 게 보였다.

"에……? 한 형사가 여긴 어쩐 일?"

춘동이 눈을 부라리며 묻자 고 반장이 춘동의 어깨를 팔꿈치로 쿡 찍었다.

"아, 왜요?"

"춘동이 너 그렇게 까칠하게 나갈래?"

"뭐요? 내가 이번에 한 형사한테 얼마나 물먹었는지 반장님도 잘 아시면서……. 그러면서 끝까지 지 잘났다고 고개 빳빳한데 그럼 까칠하게 나가지, 실없이 웃어요?"

"양 춘동."

그때 철현이 춘동을 불렀다. 춘동이 심드렁하게 철현을 보자 철현은 주저하듯 춘동을 보다 고개를 숙였다.

"이번엔 내가 미안했다."

"……."

춘동은 철현의 예상치 못한 사과에 입을 쩍 벌렸다. 그리곤 고 반장을 돌아보았다.

"왜 저런대요?"

"야, 사람이 사과하면 순수하게 받아 들여. 철현이도 이번에 반성 많이 했다."

"에? 저 잘난 맛에 사는 천하의 한 철현 형사가?"

"양 형사; 그렇게 비꼬지 마라. 진심으로 사과하는 거니까. 이번엔…… 아니, 여태까지 미안했다."

씁쓸하게 말하는 철현의 말에 춘동은 눈을 끔뻑이며 철현을 보았다. 그러나 이내 철현이 진심인 것을 느끼곤 능글능글 웃었다.

"뭐, 사과하니까 받아줄게요. 난 대인배니까! 그리고 주스도 매점에서 젤 비싼 걸로 사왔으니 합격!"

그 짧은 사이에 철현이 들고 온 주스 가격까지 스캔한 듯한 춘동의 태도에 고 반장은 어이가 없다는 듯 웃었다.

"그런데 다희는 지금 어때요?"

"말짱해."

고 반장의 대답에 춘동은 크게 기지개를 펴며 침대에 드러누웠다.

"아, 이제 두 다리 쭉 뻗고 자겠네!"

농담이 아니라 그 동안 춘동이 얼마나 필사적으로 아이를 구하기 위해 움직였는지 아는 고 반장은 그런 춘동을 보고 미소 지었다. 춘동은 아직 구출된 다희를 보지 못했다. 그도 그럴 것이 다희가 구출되던 때 춘동은 병원에 실려 가고 있었고, 춘동이 정신을 차렸을 때는 이미 상황은 모두 끝나 있었기 때문이다.

"아~ 아쉽다. 이 잘생긴 얼굴로 인터뷰 좀 몇 번 나가줘야 하는데. 이렇게 누워 있으니 인터뷰 해 봐야 폼도 안 나고."

"인터뷰는 나중에 돌아다닐 만해지면 그때 해라."

뭐라고 타박이라도 할 줄 알았던 고 반장이 의외로 춘동의 의견에 손을 들어주었다. 춘동은 믿을 수 없다는 듯 고 반장을 보았다.

"반장님?"

고 반장은 춘동을 지그시 바라보다 씩 웃으며 춘동의 머리를 툭 쳤다.

"수고했다, 양 형사."

그 어떤 수식어보다 솔직하고 강력한 칭찬에 춘동은 괜히 머쓱해져서 시선을 돌렸다. 고 반장은 그런 춘동의 어깨를 툭툭 치고 아직 어색하게 굳어있는 철현을 재촉해 병실을 나섰다. 고 반장과 철현이 나간 후 병실에 홀로 남겨진 춘동은 창밖을 보며 길게 한숨을 쉬었다. 칼부림하고 총질하고 쫓기고 쫓던 며칠 전이 마치 꿈인 것처럼 창밖에는 온화한 풍경이 펼쳐져 있었다.

춘동이 얌전한 것은 입원한 지 딱 사흘 되던 날까지였다. 의사는 장을 저만큼 잘라내고 이렇게 팔팔한 사람은 춘동이 처음이라며 혀를 내둘렀다. 그러나 늘 바쁘게 돌아다니던 춘동으로선 조용한 병원 생활이 일주일째 이어지자 미칠 판이었다.

"아, 누구 놀러 안 오나."

그래도 처음 병원에 실려 온 다음날까지는 좋았다. 비록 깨자마자 욕설 세례를 받긴 했지만 고 반장도 곁에 있었고, 사과하러 철현도 왔었다. 그리고 몇몇 동료들도 병문안이라고 찾아왔다. 그러나 그것도 딱 이틀째 되던 날까지다.

사흘째부터는 아예 방문이 끊기더니 나흘째, 심심해진 춘동이 고 반장에게 전화를 걸자 고 반장은 오히려 역정을 냈다.

“그 정도 다친게 훈장이냐? 까불지 말고 얼른 몸 추스르고 복귀해! 사람 없어 죽겠다!”

그래도 첫날엔 걱정스러운 듯 보더니 의사가 ‘2주면 완쾌’라고 단언한 후부터는 국물도 없었다. 춘동은 그게 서러웠다. 모처럼 살인범을 격투 끝에 잡느라 이런 큰 부상도 입었는데 그 사건이 이렇게 허무하게 묻히다니!

그나마 신문이나 뉴스에서 간간히 춘동의 이름을 언급하며 뉴스를 내보내주는 게 고맙긴 했지만, 춘동이 수술을 받고 의식이 없는 사이 언론 브리핑을 끝낸 고 반장이 ‘용의자 체포에 가장 큰 공을 세운 양 춘동 형사가 모든 인터뷰를 거절한다고 한다.’라고 말해버린 탓에 인터뷰 요청 하나 들어온 게 없었다.

오히려 전혀 상관없는 철현이나 고 반장, 그리고 동료 형사들이 더 자주 인터뷰를 하고 있으니 병실에 누워있는 춘동으로선 억울하기도 했다.

“이 씨……. 내가 뛰고 내가 잡고 내가 찔렸는데 왜 인터뷰는 내가 안 하냐고.”

춘동은 보고 있던 신문을 대충 접어놓고 벌렁 침대에 드러누웠다. 아직 꿰맨 상처가 욱신거렸지만 행동에 지장을 줄 정도는 아니었다. 하긴, 고 반장의 말처럼 춘동은 지금 가끔 욱신거리는 상처가 문제일 뿐 평상생활은 아무 지장 없이 해낼 수 있었다.

결국 지루함을 이기지 못한 춘동은 자리를 박차고 일어나 앉았다.

병원 옥상은 텅 비어 있었다. 아직 쌀쌀한 날씨라 부러 찾아올 사람이 없어 한적한 그곳에서 춘동은 담배를 꼬나물고 전화를 걸었다.

"반장니임~!"

괜히 애교를 떨면서 전화를 했지만 고 반장은 떨떠름하게 전화를 받았다. 그렇지만 춘동은 지지 않았다. 오늘 전화를 건 것은 이유가 있었다.

"저 포상휴가랑 포상금 어떻게 됐어요?"

곧 전화기 너머로 고 반장이 악 쓰는 소리가 크게 울렸다. '넌 형사가 돼서!' 바락바락 악쓰는 고 반장의 소리에 춘동은 핸드폰을 멀리 떨어트리고 귀를 막았다. 그리고 고 반장이 조용해진 찰나 다시 핸드폰을 귀에 대고 물었다.

"그러지 말고요. 어차피 줄 거잖아요, 네?"

춘동의 말에 고 반장은 기막힌 듯 대답했다.

"양 춘동이, 양 형사야. 니가 김 준이랑 도망치면서 깨먹은 차 수리비가 얼마가 나왔는지 알아? 너 그것만 해도 시말서 감이다! 포상금? 꿈 깨!"

"아니, 어째서 그게 제 탓이에요? 헛다리짚은 반장님 탓이지! 참, 맞다. 반장님 준이한테 사과했어요?"

"사과는 무슨 사과! 야, 언론에 얼마나 깨지는지 봤으면서 그 소리 나오냐? 선량하신 김 준님 범인 만들었다고 깨지고 터지는 거 보고도 그 소리가 나오냐고."

"그건 그거고 이건 이거죠. 사과해야죠. 그 놈 그렇게 쥐어 터지고 소송 안 건 것만 해도 반장님은 감사해야 하는 거 아니에요?"

춘동의 말에 고 반장은 말이 없었다. 아마 고 반장도 양심이 없어 사과를 하지 않는 건 아닐 것이다. 그저 어떻게 해야 할지 모르는 것일 뿐이라 짐작한 춘동이 말했다.

"준이 그 놈 생긴 건 얄상해도 속은 깊은 놈이라 사과하면 받아 줄 거예요, 네?"

"나중에, 나중에 제대로 사과할거다."

"그땐 한 형사도 꼭 데려가세요. 자! 그러니까 제 포상금!"

"그거랑 이거랑 얘기가 다르지! 김 준한텐 사과해도 넌 시말서 감이니까!"

"포상금이랑 포상휴가 달라니까요!"

"시끄러!"

뚜 뚜 뚜 뚜.

춘동은 다시 전화를 걸려다 쳇, 혀를 차고 담배를 고쳐 물었다. 고 반장이 말은 저래도 춘동이 포상금 운운했으니 윗선에 얘기 정도는 찔러 넣어 줄 사람이란 걸 알기 때문이다. 괜히 더 징징거렸다간 역효과만 난단 생각에 춘동은 담배를 연기를 후 불었다. 그리고 이번엔 양수에게 전화를 걸었다.

"어이, 양수. 잘 지내냐?"

"아, 형님! 형님 몸은 괜찮아요? 뉴스로 상태가 호전됐단 건 봤는데. 형님 요즘 완전 유명인이야!"

양수의 반응에 춘동은 입꼬리가 실룩 올라갔다. 유명인이라. 듣기 싫은 말은 아니었다. 그러나 춘동은 이내 얼굴을 굳히고 인상을 썼다.

"얌마, 너 뉴스 봤으면 문병을 와야 할 거 아냐. 넌 어떻게 된 놈이 형이 칼침 맞고 병원에 누워 있는데 코빼길 안 보여!"

"아니 형님, 그렇지 않아도 전화 걸려고 했어요!"

냉큼 대꾸한 양수의 말에 춘동은 슬그머니 기분이 좋아졌다. 하긴, 양수 이놈이 속정이 깊은 놈이지. 그러나 이어진 양수의 말에 춘동의 얼굴은 와그락 구겨졌다.

"포상금, 포상금 그거 언제 입금 돼요? 저 카드깡 한 거도 메꿔야 하고……."

춘동은 전화기를 귀에서 떼고 노려보았다. 그리곤 전화를 확 끊어버렸다.

춘동은 답답한 듯 담배를 마구 빨아댔다. 그때 벌컥, 옥상 문이 열리더니 간호주임이 도끼눈을 뜨고 외쳤다.

"양 춘동 씨! 여기서 담배 피지 말라니까요!"

불만스레 입을 툭 내민 춘동은 담배를 비벼 끄고 그대로 옥상에서 쫓겨내려 왔다. 이놈이나 저놈이나 인간 양 춘동을 참 억울하게 만든다 싶었다.

결국 춘동은 다음날 바로 퇴원 수속을 밟았다. 보통 사람이라면 퇴원을 말릴 의사는 양 춘동 씨라면 괜찮습니다, 라는 무책임한 말로 춘동의 퇴원을 허락했다.

"에효. 어떻게 퇴원하는 날까지 아무도 안 오네."

춘동은 홀로 퇴원수속 서류를 작성하다가 한탄하듯 접수처 간호사에게 말했다. 그러자 앳된 얼굴의 간호사가 생긋 웃으며 말했다.

"그래도 동생분이 매일 밤마다 오셨잖아요."

"예?"

"왜, 그 눈 이렇게 잘 생기시고 코 오뚝하고 피부 하얀 분."

간호사의 설명에 이해를 못해 멍하던 춘동은 번뜩 그것이 준임을 깨달았다. 어째 춘동이 입원한 병원에 코빼기도 안 보인다 했더니 춘동이 잠든 밤에 몰래몰래 찾아왔던 모양이다. 춘동의 표정을 본 간호사가 의아한 듯 물었다.

"어? 그분 동생 아니셨어요?"

"아, 동생 맞아요. 새끼…… 왔으며 인사나 하지."

투덜거리는 말을 하면서도 춘동의 입가에는 슬그머니 미소가 지어졌다.

*　　*　　*

춘동은 한 손에는 종이봉투를 그리고 한 손에는 비닐봉투를 달랑거리며 준의 옥탑방을 향했다.

"어떻게 된 게 퇴원하는 사람이 선물을 들고 가냐 가길."

입으론 한탄하고 있었지만 춘동이 들고 있는 비닐봉투에 든 음료수는 나름 이 동네 슈퍼에서 가장 가격이 비싼 거였다. 병원에 실려 간 이후로 준과 제대로 이야기하지 못한 춘동은 오랜만에 준과 얼굴을 마주할 생각에 퇴원하자마자 경찰서에 들렀다 바로 이곳에 온 참이었다.

"야, 형님 왔다!"

일부러 큰 소리를 내고 문을 열어젖히자 박스들이 쌓여있는 옥상의 모습이 보였다. 춘동은 놀란 듯 눈을 끔뻑거렸다. 준의 옥탑방에서 박스를 든 승기가 걸어 나왔다. 곧이어 준도 박스 하나를 들고 승기를 따라 나왔다. 척 봐도 청소가 아니라 이삿짐인 것을 보고 춘동이 물었다.

"이사 하냐?"

춘동이 묻자 준은 대답하지 않았고 승기가 웃으며 대답했다.

"네. 그런데 오랜만이네요."

"아, 예. 승기 씨 오랜만입니다."

자신이 병원에 누워있는 사이 일이 어떻게 굴러갔는지 모르지만 어쨌든 둘 사이가 원만해진 것 같아 춘동은 괜히 뿌듯해졌다. 그러나 정작 준은 춘동에겐 시선도 주지 않고 계속해 박스를 나르고 있었다.

"새끼, 형님 오셨는데 인사도 안 하고……. 야! 김 준!"

괜히 춘동이 입을 비죽거리며 다가오자 준은 멀건 얼굴로 춘동을 보았다. 승기는 그런 둘의 모습을 보다가 슬그머니 옥탑방 안으로 자리를 피해 주었다. 춘동은 승기의 뒷모습을 보다 준을 돌아보며 짓궂게 물었다.

"야, 좋냐? 좋아?"

"좋아."

뭐라 까칠한 대답을 할 줄 알았던 준이 순순히 좋다고 대답하자 잠시 멍해진 춘동은 이내 씨익 웃었다.

"요 새끼 말 짧은 거 봐라. 여전히 까칠하구만."

그래도 더는 뭐라 타박하지 않고 춘동은 옥상 난간에 기대 주변 풍경을 보았다. 3층 밖에 되지 않지만 지대가 높아선지 멀리 있는 곳까지 제대로 보였다.

"날씨 조오~타. 완전히 봄이네, 이제."

준은 그런 춘동의 곁에 나란히 섰다.

준은 기분이 이상했다. 언제나 혼자 보던 풍경을 누군가와 이렇게 함께 보는 날이 올 줄은 정말이지 예상하지 못 했다. 언제나 같은 풍경인데 누군가가 곁에 있다는 것만으로 눈앞의 풍경이 달라 보인다니 신기한 일이었다.

"근데 말이다, 너……. 그 놈 왜 그랬는지 아냐?"

춘동의 물음에 준은 춘동을 흘긋 쳐다보았다.

"그 놈 입을 딱 다물어 버렸거든. 증거가 워낙 확실하니 빠져나갈 구멍도 없지만 동기가 확실치 않다고 난리들이야."

"이유 같은 거 딱히 없어. 그냥 괴물로 타고 난 거야, 그 놈은."

준의 대답에 춘동은 홱, 준을 돌아보았다. 준은 춘동을 천천히 보고 피식 웃었다.

"그렇게 스스로 괴물이라고 자학했는데, 진짜 괴물을 앞에 두니 알겠더라. 괴물이란 건 저런 거라는 거. 나는 괴물 같은 게 아니라 그냥 좀 특이한 사람이라는 거."

"짜식. 그걸 이제 알았냐?"

"응, 이제 알았어."

부쩍 어른스러워진 준의 말투에 춘동은 콧날을 손가락으로 비볐다. 혹시 준이 그 놈의 범행동기를 알까 더 캐물을 생각은 이미 사라지고 없었다. 범인은 세상에 아무 도움도 안 되는 정말 구제불능이었지만, 적어도 준을 세상 밖으로 끌어내는 역할을 한 것만큼은 세상에 도움이 되었다고 춘동은 생각했다. 그 순간 춘동의 머릿속에 번뜩 떠오르는 게 있었다.

"야, 근데 너 그거 기억하지?"

"?"

"왜, 내가 초능력 쓴 거."

"초능력?"

"야, 그럼 목에 피 철철 흘리면서 배에 칼침 맞고 20층에 매달린 사람 둘 건져 올린 게 초능력이지, 아님 뭐냐?"

"어떤 종류의 초능력인데?"

준이 기가 막힌 듯 물었다. 춘동은 아무렇지도 않게 대답했다.

"그거야, 애기가 위험해지자 자동차를 번쩍 들어 올린 아줌마랑 같은 초능력이지. 동생이 위기에 빠지니 짜잔~ 초능력이 생겨서 동생을 구해주는 형! 완전 멋지다 멋져!"

청산유수처럼 자화자찬하는 춘동의 태도에 준은 눈을 흘겼다. 그러나 거기에 더 타박하지 않는 것은 그때 준이 춘동의 마음을 보았기 때문이다. 그 일로 춘동의 마음이 조금이나마 구해졌다면, 준은 죽을 때까지 그때 일을 모른척해 줄 생각이었다. 그런 준의 속을 아는지 모르는지, 춘동은 또 갑자기 생각난 듯 준에게 물어왔다.

"그런데 이사는 어디로 가냐? 집은 구했어?"

금방 농담을 했다 금세 또 진지해지는 춘동의 태도에 준은 이제 익숙해졌다. 준은 대답 대신 옥상 밖으로 시선을 고정한 채 대답했다.

"어떻게든 되겠지. 저기 집들이 저렇게나 많은데."

준의 말에 춘동은 흘긋 준의 얼굴을 돌아보고 다시 옥상 밖으로 시선을 돌리면서 가볍게 말했다.

"뭐, 정 갈 데 없으면 형네 집 들어오던가."

"……."

준은 춘동을 바라보지 않았다. 춘동도 준을 바라보지 않았다. 둘은 그저 나란히 서서 하늘을 바라보고 있었다.

준은 먹먹한 기분이 들었다. 처음 만났을 때 이런 결과를 예상하진 않았다. 그 또한 세상 다른 사람들처럼 준이 스쳐 지나갈 사람들 중 하나라고 생각했다. 준이 배제해야 할 '사람'이라고 믿었다. 그러나 춘동은 준에게 손을 내밀었다. 두려움도 망설임도 없이 성큼 준에게 다가왔다. 만약 춘동이 아니라면 지금의 자신도 없다는 것을 준은 잘 알고 있었다.

"고마워."

망설이던 준이 조용히 말했다. 적어도 이 말은 꼭 해야겠다고 다짐했던 참이었다. 그 소리에 춘동의 고개가 홱 돌아갔다. 그리곤 믿을 수 없다는 듯 눈을 끔뻑끔뻑 하다가 머쓱하게 웃었다.

"짜슥, 아니다. 내가 고맙지."

머쓱한 분위기가 흘렀다. 춘동과 나란히 있는데 이런 분위기가 흐르다니. 준은 견딜 수 없어져 괜히 춘동이 손에 들고 있는 것들을 가리키며 물었다.

"그런데 그건 뭐야? 선물이야?"

은근히 기대한 듯한 준의 말에 춘동은 울컥 웃음이 나왔다. 그렇게 쿨한 척하더니 이놈도 애라는 생각이 들어서였다.

"새끼, 형님 병원에 누워있을 때 문병도 한 번 안 온 놈이 선물은 무슨. 그래, 옛다, 선물이다."

그렇게 말하며 춘동은 손에 들고 있던 비닐봉투와 종이봉투를 모두 준에게 건넸다. 비닐봉투 안에는 흔히 슈퍼에서 파는 음료수가 들어 있었지만 종이봉투에는 노란 테이프가 붙은 물건이 들어 있었다.

종이봉투를 잡은 준의 동공이 순간 커다랗게 확장되었다. 춘동은 그런 준의 얼굴을 뚫어져라 보며 씩 웃었다.

"뭐 좀 보이냐?"

준은 어이없다는 듯 춘동을 보았다. 분명 어제까지 입원해 있던 사람이 증거물을 들고 찾아온 걸 보니 춘동도 어지간하단 생각이 들었다.

"됐거든?"

준이 춘동의 손을 물리자 춘동이 아예 종이봉투에서 물건을 꺼냈다. 그것은 밀봉된 옷가지였다.

"야, 그러지 말고 한 번만. 응? 한 번만 더 하자."

"됐다니까. 이제 그만 가. 바빠."

준이 손사래를 치자 춘동이 옷가지를 준의 코앞에 들이밀며 말했다.

"야, 너 문병도 한 번 안 왔잖아. 그거 미안하지도 않냐?"

"그건……!"

괜히 준이 매일 문병을 왔다는 걸 알고도 모른 척 한 춘동은 투덜투덜 말을 이었다.

"내가 장 얼마나 잘라냈는지 얘기했냐? 그 미친 새끼가 의사라 제대로 찔러서 장이 아주 너덜너덜 했단다. 그래서 이 양 춘동이의 귀하디 귀한 장이 20cm나 짧아졌다고. 근데 동생이란 놈이 문병 한 번 안 오고……. 병원에 있는 동안 서러워서 정말."

춘동의 말에 억울해진 준은 괜히 춘동이 짜증스러웠다. 역시 이놈은 자신과 안 맞아도 한참 안 맞단 생각이 들었다.

"야, 그렇게 빼지 말라니까? 우리가 손잡으면 분명히 이건도 해결 된다고. 응? 그러니까 딱 한 번만 더 하자."

손을 잡는다! 흔하디흔한 그 표현에 준의 눈동자가 흔들렸다. 춘동이 준이 어떤 사람인지 모른다면 저것은 아무 의미가 없는 말일 수도 있다. 그러나 춘동은 준이 어떤 사람인지 안다. 누구보다 잘 안다.

준이 춘동을 돌아보자, 춘동은 할래? 할래? 라며 눈을 빛냈다.

"이번 한 번만이야……."

결국 준이 못 이기는 척 한발 물러서며 대답하자 춘동은 크게 고개를 끄덕였다. 그리고 마침 생각났다는 듯 웃으며 준에게 자신의 손을 내밀었다.

"이번에도 잘 부탁한다!"

준은 자신의 눈앞에 내밀어진 춘동의 손을 가만히 바라보았다. 투박하고 거친 손이었다. 그러나 이 손이 준을 구원해 주었다. 옥탑방이라는 좁은 새장 속에서 준을 탈출시켜 주었다.

"야, 사람 민망하게."

춘동의 재촉에 준은 머뭇거리다 춘동의 손을 잡았다. 헐겁게 잡은 준의 손을 춘동이 단단히 고쳐 잡았다.

"악수는 이렇게 하는 거야, 임마."

단단하게 손을 감싼 투박한 손이 말했다.

'고맙다.'

맞잡은 손으로 전해지는 춘동의 마음이 따뜻했다. 준은 대답 대신 춘동의 손을 꽉 잡으며 환한 미소를 지었다.

END